Philip José Farmer wurde 1918 geboren, und trat 1952 schlagartig ins Rampenlicht der Science-fiction-Szene, als sein Roman »The Lovers« herauskam. Bereits 1953 gewann er einen HUGO-Award als »vielversprechendster neuer Autor«; später folgte ein weiterer HUGO-Award für seinen Roman »To Your Scattered Bodies go«. Farmers fünfbändige Serie »The World of Tiers« (Die Welt der tausend Ebenen) gehört zu den farbigsten und phantasievollsten Werken des Autors.

Von Philip José Farmer sind außerdem erschienen:

Meister der Dimensionen (Band 60511)
Welten wie Sand (Band 60512)
Hinter der irdischen Bühne (Band 60514)
Planet der schmelzenden Berge (Band 60515)

Dieses Buch wurde auf chlor- und säurefreiem Papier gedruckt.

Vollständige Taschenbuchausgabe Februar 1996
Die deutsche Erstausgabe erschien erstmals 1980
im Knaur Taschenbuchverlag (Band 5723)

Titel der Originalausgabe »A Private Cosmos«

Umschlaggestaltung Agentur Zero, München
Umschlagfoto Image Bank, München
Satz MPM, Wasserburg
Druck und Bindung Ebner Ulm
Printed in Germany
ISBN 3-426-60513-9

2 4 5 3 1

PHILIP JOSÉ FARMER
LORD DER STERNE

Die Welt der tausend Ebenen
Band 3

Fantasy-Roman

Aus dem Amerikanischen
von Martin Eisele

Knaur

Einführung

Alles begann in meiner Kindheit, vor etwa einem Jahr, als ich *The Maker of Universes* (Meister der Dimensionen, Knaur-SF 60511) las. Ich erinnere mich, daß es ein sonniger Samstag in Baltimore war. An diesem Morgen nahm ich Philip José Farmers Buch, auf dessen Titelseite der grüne Gaughanische Himmel und die graue Gaughanische Harpyie (Podarge) zu sehen waren, in die Hand, um eine oder zwei Seiten darin zu lesen. Danach wollte ich mit der Arbeit an einer eigenen Story beginnen. An diesem Tag schrieb ich keine einzige Seite mehr.

Als ich das Buch zu Ende gelesen hatte, eilte ich sofort zu meinem Taschenbuchlieferanten am Ort, um die Fortsetzung – ich wußte, daß es eine solche gab – zu erstehen: *The Gates of Creation* (Welten wie Sand, Knaur-SF 60512). Ich las auch diesen Band, und als ich ihn aus der Hand legte, war der sonnige Samstagmorgen der Dunkelheit der Nacht gewichen. Das nächste, was ich schrieb, war nicht etwa meine Story – sondern ein begeisterter Brief an Philip José Farmer.

Ich hatte beileibe nicht vor, dem Mann, der *The Lovers, Fire and the Night* und *A Woman A Day* geschrieben hatte, mitzuteilen, daß diese beiden neuen Sachen die besten waren, die er je vorgelegt hatte. Hätte er ein Gemälde angefertigt oder ein Musikstück komponiert, so könnte ich diese auch nicht mit seinen anderen Werken – nicht einmal miteinander – vergleichen. Die beiden Bücher, die ich gerade gelesen hatte, gehörten in die Rubrik der Abenteuer-Romane – und ich war der Ansicht, daß sie außerordentlich gute Vertreter dieses Genres waren. Sie unterscheiden sich von seinen anderen Storys in Stil und Thematik – unterscheiden sich selbst voneinander – und sind daher, wie immer, unvergleichlich. Ich hoffte auf einen dritten Band, und ich war sehr erfreut, als ich erfuhr, daß Farmer daran arbeitete.

Mit anderen Worten: Ich habe mich mehr als ein Jahr lang auf dieses Buch, das Sie im Moment in Händen halten und lesen, gefreut.

Ich überdachte meine Gefühle, grübelte darüber nach, warum mich die beiden ersten Bände derart beeindruckt hatten, was ihren Reiz ausmachte. Und ich fand mehrere Gründe.

1. Die Idee der physischen Unsterblichkeit mit all ihren Vor- und Nachteilen faszinierte mich. Und dieses Thema durchzieht wie hochpolierter Kupferdraht die Handlung beider Romane.
2. Das Modell der Taschenuniversen, eine Idee, die sich von den verschiedenen anderen Parallelweltkonzeptionen wesentlich unterscheidet, Universen, die eigens dazu geschaffen wurden, den Zwecken mächtiger und intelligenter Wesen zu dienen, ist sehr gelungen. Im ersten wie auch im vorliegenden dritten Band läßt sie unter anderem die faszinierende Struktur der Welt der vielen Ebenen zu. Zu dieser Konzeption passend schuf Philip José Farmer Charaktere, wie ich sie liebe. Kickaha beispielsweise ist ein Schelm: heldenhaft, trickreich und von einnehmendem Wesen. Außerdem stiehlt er Wolff im ersten Band ziemlich die Schau.

Das zweite Buch ist angefüllt mit erbärmlichen, ränkevollen, unangenehmen, gemeinen, fiesen, schäbigen und widerlichen Individuen, die sich gegenseitig aus bloßem Spaß die Kehle durchschneiden würden – deren Schicksal sie aber leider für einige Zeit zusammengekettet hat. Vom Elisabethanischen Theater war ich schon immer geradezu teuflisch begeistert, und so habe ich mit großem Vergnügen am Anfang der Geschichte vernommen, daß sämtliche beteiligten Personen miteinander verwandt waren.

Eine heilige Gestalt mag anziehend oder abstoßend sein – ein Schwan oder eine Krake –, schön oder häßlich – eine zahnlose Alte oder ein hübsches kleines Kind – gut oder böse –, eine Beatrice oder eine Belle Dame Sans Merci – historisch fundiert oder erfunden –, eine Person, die man auf der Straße getroffen hat, oder eine Spukgestalt, der man in einer Geschichte oder in einem Traum begegnet ist – sie kann edel sein oder so fürchterlich, daß man es nicht wagen würde, in feiner Gesellschaft auch nur ihren Namen zu erwähnen – sie kann sein, wie sie will –, unter einer Bedingung, einer absoluten Bedingung: Sie muß Ehrfurcht erregen.

Handeln, Wissen und Verstehen
W. H. Auden.

Philip José Farmer lebt, von mir aus gesehen, westlich der Sonne, am anderen Ende der Welt, in einem Land namens Kalifornien. Ich bin ihm nie persönlich begegnet – nur auf den Seiten seiner Bücher. Ich bewundere sein Gefühl für Humor und seine Fähigkeit, den absolut perfekten Satz für alles, was er schreibt, zu finden. Er kann sachlich, finster, umwölkt, fröhlich und in jeder Art des emotionellen Spektrums schreiben. Er hat ein faszinierendes Gefühl für alles Heilige und Profane. Ganz einfach gesagt: Er erregt Ehrfurcht. Er hat das Talent und die Fähigkeiten, mit den geheiligten Dingen umgehen zu können, die jeder Schriftsteller anrühren muß, um die Leser an jenen zeitlosen, immateriellen Ort namens Imagination zu versetzen. Da ich Auden zitiert habe, muß ich konsequenterweise seiner Beobachtung beipflichten, daß ein Schriftsteller die Arbeiten eines anderen Autors nicht lesen kann, ohne sie mit seinen eigenen zu vergleichen. Das tue ich ständig. Wenn ich in den Werken der Science-fiction-Autoren Sturgeon, Farmer und Bradbury gelesen habe, fühle ich mich immer schwach, gleichsam aber auch von einer gewissen Ehrfurcht ergriffen. Sturgeon, Farmer und Bradbury – sie wissen, was heilig ist, und zwar auf diese ganz besondere, transsubjektive Art, in der Persönliches plötzlich weicht und Allgemeingültigkeit erlangt und dabei wie ein neongeschmückter Weihnachtsbaum die menschliche Natur erhellt. Und Philip José Farmer ist auf ganz ungewöhnliche Art etwas Besonderes ...

Alles, was er sagt, hätte *ich* gerne sagen mögen. Aber aus dem einen oder anderen Grund konnte ich es nicht tun. Er verwirklicht das, was Henry James einmal mit *Blickwinkel* bezeichnet hat. Und obwohl sein Blickwinkel anders ist als meiner, stimmt das, was er schreibt, was er ausdrückt, unverändert mit der Art überein, wie ich die Dinge empfinde.

Aber ich kann es nicht auf seine Art schreiben. Das bedeutet, daß ein anderer das, was ich am liebsten tun – schreiben – würde, besser kann als ich selbst. Und das läßt mich an meinem Bart kauen – und es erinnert mich an George London als Mephisto in Gounods *Faust,* in der Metropolitan Opera aufgeführt. Margarethe war zum Himmel emporgefahren: Er streckte die Hand aus, und ein eisernes Gittertor senkte sich vor ihm herab. Er umfaßte eine der Stangen, blickte einen Augenblick lang in die Höhe, wandte sein Gesicht ab, sank langsam in die Knie, und seine Hand glitt an der Stange entlang zu Boden. Dann: Vorhang. So fühle ich mich.

Ich kann es nicht, aber *man* kann es.

Was kann ich darüber hinaus über eine Geschichte von Philip José Farmer sagen?

Shakespeare hat es in *Antonius und Kleopatra* (7. Szene, 2. Akt) besser gesagt:

Lepidus: *Was für 'ne Sorte von Geschöpf ist euer Krokodil?*

Antonius: *Es hat eine Gestalt, Herr, wie es selbst, und es ist so breit, als seine Breite beträgt; just so hoch, als es hoch ist, und bewegt sich mit seinen eignen Gliedern; es lebt von seiner Nahrung, und haben seine Elemente sich aufgelöst, so wird ein neues Wesen aus ihm.*

Lepidus: *Was hat es für eine Farbe?*

Antonius: *Auch seine eigentümliche Farbe.*
Lepidus: *Ein kurioser Wurm!*
Antonius: *Allerdings. Und seine Tränen sind naß.**

Wahrhaftig, mein Herr, sie sind es. Es ist Geschick, vereint mit Talent, was sie dazu macht. Jedes ihrer Produkte ist anders, vollständig, einzigartig, und dieses hier ist keine Ausnahme. Ich freue mich, daß es einen Mann wie Philip José Farmer gibt – und daß er schreibt. Es gibt nicht viele, die so sind wie er. Keinen, würde ich sagen.

Aber lesen Sie dieses Buch, und Sie wissen, was ich meine.

Ich schreibe diese Zeilen in Baltimore. An einem kalten, grauen Tag im Februar. Aber das macht nichts. Philip José Farmer – irgendwo dort draußen, westlich der Sonne –, wenn Sie je beabsichtigt haben, durch Ihre Arbeit einem anderen Menschen Freude zu bereiten, so sollten Sie wissen, daß es Ihnen gelungen ist. Manchen kalten, grauen Tag in den Jahreszeiten meiner Welt haben Sie erhellt, und manchen hellen Tag haben Sie mir ein wenig verschönt, mit etwas Glanz überzogen.

Die Farben des vorliegenden Romans sind seine eigentümlichen, und seine Tränen sind naß ... Philip José Farmer hat ihn geschrieben. Mehr zu sagen ist nicht nötig.

Baltimore/Maryland (USA)
Roger Zelazny

* Übersetzung von Wolf Graf Baudissin, R. Löwit Verlag, Wiesbaden.

Erstes Kapitel

Unter grünem Himmel und gelber Sonne galoppierte Kickaha auf einem schwarzen Hengst mit karmesinrot gefärbter Mähne und blau gefärbtem Schweif dahin. Er ritt um sein Leben. Vor einhundert Tagen hatte er das Dorf der Hrowakas, des Bärenvolkes, verlassen. Zweitausend Kilometer trennten ihn nun von seinen Brüdern und Schwestern. Kickaha war der Jagd und des einfachen Lebens müde gewesen, hatte sich plötzlich nach einem Hauch Zivilisation gesehnt. Mehr noch: Er fand, daß das Messer seines Intellekts geschärft werden mußte, und es gab vieles, was er über die Tishquetmoacs, die einzigen zivilisierten Menschen auf dieser Ebene, noch nicht wußte.

Also legte er seinen beiden Pferden die Sättel auf, packte Ausrüstung hinzu, verabschiedete sich von den Häuptlingen und Kriegern und küßte noch einmal seine beiden Frauen. Außerdem gab er ihnen die Erlaubnis, sich neue Ehemänner zu suchen, falls er nicht innerhalb von sechs Monaten zurückgekehrt war. Sie beteuerten, bis in alle Ewigkeit auf seine Rückkehr zu warten, und Kickaha lächelte. Das hatten sie auch zu ihren früheren Gefährten gesagt, bevor diese auf den Kriegspfad ausgeritten und niemals zurückgekehrt waren.

Einige Krieger boten an, mit ihm durch die Felsenwildnis der Berge bis zur Großen Prärie zu reiten. Er lehnte ab und ritt allein los. Fünf Tage benötigte er, um aus den Bergen herauszukommen. Ein Tag ging verloren, weil zwei junge Krieger vom Stamme der Wakangishush sich an ihn herangepirscht hatten. Möglicherweise hatten die beiden schon seit Monaten am Schwarzwiesel-Paß gewartet, weil sie wußten, daß er eines Tages hindurchreiten würde. Und ihre Geduld und Ausdauer war nur

zu verständlich: Von sämtlichen heißbegehrten Skalps der hundert großen Krieger der fünfzig Nationen der Großen Prärie und der angrenzenden Gebirgszüge war sein Skalp der wertvollste. Mindestens zweihundert tapfere Krieger hatten – jeder auf eigene Faust – versucht, ihm einen tödlichen Hinterhalt zu legen, und keiner von ihnen war lebend in sein Tipi zurückgekehrt. Viele Kriegergruppen waren in die Berge gekommen, um das auf hohen Felsen liegende Palisadenfort der Hrowakas zu überfallen, hatten gehofft, das Bärenvolk zu überrumpeln und Kickahas Skalp – oder seinen Kopf – zu erbeuten. Aber nur der große Überfall der Zentauren des Oshangstawa-Stammes wäre beinahe erfolgreich verlaufen. Die Geschichte dieses Überfalles und die Vernichtung der entsetzlichen Halbpferde verbreitete sich rasch wie ein Feuer unter den einhundertneunundzwanzig Präriestämmen, und während der Blutfeste wurde in den Beratungshäusern und den Tipis der Häuptlinge davon gesungen.
Die beiden Wakangishush hielten eine respektvolle Distanz zu ihrer vermeintlichen Beute. Offenbar wollten sie ihn erst in der Nacht angreifen, wenn er sich zur Ruhe gelegt hatte. Als sie dann kamen, waren sie vorsichtig und näherten sich beinahe geräuschlos; vielleicht wären sie mit ihrem tödlichen Vorhaben auch erfolgreich gewesen, aber der rote Rabe – er war so groß wie ein Adler – warnte Kickaha. Er flog zu ihm herab, krächzte zweimal laut und schwang sich wieder auf, schwebte sekundenlang über dem Versteck eines der beiden Tapferen, kreiste zweimal und glitt weiter, über jenen Baum hinweg, hinter dem der andere hockte. Wieder kreiste der Rabe zweimal. Kickaha bereute nicht, daß er sich die Mühe gemacht hatte, den intelligenten Vogel abzurichten. Er lächelte, während er zu ihm aufsah. In eben dieser Nacht jagte er dem ersten Wakangishush-Krieger, der sich seinem Lager näherte, einen Pfeil entgegen, und drei Minuten später bohrte sich sein Dolch in das Herz des anderen.
Kickaha geriet in Versuchung, einen Umweg von achtzig Kilometern zu machen, um einen Speer mit den Skalps der beiden

Mutigen in die Mitte des Wakangishush-Lagers zu schleudern. Heldentaten dieser Art hatten ihm den Namen Kickaha – »der Trickreiche« – eingebracht, und er liebte es, diesen Ruf zu nähren. Dieses Mal jedoch schien es ihm der Mühe nicht wert. Das Bildnis von Talanac, jener Stadt, die einem Berg glich, glühte wie ein Juwel über dem Feuer in seinen Gedanken.
So begnügte sich Kickaha damit, die beiden skalpierten Leichen mit den Füßen nach oben an einem Ast aufzuhängen. Dann wandte er den Kopf seines Hengstes nach Osten und rettete so einigen Wakangishush – und vielleicht auch sich selbst – das Leben. Kickaha rühmte sich seiner Gewandtheit und seiner Schnelligkeit, aber zugleich gestand er sich selbst gegenüber ein, daß er weder unbesiegbar noch unsterblich war.
Sein richtiger Name war Paul Janus Finnegan, geboren in Terre Haute Indiana in den USA – auf dem Planeten Erde, der in einem benachbarten Universum (und alle Universen lagen in direkter Nachbarschaft zueinander) existierte.
Kickaha war ein ein Meter achtzig großer, muskulöser, breitschultriger Mann, der einhundertneunzig Pfund auf die Waage brachte. Seine Haut war dunkel gebräunt und wies hier und da kupferbraune Punkte als Sommersprossen auf. Mehr als ein Dutzend hellere und dunklere Narben in seinem Gesicht und auf seinem Körper zeugten davon, daß er ein ziemlich bewegtes Leben geführt hatte. Das kupferrote Haar war dicht, leicht gewellt und schulterlang; zur Zeit war es zu zwei Zöpfen zusammengeflochten. Kickahas Gesicht mit den hellgrünen Augen, der Stupsnase, der langen Oberlippe und dem kantigen Kinn strahlte für gewöhnlich gute Laune aus.
Sein Haar wurde von einem Band aus Löwenfell zurückgehalten, das mit nach oben gerichteten Bärenzähnen besetzt war. Eine lange, rot-schwarze Schwanzfeder eines Falken steckte rechts in dem Stirnband. Von der Taille aufwärts war er unbekleidet; um seinen Hals lag eine Kette aus Bärenzähnen. Ein Gürtel aus türkisbesetzter Bärenhaut hielt eine Hose aus getupftem Rehkitz-

fell, und seine Mokassins waren aus Löwenfell gefertigt. Auf beiden Seiten trug der Gürtel eine Scheide. In einer steckte ein Dolch mit langer Stahlklinge, in der anderen ein kürzeres, perfekt ausgewogenes Wurfmesser.

Der Sattel war von der leichten Art, wie die Präriestämme sie erst kürzlich anstelle von Satteldecken eingeführt hatten. Kickaha hielt einen Speer in einer Hand, die Zügel in der anderen, und seine Füße steckten in Steigbügeln. Köcher und lederne Scheiden, die seitlich am Sattel befestigt waren, enthielten verschiedene Waffen. Ein kleiner, runder Schild, auf den der Schädel eines zähnefletschenden Bären gemalt war, hing an einem am Sattel angebrachten hölzernen Haken. An einem weiteren Sattelhaken baumelte ein weidenumflochtenes Tongefäß, das mit Wasser gefüllt war.

Ein zweites Pferd trabte hinterher und trug einen Sattel, Waffen und leichte Ausrüstungsgegenstände.

Kickaha nahm sich Zeit dabei, die Bergwelt hinter sich zurückzulassen. Aber wenn er auch leise Melodien dieser Welt und der Erde, seiner Heimat, pfiff, war er doch nicht sorglos. Aufmerksam ließ er seine Blicke über das vor ihm liegende Land schweifen, und in unregelmäßigen, kurzen Abständen wandte er sich im Sattel um und sah zurück.

Hoch über ihm zog die gelbe Sonne langsam ihre Bahn über den wolkenlosen hellgrünen Himmel. Die Luft war süß von den Düften der in voller Blüte stehenden weißen Blumen, der Piniennadeln und dem gelegentlichen Hauch eines Purpurbeerenstrauchs. Einmal hörte er den Schrei eines Falken, und zweimal zuckten die Pferde zusammen, weil irgendwo im Wald ein Bär brummte. Sie stellten die Ohren auf, wurden aber nicht nervös, da sie mit zahmen Bären, von den Hrowakas innerhalb der Palisaden gehalten, aufgewachsen waren.

Und so erreichte Kickaha wachsam, aber frohen Mutes die Große Prärie. Von seinem Standort aus konnte er weit über das Land blicken, denn hier befand sich der Scheitelpunkt eines zweihundertundfünfzig Kilometer langen, sanften Bogens einer Sektion der Ebene Amerindia. Etwa einhundertunddreißig Kilometer lang würde sein Weg nun so sanft bergab führen, daß die Steigung kaum zu bemerken war. Dann würde er einen Fluß oder einen See überqueren müssen, und danach ging es wieder kaum wahrnehmbar bergauf. Linker Hand, anscheinend nur knapp achtzig Kilometer entfernt (in Wirklichkeit waren es gut eintausendfünfhundert Kilometer), erhob sich der Monolith Abharhploonta. Mehr als dreißigtausend Meter ragte er in die Höhe. Auf seiner Spitze erstreckte sich ein weiteres Land, und im Zentrum dieser Weltenebene wuchs ebenfalls ein Monolith empor. Dort oben lag Drachenland, jene Welt, in der Kickaha unter dem Namen Baron Horst von Horstmann bekannt war. Seit zwei Jahren war er nicht mehr dort gewesen, und falls er zurückkehrte, so war er ein Baron ohne Schloß. Seine auf Drachenland lebende Gattin hatte sich nicht mit seinen langen Abwesenheiten abfinden können und sich von ihm scheiden lassen, um den Baron Siegfried von Listbat – einen seiner besten Freunde – zu heiraten. Kickaha hatte den beiden sein Schloß überlassen und war gegangen. Sein Ziel war die Ebene Amerindia gewesen, weil er diese von allen Weltenebenen am meisten liebte.

Während seine Pferde in kurzem Galopp dahinjagten und den Boden aufwirbelten, hielt Kickaha die Augen offen. Auf Amerindia lebten Tiere, die auf der Erde bekannt waren, aber auch solche, die dort längst ausgestorben waren. Andere wiederum stammten von Welten aus anderen Universen – oder waren von Wolff, dem Lord, der einst unter dem Namen Jadawin bekannt war, in den Biolabors seines Palastes auf dem Gipfel des allerhöchsten Monolithen, Idaquizzoorhruz, erschaffen worden. Riesige Büffelherden lebten in den Prärien von Amerindia. Tiere jener kleinwüchsigen Gattung, die es in kleiner Zahl noch heute auf dem nordamerikanischen Teil der Erde gab – aber auch jene riesengroßen Kolosse, die bereits vor einigen zehntausend Jahren von den amerikanischen Prärien verschwunden waren. Die großen, grauen Körper von Mammuts und Mastodonten mit gebogenen Stoßzähnen waren in der Ferne zu sehen. Die riesenhaften Geschöpfe, deren Schädel vom Gewicht vieler knorriger Hörner und den zwischen hornartigen Lippen hervorstechenden, nach oben gebogenen Zähnen herabgedrückt wurden, weideten friedlich. Schreckliche Wölfe, die so groß waren, daß sie bis an Kickahas Brust reichten, trotteten nahe einer Büffelherde einher und lauerten darauf, daß sich eines der Kälber zu weit vom Muttertier entfernte.

Weiter entfernt erblickte Kickaha einen gelbbraun und schwarz gestreiften Körper im kniehohen Präriegras. Der Felis Atrox, ein großer, mähnenloser, neunhundert Pfund schwerer Löwe, der einst die Prärieebenen Arizonas durchstreift hatte, hoffte offenbar ebenfalls darauf, ein Mammutkalb erlegen zu können. Oder wollte er eine der zahllosen Antilopen reißen, die unweit grasten?

Am Himmel kreisten Falken und Bussarde. Einmal flatterte ein Entenschwarm in typischer Keilformation über ihm dahin, und ein lautes Schnattern war zu hören. Die Enten waren auf dem Weg zu den Reissümpfen oben in den Bergen.

Eine Herde schlaksiger Geschöpfe mit langen Hälsen – sie sahen aus wie entfernte Vettern des irdischen Kamels, und das waren sie wohl auch – trottete an ihm vorüber. Die Fohlen, die zum Teil noch recht unsicher auf den Beinen waren, wurden in der Mitte des Rudels gehalten. Eine Wolfshorde folgte dichtauf, und es bestand kein Zweifel daran, daß diese Bestien sofort zuschlagen und die Jungtiere reißen würden, wenn die älteren Tiere auch nur eine Sekunde in ihrer Aufmerksamkeit nachließen.

Leben, aber auch die Schatten des Todes waren allgegenwärtig. Die Luft war süß. Kein menschliches Wesen war zu sehen. Eine Herde wilder Pferde, angeführt von einem großartigen rotbraunen Hengst, galoppierte in der Ferne davon. Überall waren die wilden Tiere der Prärie. Kickaha liebte sie. Dieses Land war gefährlich, zugleich jedoch aufregend, und er betrachtete es als seine Welt – ungeachtet der Tatsache, daß Wolff sie geschaffen hatte. Wolff war der Lord und Eigentümer, während er nur ein Eindringling gewesen war. Und doch war es mehr seine als Wolffs Welt, da er mehr Nutzen daraus zog, als der Mann aus der Rasse der Lords. Wolff hielt sich meistens in seinem Palast auf dem weißen Monolithen auf – ein Leben, das für Kickaha unvorstellbar wäre.

Am fünfzigsten Tag erreichte Kickaha den Großen Handelspfad der Tishquetmoacs. Strenggenommen handelte es sich überhaupt nicht um einen Pfad, denn das Gras stand hoch und nicht weniger dicht als irgendwo sonst in der Prärie. Aber in Abständen von jeweils einem Kilometer waren hölzerne Pfähle in den Boden gerammt, deren oberer Teil die Gestalt Ishquettlammus, des Gottes des Handels und der Grenzen, zeigte. Über eintausendfünfhundert Kilometer zog sich dieser Pfad an der Grenze des Reiches der Tishquetmoacs dahin, verlief in Schlangenlinien über die Große Prärie und berührte so zahlreiche periodische Handelsplätze der Prärie- und Bergstämme. Große Wagen mit Gütern der Tishquetmoacs, die sie gegen Felle, Häute, Elfenbein, Knochen, gefangene Tiere und menschliche Sklaven einzutauschen gedachten, nahmen diese Route. Ein Pakt garantierte, daß jeder, der sich dem Pfad anvertraute, vor Angriffen sicher war. Sobald er jedoch den schmalen, von den geschnitzten Holzpfählen markierten Weg verließ, war er freie Beute für jedermann.

Kickaha folgte dem Handelspfad mehrere Tage lang. Er hoffte, eine Handelskarawane zu treffen und Neuigkeiten über Talanac in Erfahrung zu bringen. Aber er hatte kein Glück, und so verließ er die Sicherheit des Pfades, als dieser ihn zu weit vom direkten Weg nach Talanac fortführte.

Einhundert Tage, nachdem er das Palisadenfort der Hrowakas verlassen hatte, stieß er jedoch erneut auf den Handelspfad. Da er von hier aus direkt nach Talanac führte, entschloß sich Kickaha, wieder seinem Verlauf zu folgen.

Eine Stunde nach Einbruch der Dämmerung tauchten die Halbpferde auf. Kickaha fragte sich, was sie so nahe an der

Grenze der Tishquetmoacs zu suchen hatten. Obwohl auch sie sich an den Pakt hielten und die Reisenden auf dem Großen Handelspfad unbehelligt ließen, hinderte sie dies nicht daran, die Tishquetmoacs auf neutralem Boden anzugreifen. Kehrten die Zentauren von einem solchen Überfall zurück? Was auch immer der Grund ihrer Anwesenheit sein mochte – sie brauchten sich ihm gegenüber nicht zu rechtfertigen. Fest stand, daß sie ihr Bestes geben würden, um seiner habhaft zu werden, denn er war ihr größter Feind.

Kickaha preßte seinem Pferd die Hacken in die Weichen und trieb es zum Galopp. Die Halbpferde – sie befanden sich etwa zwei Kilometer links von ihm – sahen dies und nahmen die Verfolgung auf. Kickaha wußte, daß sie weit schneller waren als ein Pferd, das einen Menschen auf seinem Rücken trug. Aber wenigstens war er ihnen ein gutes Stück voraus. Und sechs Kilometer voraus lag ein Außenposten. Wenn er diesen erreichte, war er in Sicherheit.

Während der ersten drei Kilometer ließ er dem Hengst freie Zügel. Das Tier lief schnell wie der Wind. Schaum flog aus seinem Maul, näßte seine Brust. Kickaha fühlte sich nicht wohl dabei – aber er hatte keine andere Wahl. Er konnte den Hengst nicht schonen, wollte er sein eigenes Leben retten. Und wenn es den Zentauren gelang, ihn zu überwältigen, würden sie ohnehin auch den Hengst töten und anschließend verzehren.

Und dann waren die Halbpferde so nahe herangekommen, daß er ausmachen konnte, welchem Stamm sie angehörten. Es waren Shoyshatel, deren Jagdgründe normalerweise fünfhundert Kilometer entfernt, nahe dem Wald der vielen Schatten, lagen. Sie glichen den Zentauren aus den irdischen Mythen, nur waren sie wesentlich größer, und weder ihre Gesichter noch ihr Schmuck wirkten griechisch. Die Schädel waren groß, doppelt so groß wie ein menschlicher Kopf, die Gesichter dunkel und breit, mit hohen Wangenknochen – die Gesichter von Prärie-Indianern. Sie trugen Federschmuck oder Bänder, die mit Federn geschmückt waren, auf ihren Schädeln; ihre Haare waren lang und schwarz und zu einem oder zwei Zöpfen geflochten.

Der aufrechte menschliche Oberkörper der Zentauren enthielt ein großes, lungenähnliches Organ, das Luft in das pneumatische System des Pferdeleibs pumpte. Dieses Organ schwoll unterhalb des menschlichen Brustbeins an und zog sich wieder zusammen – wodurch das schauderhafte und finstere Aussehen der Halbpferde noch unterstrichen wurde.

Ursprünglich waren die Halbpferde Jadawins Schöpfungen. Er hatte die Zentaurenkörper in seinen Biolabors geformt und großgezogen. Die ersten Zentauren wurden mit menschlichen Gehirnen von skythischen und sarmatianischen Nomaden von der Erde, ferner mit denen einiger archaischer und pelasgianischer Stammesangehöriger versehen, und so kam es, daß manche Halbpferde noch heute diese Sprachen benutzten. Die überwiegende Mehrzahl jedoch hatte bereits vor langer Zeit die Sprache irgendeines der amerindianischen Präriestämme übernommen.

Jetzt galoppierten die Shoyshatel dicht hinter ihm. Und sie schienen zuversichtlich, daß sein Entkommen nahezu unmöglich war. Aber Kickaha hatte schon vielen Männern der Prärie ihre Illusionen geraubt, indem er ihnen bewies, daß er nicht so leicht zu fangen war. Und wenn es gelungen war, seiner habhaft zu werden, so war er nie sehr lange zu halten gewesen.

Die Shoyshatel wollten ihn lebend fangen, um ihn zu martern. Andererseits konnten sie es vermutlich kaum erwarten, ihn tot ihm Gras liegen zu sehen. Der Versuch, ihn lebend zu fangen, erforderte Zurückhaltung und Phantasie – und es konnte durchaus passieren, daß er es doch irgendwie schaffte zu entkommen.

Kickaha wechselte auf das andere Pferd – eine schwarze Stute mit Silbermähne und ebensolchem Schweif – über und trieb es an. Der Hengst wurde langsamer und fiel zurück. Seine Brust war weiß von Schaum, er zitterte und keuchte, und dann stürzte er. Ein Halbpferd durchbohrte ihn mit dem Speer.

Pfeile zischten an Kickaha vorbei. Speere bohrten sich in den

Boden hinter ihm. Kickaha machte sich nicht die Mühe zurückzuschießen. Er duckte sich auf den Hals der Stute nieder und rief ihr ermutigende Worte zu. Die Halbpferde holten auf. Pfeile und Speere sausten bedrohlich nahe vorbei. Aber in diesem Augenblick sah Kickaha den Außenposten. Das Fort war auf einem kleinen Hügel errichtet worden. Die Flagge der Tishquetmoacs – grün mit einem scharlachroten Adler, der eine schwarze Schlange fraß – flatterte von einer Stange, die in der Mitte der Niederlassung aufgestellt war.
Kickaha sah, daß der Wachtposten einige Sekunden lang auf das sich ihm bietende Schauspiel starrte, bevor er reagierte. Endlich hob er das lange, schlanke Signalhorn an seine Lippen. Kickaha konnte das Alarmsignal nicht hören; der Wind wehte in die entgegengesetzte Richtung, und im Donnern der Hufe ging jedes leisere Geräusch unter.
Schaum flog vom Maul der Stute, aber sie rannte weiter. Dennoch holten die Halbpferde mehr und mehr auf. Pfeile und Speere flogen in gefährlicher Nähe vorbei. Beinahe wäre er von einer Bola, deren Steinkugeln ein Dreieck des Todes bildeten, getroffen worden. Und dann, gerade als die Tore des Forts aufschwangen und die Kavallerie der Tishquetmoacs ausrückte, begann die Stute zu straucheln. Sie versuchte sich auf den Läufen zu halten. Es gelang ihr. Kickaha kannte den Grund für das Verhalten des Tieres. Es war keine Erschöpfung. Ein Pfeil war schräg in seinen Rumpf gefahren und so flach aufgekommen, daß die Spitze oberhalb der Wunde herausragte. Ein weiterer Pfeil schlug direkt hinter dem Sattel in das Fleisch des Tieres. Es stürzte. Kickaha gelang es gerade noch rechtzeitig, aus dem Sattel zu kommen. Die Stute überschlug sich, als sie niederbrach. Kickaha versuchte, auf den Füßen aufzukommen, aber es gelang ihm nicht. Er überschlug sich, rollte über die Schulter ab und kam in einer gleitenden Bewegung hoch. Das Pferd, das ihn so brav getragen hatte, lag still. Er sah dies aus den Augenwinkeln heraus, bevor er den Tishquetmoacs entgegenrannte.

Hinter ihm gellte der triumphierende Schrei eines Halbpferdes. Kickaha wandte gedankenschnell seinen Kopf. Der Häuptling der Shoyshatel preschte mit erhobener Speerhand heran.
Kickaha zog sein Wurfmesser, wirbelte herum und warf das Messer im gleichen Sekundenbruchteil, als der Zentaur seinen Speer schleudern wollte. Er warf sich zur Seite, und der Speer des Shoyshatel flog über seine Schulter hinweg, verfehlte seinen Hals nur knapp. Sein Wurfmesser steckte in dem Lungenorgan unterhalb der Brust des Halbpferdes. Das bizarre Wesen raste vorbei, stürzte, überschlug sich. Die Läufe und das Rückgrat des menschlichen Teilkörpers brachen unter der Wucht des Aufpralls. Dann flogen Speere über Kickahas Kopf hinweg den Halbpferden entgegen. Einer tötete einen der Tapferen, der geglaubt hatte, ihm könne gelingen, was der Häuptling nicht geschafft hatte. Mit stoßbereit gesenktem Speer war er herangeprescht, um Kickaha mit der Wucht seines fünfhundert Pfund schweren Körpers zu durchbohren. Der Tapfere fiel.
Kickaha ergriff seinen Speer und schleuderte ihn gegen die Pferdebrust eines anderen Zentauren. Sekunden später war die Kavallerie an ihm vorüber. Die Tishquetmoacs waren den Halbpferden zahlenmäßig überlegen, und über den Ausgang des Kampfes konnte es keinen Zweifel geben. Aber die Zentauren kämpften tapfer. Viele Menschen starben, bevor es gelang, die schrecklichen Feinde zu vertreiben.
Kickaha schwang sich auf ein Pferd, dessen Herr durch den Tomahawk eines Halbpferdes getötet worden war, und galoppierte mit den siegreichen Tishquetmoacs zum Fort zurück.
Der Kommandant des Außenpostens rief: »Jedesmal, wenn du hier vorbeikommst, gibt es Ärger. Jedesmal.«
Kickaha grinste. »Sei ehrlich – wenn ich nicht gekommen wäre, hättet ihr euch zu Tode gelangweilt, stimmt's?«
Der Kommandant grinste zurück.
An diesem Abend näherte sich dem Fort ein Halbpferd, das einen langen, hölzernen Stab, an dessen Spitze eine weiße

Reiherfeder befestigt war, in der erhobenen Rechten trug. Der Kommandant respektierte das Zeichen des Unterhändlers und befahl seinen Leuten, sich vorerst passiv zu verhalten. Das Halbpferd blieb außerhalb der Tore stehen. »Trickreicher!« rief es. »Du bist uns wieder einmal entkommen! Aber wir warten auf dich! Glaube nur nicht, daß dich das Tabu des Großen Handelspfades schützt! Wir respektieren das Tabu, und jeder ist auf dem Pfad seines Lebens sicher. Jeder, außer dir, Kickaha! Wir werden dich töten! Wir haben geschworen, nicht eher zu unseren Hütten und Frauen und Kindern zurückzukehren, bis wir dich getötet haben!«

»Eure Frauen werden sich andere Männer nehmen, und eure Kinder werden aufwachsen, ohne sich ihrer Väter zu erinnern!« brüllte Kickaha zu ihm hinunter. »Ihr Halbesel werdet mich niemals fangen!«

Am folgenden Tag kam die Ablösung der im Fort stationierten Krieger. Kickaha schloß sich der nach Talanac zurückkehrenden Kavallerie an. Die Halbpferde zeigten sich nicht, und nachdem Kickaha sich eine Weile in der Stadt Talanac aufgehalten hatte, vergaß er die Drohungen der Shoyshatel. Aber er sollte sich noch an sie erinnern.

Zweites Kapitel

Der Fluß Watcetcol kommt aus dem Khamshem, das auch Drachenland genannt wird, und wird vom Guzirit gespeist, einem Strom am Rande des Monolithen Abharhploonta. Im Verlauf unzähliger Jahre haben sich die Wasser des Watcetcol ein Bett geschaffen, das durch dichten Dschungel bis an den Abgrund des Monolithen führt. Über eine tief in den harten, felsigen Untergrund geschnittene Rinne stürzen die Wassermassen in die Tiefe und bilden eine gewaltige Wasserwand, die zu feinem Nieselregen geworden ist, wenn sie den Fuß des dreißigtausend Meter hohen Monolithen erreicht. Auf halber Höhe des Monolithen entziehen Wolken, das Wasser und die Gischt vor den Blicken der Menschen. Auch am Boden des Abgrunds wallen dichte Nebelschleier. Wer es wagte, dorthin zu gehen, erzählte von schwärzester Nacht und davon, daß sich die Feuchtigkeit schließlich zu einer undurchdringlichen Barriere verdichtet.

Bis in zwei oder drei Kilometer Höhe breiten sich die Nebel aus, und unter diesem Schutzschild wird der Nieselregen wieder zu einem Fluß. Das Wasser tost durch einen engen Kalksteinkanal, und erst dort, wo sich das Flußbett verbreitert, fließt es ruhiger dahin. Mehr als siebenhundert Kilometer windet sich der Watcetcol in Schlangenlinien dahin und fließt dann etwa dreißig Kilometer geradeaus, um sich schließlich an einem Berg aus festem Felsgestein zu teilen. Auf der anderen Seite dieses Berges vereinigen sich die Flußarme wieder, der Strom beschreibt eine scharfe Biegung und wendet sich nach Westen. Gut einhundert Kilometer weiter verschwindet er schließlich in einer riesigen Höhle, und man kann nur vermuten, daß er durch ein Wirrwarr von Höhlen im Leib jenes Monolithen rast, auf dessen Oberfläche die Ebene Amerindia liegt. An welcher Stelle der Watcetcol wieder ins Freie mündet, wissen nur Podarges Adler, Wolff – und Kickaha.

Jener Berg, der durch den Watcetcol zu einer Insel wurde, ist ein massiver Jadeblock.

Als Jadawin dieses Universum schuf, goß er aus Jadeit und Nephrit ein tausend Meter hohes, ungefähr pyramidenförmiges Stück, das apfelgrün, smaragdgrün, braun, beige, gelb, blau, grau, rot, schwarz sowie in den verschiedensten Schattierungen dieser Farben schillerte. Jadawin setzte den Block zum Abkühlen an den Rand der Großen Prärie und leitete den Fluß später so, daß er den Fuß der Pyramide umspülte.

Jahrtausendelang blieb der Jadeberg unberührt, wenn man davon absah, daß sich Vögel auf ihm niederließen und Fische gegen seinen kühlen, glitschigen Fuß stießen. Als schließlich die ersten Amerindianer den Jadeberg entdeckten, erkoren ihn einige Stämme zu ihrem Gott, aber die Nomadenvölker ließen sich nicht in seiner Nähe nieder.

Dann entführte Jadawin/Wolff eine Gruppe zivilisierter Menschen aus dem alten Mexiko des Planeten Erde und setzte sie in der Nähe des Jadeberges aus. Dies geschah vor etwa eintausendfünfhundert Jahren. Die unfreiwilligen Einwanderer entstammten wahrscheinlich jener Zivilisation, die von den späteren Mexikanern Olmeken genannt wurde, sie selbst jedoch gaben sich den Namen Tishquetmoacs. Sie errichteten an den westlichen und östlichen Ufern des Berges massive Häuser und Palisaden aus Holz und nannten den Berg Talanac. Talanac war zugleich ihr Name für den Jaguargott.

Der *Kotchulti* (wörtlich: Gotteshaus) oder der Tempel Toshkounis, der Gottheit des Schreibens, der Mathematik und der Musik, liegt auf halber Höhe der terrassenförmig angelegten Pyramidenstadt Talanac an der Straße der Verschiedensten Segnungen und erweckt beileibe nicht den Eindruck, besonders groß zu sein. Die

Frontseite des Tempels zeigt das Vogel-Jaguar-Gesicht Toshkounis. Wie alles im Inneren des Berges wurde jedes der Flach- oder Hochreliefs durch Abschleifen und Bohren geschaffen. Jade kann man nicht losschlagen oder absplittern, wohl aber bohren, aber die eigentliche Schönheit des Materials zeigt sich erst, nachdem man es geschliffen hat. Reibung erzeugt Lieblichkeit und Nutzen.
Generationen von Sklaven hatten die in diesem Sektor schwarzweiß gestreifte Jade abgetragen und lediglich gemahlenen Korund als Schmirgelmasse und Werkzeuge aus Stahl und Holz verwendet. Die Sklaven hatten die Roharbeit erledigt, Handwerker und Künstler übernahmen die Feinarbeit. Die Behauptung der Tishquetmoacs, die Form sei im Stein verborgen und müsse nur freigelegt werden, schien zu stimmen – wenigstens was Talanac betraf.
»Götter verbergen – Menschen entdecken«, sagen die Tishquetmoacs. Tritt ein Tempelbesucher durch das von Toshkounis Katzenzähnen gebildete Portal, so gelangt er in eine große Höhle. Hundert rauchlos brennende Fackeln spenden Licht, durch Löcher in der Decke des Tempels dringt Sonnenlicht. Hinter einer hüfthohen, weiß-roten Jadewand steht ein Chor von Mönchen. Ihre kahlgeschorenen Schädel sind scharlachrot bemalt, und sie tragen einfache schwarze Kutten. Dieser Chor singt Lobeshymnen auf Ollimaml, den Herrn der Welt, und auf Toshkouni.
In jeder der sechs Ecken des Raumes steht ein Altar in Form und Gestalt eines wilden Tieres, eines Vogels oder einer auf allen vieren niedergekauerten jungen Frau. Kartenreliefs, kleine Tiere und abstrakte Symbole – allesamt das Resultat hingebungsvoller Arbeit und anhaltender Hingabe – sind auf den Oberflächen der Altare zu bewundern. Auf einem Altar liegt ein Smaragd, so groß wie der Kopf eines kräftigen Mannes, und man erzählt sich eine Geschichte, die von diesem Stein und Kickaha handelt. Und in der Tat war dieser Smaragd einer der Gründe, weshalb Kickaha in Talanac so willkommen war. Vor langer Zeit war das Juwel von

Khamshem-Dieben gestohlen worden. Kickaha hatte sich an deren Fersen geheftet, war ihnen auf die nächsthöhere Ebene Drachenland gefolgt und kehrte schließlich mit dem Juwel nach Talanac zurück. Er hatte es den Tishquetmoacs – gegen angemessene Belohnung – zurückgegeben. Aber das ist eine andere Geschichte.

Kickaha hielt sich in der Bibliothek des Tempels auf. Dieser gigantische Raum lag tief im Leib des Berges, und man konnte ihn nur durch den öffentlichen Altarraum und einen weiterführenden langen, breiten Korridor erreichen. Die Bibliothek wurde ebenso wie der Altarraum von Fackeln, Öllampen und vom durch Schächte in der Decke einfallenden Sonnenlicht erhellt. Die Wände waren so lange geschliffen worden, bis Tausende von flachen Nischen entstanden. In diesen Nischen bewahrten die Tishquetmoacs ihre Bücher – Rollen aus zusammengenähten Lammhäuten, die beiderseits an einem Ebenholzzylinder befestigt waren – auf. Der Zylinder eines jeden Buches war in einem hohen Jaderahmen befestigt, so daß der davorstehende Leser die Rolle bequem abwickeln konnte.

Kickaha stand direkt unter einem Lichtschacht, während Takoacol, ein Angehöriger der schwarzgekleideten Priesterschaft, ihm die Bedeutung einiger Kartenzeichnungen erklärte. Kickaha hatte die Schrift bereits während seines letzten Aufenthaltes in Talanac studiert, aber nur etwa fünfhundert der Bildsymbole in Erinnerung behalten – und flüssiges Lesen setzte die Kenntnis von mindestens zweitausend Symbolen voraus.

Mit einem seiner gelb bemalten Finger, die allesamt lange Nägel aufwiesen, zeigte Takoacol die Lage des Palastes von *Miklosiml*, dem Kaiser.

»Nach dem Vorbild des Herrn, der seinen prächtigen Palast auf dem höchsten Monolithen dieser seiner Welt errichtet hat, wurde der Palast des *Miklosiml* erbaut: auf der obersten Stufe Talanacs, der größten Stadt der Welt.«

Kickaha widersprach dem Priester nicht. Aber er mußte an die

Hauptstadt der Ebene Atlantis, jener Ebene, die über Drachenland existierte, denken ... Diese Stadt war gut und gerne viermal so groß und mit weitaus mehr Menschen bevölkert gewesen als Talanac. Aber sie war von dem Usurpator Arwoor zerstört worden. Jetzt beherbergten die Ruinen nur noch Fledermäuse, Vögel sowie große und kleine Eidechsen.

»Aber«, fuhr der Priester fort, »während diese Welt nur fünf Ebenen aufweist, verfügt Talanac über drei mal drei mal drei Stufen beziehungsweise Straßen.«

Der Priester legte die außergewöhnlich langen Fingernägel seiner Hände zusammen, schloß die leicht schräggestellten Augen zur Hälfte und intonierte eine Predigt über die magischen und theologischen Eigenschaften der Zahlen drei, sieben, neun und zwölf. Kickaha unterbrach ihn nicht, obwohl er einige Fachbegriffe nicht verstand.

Aus dem angrenzenden Raum erklang ein seltsames Klimpern. Kickaha hörte dieses Geräusch nur ein einziges Mal – aber das genügte vollauf. Oft genug hatte er überlebt, weil er nicht zweimal gewarnt zu werden brauchte. Darüber hinaus war der Preis, den er dafür zahlte, daß er noch am Leben war, ein gewisses Maß an Ängstlichkeit. Stets bewahrte er sich ein Minimum von Anspannung, selbst in jenen Augenblicken, da er sich erholte oder ein Mädchen liebte. So hatte er noch nie einen Raum betreten, auch nicht im augenscheinlich so sicheren Palast des Herrn dieser Welt, ohne zunächst die möglichen Verstecke von Meuchelmördern sowie Fluchtwege und Verstecke für sich selbst zu erkunden.

Es gab keinen Grund anzunehmen, daß in dieser Stadt – oder gar in der geheiligten Tempelbibliothek – irgendeine Gefahr auf ihn lauerte. Aber es hatte schon viele Augenblicke gegeben, in denen eigentlich kein Grund vorhanden war, eine Gefahr zu fürchten – und doch war diese Gefahr vorhanden gewesen ...

Jetzt wiederholte sich das Klimpern ganz schwach. Ohne sich bei dem Priester zu entschuldigen, rannte Kickaha zu dem Bogengang, der in jenen angrenzenden Raum führte, aus dem das unbekannte und daher unheimliche Geräusch gekommen war. Viele der schwarzgekleideten Priester blickten von ihren Stehpulten mit schräger Oberfläche auf und hielten in ihrem Tun inne. Einige hatten Landkarten auf Häute gezeichnet, andere waren im Studium von Büchern versunken gewesen. Kickaha war wie ein gutsituierter Tishquetmoac gekleidet. Er zog es vor, sich stets so zu geben und zu kleiden wie die Eingeborenen der jeweiligen Weltenebene, auf der er sich gerade aufhielt. Aber seine Haut war um einiges blasser als die der Tishquetmoacs. Außerdem trug er zwei Messer, und diese Tatsache hob ihn von anderen ab. Abgesehen vom Kaiser war er der erste Mann, der die geheiligten Räume mit Waffen betreten hatte.

Takoacol rief nach ihm und fragte besorgt, ob irgend etwas nicht in Ordnung sei. Kickaha wandte sich halb um und legte einen Finger auf die Lippen. Aber der Priester redete weiter. Kickaha zuckte die Achseln. Möglicherweise erschien er seinen Zuschauern am Ende dumm oder übertrieben wachsam. Aber das nahm er in Kauf.

Als er sich dem Bogengang näherte, vernahm er erneut das Klirren und dann ein leichtes Knirschen. Das hörte sich an, als würden sich Männer in voller Rüstung langsam, wahrscheinlich sehr vorsichtig, der Bibliothek nähern. Tishquetmoacs konnten es nicht sein, denn die Soldaten dieses Volkes trugen Rüstungen aus wattiertem Tuch. Sie besaßen zwar Waffen aus Stahl, aber die verursachten nicht derartige Geräusche.

Kickaha dachte daran, die Bibliothek zu durchqueren und später durch einen jener Ausgänge am Ende des Ganges, die er vorhin inspiziert hatte, zu verschwinden. Im Schatten eines Bogenganges stehend, konnte er die in die Bibliothek tretenden Ankömmlinge beobachten.

Aber er konnte dem Wunsch, sogleich zu erfahren, wer die Eindringlinge waren, nicht widerstehen und riskierte einen raschen Blick um die Ecke. Sieben Meter von ihm entfernt ging ein Mann in voller Stahlrüstung. Dicht hinter ihm kamen paarweise vier Ritter, dann mindestens dreißig Soldaten, Schwertkämpfer und Bogenschützen. Es mochten sogar noch mehr sein, denn die Reihe setzte sich im Hintergrund der leicht halbkreisförmig angelegten Halle noch fort. In seinem Leben war Kickaha schon viele Male überrascht, verwirrt und schockiert gewesen. Dieses Mal reagierte er langsamer als je zuvor. Mehrere Sekunden lang stand er bewegungslos, während der Eispanzer seines Schreckens von ihm abschmolz.

Der Ritter an der Spitze der Soldaten, ein schlanker Mann, dessen Gesicht zu sehen war, weil er das Visier seines Helmes hochgeklappt hatte, war Erich von Turbat, der König von Eggesheim!

Er und seine Mannen hatten auf der Ebene Amerindia überhaupt nichts zu suchen! Sie gehörten auf die nächsthöhere Ebene, nach Drachenland, waren die Bewohner des inneren Plateaus auf der Oberseite des Monolithen, der von der Ebene Amerindia aufragte. Kickaha, der in Drachenland als Baron Horst von Horstmann bekannt war, hatte König Erich von Turbat mehrmals besucht und ihn anläßlich eines Turniers sogar schon einmal aus dem Sattel gehoben.

Den König von Turbat und seine Leute auf dieser Ebene anzutreffen, war verwunderlich genug, denn dies bedeutete, daß sie dreißigtausend Meter an der schroffen Felswand des Monolithen herabgeklettert sein mußten, aber ihre Anwesenheit im Innern der Stadt Talanac war schlicht unbegreiflich. Nur einmal war es einem lebenden Wesen gelungen, die ausgeklügelten Verteidigungseinrichtungen der Stadt zu überwinden, und dieser eine, Kickaha selbst, war allein gewesen.

Kickaha schüttelte endlich seine Erstarrung ab, wandte sich um und rannte. Konnte es sein, daß die Teutonen eines der *Tore,* welche die augenblickliche Versetzung von einem Ort zum anderen bewirkten, benutzt hatten? Die Tishquetmoacs konnten eigentlich nicht wissen, wo sich die drei Tore befanden, ahnten

nicht einmal, daß solche Tore existierten. Nur Jadawin/Wolff, seine Gefährtin Chryseis und Kickaha hatten bisher davon Gebrauch gemacht – und waren somit, in der Theorie, die einzigen, die wußten, wie man sie benutzte.
Dennoch waren die Teutonen hier. Wie es ihnen gelungen war, die Tore ausfindig zu machen und wie sie dann nach Talanac gekommen waren, das waren Fragen, die – wenn überhaupt – erst später beantwortet werden konnten.
Kickaha spürte Panik in sich aufflackern, und er versuchte verzweifelt, ihrer Herr zu werden. König von Turbats Anwesenheit auf der Ebene Amerindia konnte eigentlich nur eine Ursache haben: Einem fremden Lord war es gelungen, erfolgreich in Jadawins Universum einzudringen. Wenn es ihm möglich war, Männer hinter Kickaha herzujagen, bedeutete dies, daß Jadawin/Wolff und Chryseis nicht in der Lage waren, ihn daran zu hindern. Wenn sie überhaupt noch lebten, dann waren sie hilflos, machtlos und benötigten dringend seine Hilfe. Ha! Seine Hilfe! Er lief wieder einmal um sein Leben!
Es gab drei verborgene Tore. Zwei davon befanden sich im Tempel Ollimamls, der sich in unmittelbarer Nähe des kaiserlichen Palastes auf dem Gipfelpunkt der Stadt befand. Eines dieser beiden Tore war groß genug, um den König von Turbat und seine Leute hindurchzulassen. Es bedurfte einer größeren Streitmacht, um die vielarmige und fanatische Leibwache des Kaisers zu überwältigen.
Es sei denn, schränkte Kickaha ein, es sei denn, den Eindringlingen war es gelungen, den Kaiser als Geisel zu nehmen. Die Tishquetmoacs würden den Befehlen ihres Herrschers gehorchen, selbst dann, wenn sie genau wußten, daß es die Befehle seiner Bewacher waren – wenigstens eine Zeitlang. Aber die Bewohner Talanacs waren menschliche Wesen und keine Ameisen, und irgendwann würden sie revoltieren. Sie huldigten ihrem Kaiser als einer Inkarnation Gottes, der gleich nach dem allmächtigen Schöpfer Ollimaml kam, aber zugleich liebten sie ihre

Jadestadt. Zweimal in der Geschichte der Tishquetmoacs hatte es einen Gottesmord gegeben.

In der Zwischenzeit ... In der Zwischenzeit hetzte Kickaha jenem Bogengang entgegen, der jenem, durch den die Invasoren jeden Moment treten mußten, gegenüberlag. Ein Ruf trieb ihn an. Gleich darauf ertönte gellendes Geschrei. Einige der Priester schrien auf, aber einige Rufe hörten sich auch nach dem entwurzelten Mittelhochdeutsch der Teutonen an. Das Klirren von Rüstungen und Schwertern bildete einen hektischen Hintergrund für den Aufruhr von Stimmen.

Kickaha hoffte, daß alle Invasoren von Drachenland hinter ihm waren. Wenn sie es irgendwie geschafft hatten, alle Eingänge zur Bibliothek zu besetzen ... Nein, das war unmöglich. Der Korridor, den er entlangrannte, mündete seines Wissens in einer Gewölbehalle, die tiefer in den Jadeberg hineinführte. Man konnte sie durch andere Gewölbehallen betreten, aber kein einziger Korridor führte von diesen Hallen aus ins Freie. So zumindest hatte man es ihm erzählt. Möglicherweise stimmten seine Informationen nicht, vielleicht hatten seine Informanten aus irgendeinem Grund gelogen, oder sie hatten ihn angesichts seiner unzulänglichen Tishquetmoac-Sprachkenntnisse mißverstanden.

Wie auch immer, ihm blieb nur dieser Korridor als Fluchtweg. Und das war selbst dann ein Nachteil, wenn vor ihm keine Invasoren liefen, denn der Korridor würde irgendwo in der Tiefe des Jadeberges enden.

Drittes Kapitel

Die Bibliothek der Tishquetmoacs war ein riesiger Raum. Fünfhundert Sklaven hatten – bei einem täglichen Arbeitseinsatz von vierundzwanzig Stunden – zwanzig Jahre benötigt, um bohrend und schleifend die Roharbeiten fertigzustellen. Die Entfernung von jenem Bogengang, aus dem Kickaha gekommen war, bis zu jenem, den er für seine Flucht ausgewählt hatte, betrug fast einhundertachtzig Meter. Einigen Invasoren blieb also ausreichend Zeit, um in die Bibliothek einzudringen, ihn zu erblicken – und zu feuern.

Kickaha wußte dies nur zu gut, und deshalb rannte er wie ein flüchtender Hase im Zickzack. Dann war der Bogengang ganz nah ... Er warf sich vorwärts und rollte in die Sicherheit. Pfeile schrammten über ihn hinweg und klatschten gegen die steinernen Wände, andere prallten dicht neben ihm vom Boden ab.

Kickaha verlor keine Zeit. Er sprang auf die Beine und eilte weiter den Gang entlang. Schließlich kam er an die unvermeidliche Biegung. Er wurde langsamer und blieb schließlich stehen.

Zwei Priester schritten an ihm vorüber. Sie sahen ihn erstaunt an, sagten jedoch nichts. Und dann vergaßen sie ihn ganz, als schrille Schreie zu hören waren; sie wandten sich um und rannten in jene Richtung, aus der er gerade gekommen war.

Es wäre klüger, wenn sie in die entgegengesetzte Richtung laufen würden, überlegte Kickaha. Die Geräusche und Schreie hinter ihm ließen darauf schließen, daß die Männer von Drachenland die Priester in der Bibliothek umbrachten.

Es gab keinen Zweifel daran, daß die beiden Priester seinen Verfolgern in die Hände fielen. Das mochte die Häscher ein paar Minuten lang aufhalten. Er bedauerte den Tod der beiden, aber

er trug daran keine Schuld. Oder vielleicht doch? Dennoch hatte er nicht vor, sie zu warnen – sein Schweigen erhielt ihm seinen Vorsprung vor den Verfolgern.
Er rannte weiter. Wenige Meter vor einer weiteren Fünfundvierzig-Grad-Biegung vernahm er die Schritte hinter sich. Er blieb stehen, nahm eine brennende Fackel aus der Wandhalterung und hielt sie hoch. Sieben Meter über seinem Kopf befand sich ein rundes Loch in der Korridordecke. Es war dunkel. Vermutlich krümmte sich der Schacht irgendwo, bevor er sich mit einem anderen vereinigte.
Der gesamte Berg war von Tausenden solcher Schächte durchzogen. Da die Sklaven, die die Tunnel und Schächte in die Jade getrieben hatten, unmöglich auf kleinerem Raum arbeiten konnten, betrug der Durchmesser aller Schächte mindestens einen Meter.
Verzweifelt suchte Kickaha nach einer Möglichkeit, zu dieser Schachtöffnung hinaufklettern zu können. Schließlich aber mußte er aufgeben. Es war unmöglich, dort hinaufzugelangen.
Nicht weit entfernt scheuerte Metall gegen Stein. Kickaha rannte um die Korridorbiegung, drückte sich gegen die Wand und wartete. Die Schritte kamen näher.
Der erste Bogenschütze bekam eine brennende Fackel ins Gesicht. Er schrie auf, taumelte zurück und riß den hinter ihm gehenden Schützen zu Boden. Die konisch geformten Stahlhelme der beiden schepperten zu Boden.
Kickaha hetzte weiter, zerrte den Mann, dessen Gesicht er mit der Fackel verunstaltet hatte, hoch und benutzte ihn als Schutzschild. Gleichzeitig zog er das Langschwert des Mannes aus der Scheide. Der Bursche schien das überhaupt nicht wahrzunehmen. Mit beiden Händen hielt er sein Gesicht und schrie seine Angst heraus, erblindet zu sein. Inzwischen war auch der Soldat, den er umgerissen hatte, wieder auf den Beinen und hinderte so die nachfolgenden Bogenschützen daran, auf Kickaha zu schießen. Kickaha richtete sich auf und ließ die Schwertklinge auf den

ungeschützten Kopf des Soldaten niedersausen. Dann drehte er sich um und rannte davon.
Die Bogenschützen schossen, aber zu spät. Die Pfeile prasselten gegen die Wände. Kickaha betrat einen großen Lagerraum. Hier gab es eine Vielzahl von Gerätschaften – aber nur die langen, ausziehbaren Leitern, die zum Gebrauch in der Bibliothek bestimmt sein mochten, zogen seine Aufmerksamkeit auf sich. Kickaha beeilte sich. Er stellte eine Leiter auf und lehnte das obere Ende gegen die Wand eines Schachtes in der Decke. Das Langschwert legte er am Fuß der Leiter nieder. Dann nahm er eine andere Leiter und rannte quer durch die Halle, um schließlich durch ein Portal in eine Nebenhalle zu gelangen. Er suchte und fand einen weiteren Deckenschacht.
Rasch stellte er die Leiter auf und stieg empor. Den Rücken gegen die eine Wand des Schachtes gestemmt, die Füße gegen die andere, arbeitete er sich in der Höhlung aufwärts, während er hoffte, daß sein kleines Täuschungsmanöver seine Verfolger lange genug aufhalten würde. Selbst wenn sie ihre Pfeile in das dunkle Loch hinaufjagten, würden sie bald feststellen, daß er nicht wie ein Bär herunterzuholen war, der sich in einem hohlen Baum verkrochen hatte. Außerdem lag der Schluß nahe, daß er es rechtzeitig geschafft hatte, in einen der waagerecht abzweigenden Gänge zu gelangen. Einige von ihnen würden dieser vermeintlichen Spur folgen. Und vielleicht machten sie lange genug halt, um ihre schweren Kettenhemden, die Röcke, die Beinverkleidungen und die Stahlhelme abzulegen.
Kickaha grinste. Aber dann sagte er sich, daß er noch lange keinen Grund zum Aufatmen hatte. Wenn die Teutonen schlau waren, dann merkten sie möglicherweise recht schnell, daß er ihnen einen Streich spielte. Sie würden ausschwärmen und die anderen Hallen erforschen. Und dann würden sie die Leiter und diesen Schacht entdecken und ihm einen Pfeil in den Körper jagen.
Von diesem Gedanken angetrieben, begann er schneller zu

klettern. Die Füße fest gegen die Wand gepreßt, die Beine langsam ausstreckend, schob er seinen Oberkörper einige Zentimeter in die Höhe. Nachdem er den Rücken fest gegen die Wandung gedrückt hatte, zog er die Füße nach. Millimeter um Millimeter, Zentimeter um Zentimeter gewann er so an Höhe. Glücklicherweise bestanden die Schachtwände aus fugenlos glatter Jade – nicht etwa aus rauhem Stahl, Stein oder Holz.

Nachdem er knapp sieben Meter – wenn er jetzt den Halt verlor, bedeutete dies einen Sturz in fünfzehn Meter Tiefe – hinter sich gebracht hatte, gelangte er an einen rechtwinklig abzweigenden Schacht.

Er mußte sich drehen, um in den Seitenschacht hineinzugelangen. Er sah die Leiter tief unter sich. Sie war noch immer gegen die Schachtwand gelehnt. Kein Ton war zu hören. Kickaha hielt sich nicht länger auf. Er zog sich vollends in den waagerecht verlaufenden Stollen hinauf.

In diesem Augenblick hörte er, ganz leise, eine Stimme. Die Soldaten Erich von Turbats mußten auf seinen Trick hereingefallen sein. Möglicherweise kletterten sie jetzt durch die erste Röhre in die Höhe – oder sie hatten die anstrengende Klettertour bereits hinter sich gebracht und befanden sich nun ebenfalls in dem Stollen, in dem er sich aufhielt. Wenn er sich nicht irrte, so verband dieser Stollen nämlich die in die Hallen hinabführenden Schächte miteinander.

Kickaha beschloß, ihnen den Mut zu nehmen. Auch wenn es ihm gelang, einen Weg zu finden, der ihn aus diesem Röhren- und Schachtsystem herausführte, so konnte es ihm durchaus passieren, daß sie direkt hinter ihm waren. Oder – was noch schlimmer wäre – direkt unter ihm. Es war anzunehmen, daß sich seine Häscher weder von ihren Bogen noch von ihren Pfeilen getrennt hatten. Und wenn dies der Fall war, konnten sie ihn völlig gefahrlos abschießen.

Er versuchte, sich zu orientieren und herauszufinden, in welcher Richtung der Schacht lag, an dessen unterem Ende er die erste

Leiter zurückgelassen hatte. Vorsichtig kroch er weiter und erreichte schließlich einen Röhrenknotenpunkt. Drei waagerechte Tunnel trafen sich über einem senkrecht in die Höhe führenden Schacht. Hier war das Zwielicht des Labyrinths ein bißchen heller. Kickaha sprang über die Schachtöffnung und näherte sich dem Lichtschein.

Als er vorsichtig um eine Biegung spähte, erblickte er den Teutonen. Der Mann stand vornübergebeugt und wandte ihm den Rücken zu. Ein Mann, der sich noch im Schacht befand, reichte seinem Gefährten eine Fackel und fluchte, weil die Fackel seine Haut versengt hatte. Der andere flüsterte gepreßt zurück, er möge still sein.

Die Männer hatten ihre Rüstungen und, von den Dolchen abgesehen, sämtliche Waffen abgelegt. Aber gerade wurde dem Soldaten im Stollen ein Bogen und ein mit Pfeilen gefüllter Köcher heraufgereicht. Die Männer im Schacht hatten offenbar eine Kette gebildet, um ihre Waffen heraufzubefördern.

Es wäre wesentlich klüger gewesen, überlegte Kickaha, wenn zuvor sechs oder sieben Männer im Stollen Stellung bezogen hätten, um auf einen eventuellen Angriff ihres Opfers vorbereitet zu sein. Sekundenlang hatte er mit dem Gedanken gespielt, den einzelnen Söldner sofort anzuspringen, aber dann entschloß er sich anders. Er würde so lange warten, bis sie all ihre Waffen heraufgeschafft hatten.

Bogen für Bogen, Köcher für Köcher, schließlich Schwerter und Rüstungen wurden hochgereicht und dem Mann im Stollen übergeben, der sie entlang der Wand ordentlich stapelte. Konnten diese Männer denn nicht begreifen, daß die Rüstung sie nur belastete – und zudem ihrem Opfer einen Vorteil verschaffte? Und der schwere, massive Panzer sowie die nicht minder schwere Unterkleidung würde sie tüchtig ins Schwitzen kommen lassen. Warum also die Rüstungen? Im Grunde genommen gab es nur eine einzige Antwort auf diese Frage: die Starrheit des militärischen Verstandes. Wenn die Vorschriften verlangten, daß in jeder

Gefechtssituation die Rüstung zu tragen war, so wurde die Rüstung getragen. Ob nun sinnvoll oder nicht – das war gleichgültig.
Die Soldaten fluchten, allerdings sehr leise, über die Hitze und die harte Arbeit. Kickaha verstand, im Gegensatz zu den unten in der Halle wartenden Offizieren, mühelos jedes Wort.
Schließlich waren fünfunddreißig Bogen, fünfunddreißig Köcher und fünfunddreißig Schwerter, Helme und Kettenpanzer im Stollen aufgestapelt. Also machten sich nicht alle Krieger – darunter verständlicherweise die Offiziere – die Mühe, ihre Stahlpanzer und Kettenhemden abzunehmen und in das Röhrensystem heraufzuklettern.
Der lautstarken Unterhaltung zwischen dem Mann im Stollen und einem Offizier in der Halle – hätten die Männer im Schacht die Worte des Offiziers flüsternd weitergegeben, so wäre weitaus weniger Lärm entstanden – entnahm Kickaha, daß der Mann vor ihm ein *Shlikrum,* ein Unteroffizier, war. Dieses Wort hatten die mittelalterlichen deutschen Eroberer von der Erde als Bezeichnung für einen Stabsfeldwebel aus der Eingeborenensprache entlehnt.
Kickaha lauschte aufmerksam, um zu erfahren, ob weitere Teutonen durch andere Schächte hinaufkletterten. Er wollte vermeiden, in eine Falle zu geraten oder von hinten angesprungen zu werden. Die Männer verloren kein Wort über weitere Kletterer, was natürlich nicht bedeuten mußte, daß es sie nicht gab. Kickaha blickte wie ein Vogel hinter sich, der auf seine Erzfeindin, die Katze, achtet, aber er sah und hörte nichts. Der *Shlikrum* hätte gut daran getan, ebenso nervös und wachsam zu sein. Aber er schien sich offenbar sehr sicher zu fühlen.
Dieses Gefühl verschwand jedoch so rasch wie ein Glas Wasser im Vakuum. Der *Shlikrum* hatte sich vorgebeugt, um dem ersten aus dem Schacht kletternden Mann behilflich zu sein. In diesem Augenblick griff Kickaha an. Mehrere Zentimeter tief rammte er dem Mann seinen Dolch in die rechte Seite des Hintern. Der schrie auf und fiel, nachdem Kickahas Fuß entsprechend nachge-

holfen hatte, kopfüber in den Schacht. Das löste eine Kettenreaktion aus. Zehn Teutonen-Söldner, die sich im Schacht befunden hatten, stürzten schreiend und fluchend in die Tiefe. Dumpf waren die Aufschläge auf dem Hallenboden zu hören, und diese Geräusche wurden schwächer, je mehr Körper aufeinander zu liegen kamen.
Der *Shlikrum* landete – Arme und Beine ausgestreckt – obenauf. Er war verletzt, aber nicht ohnmächtig. Er sprang auf, verlor die Balance und stürzte von den Körpern seiner Kameraden hinab. Stöhnend blieb er auf dem Boden der Halle liegen.
Ein Offizier in voller Rüstung schritt klirrend auf ihn zu und beugte sich vor, um den *Shlikrum* anzusprechen.
Die in der Gewölbehalle herrschende Unruhe hinderte Kickaha daran, die Worte zu verstehen. Also legte er einen Pfeil auf die Sehne und zielte auf den Offizier. Der Schußwinkel war denkbar schlecht, aber Kickaha war darin geübt, aus allen möglichen und unmöglichen Stellungen heraus zu treffen. Mit einem hellen Singen schwirrte der Pfeil von der Sehne und traf sein Ziel. An der Verbindungsstelle zwischen Schulter- und Halspanzer bohrte er sich tief ins Fleisch des Mannes. Der Offizier fiel vornüber auf den Unteroffizier.
Jetzt erst sah Kickaha das silberne Kästchen, das auf den Rücken des Ritters geschnallt war. Es erregte Kickahas Neugier. Noch nie zuvor hatte er etwas Ähnliches gesehen. Aber jetzt blieb keine Zeit, seine Neugier zu befriedigen.
Die Soldaten, die Sekunden zuvor damit begonnen hatten, sich um ihre abgestürzten Kameraden zu kümmern, ließen von diesem Tun ab und hasteten aus Kickahas Schußfeld. Stimmengewirr war zu hören. Dann setzte plötzlich Schweigen ein, nachdem ein laut brüllender Offizier einen entsprechenden Befehl erteilt hatte.
Kickaha erkannte Erich von Turbats Stimme. Erst jetzt wurde ihm allmählich die Bedeutung dieser Invasion sowie der wilden Jagd auf ihn klar.

Erich von Turbat war der König des unabhängigen Staates Eggesheim, eines gebirgigen Landes, in dem etwa sechzigtausend Menschen lebten. Früher, in seiner Eigenschaft als Baron Horst von Horstmann, hatte Kickaha einigermaßen freundschaftliche Beziehungen zu ihm unterhalten. Aber nachdem er Erich von Turbat in einem Lanzenturnier geschlagen hatte, war diese Beziehung merklich kühler geworden. Völlig frostig wurde sie ein wenig später, als von Turbat ihn im Bett seiner Tochter erwischte. Von dieser Sekunde an hatte er sich feindselig gezeigt – nicht offen, nein, aber immerhin hatte er deutlich werden lassen, daß er sich nicht verpflichtet fühlen würde, seinen Tod zu rächen, falls ihn irgend jemand tötete, solange er noch unter seinem Dach lebte. Dieser Wink war mehr als deutlich gewesen, und Kickaha hatte sich davongemacht, nachdem ihm die Sache hinterbracht worden war. Später überfiel er in seiner Rolle als Räuberbaron eine Handelskarawane, die sich auf dem Weg nach Eggesheim befand. Die Umstände hatten Kickaha schließlich gezwungen, sein Schloß und seine Identität als Baron von Horstmann aufzugeben und zu fliehen. Er hatte sich die Ebene Amerindia als Zuflucht erwählt. Das war vor wenigen Jahren gewesen.

Es gab keinen rationalen Grund, warum der König von Eggesheim ausgerechnet jetzt – und nur, um sich zu rächen – das erhebliche Risiko eingegangen war, nach Amerindia zu gehen. Zunächst einmal blieb die Frage: Wie hatte der König überhaupt herausgefunden, daß er sich hier aufhielt? Dann: Woher konnte er wissen, daß Baron von Horstmann mit Kickaha, dem Trickreichen, identisch war? Und wenn er tatsächlich die Tore entdeckt und deren Bedeutung und Funktion erkannt hatte – warum drang er dann ausgerechnet in die gefährliche Stadt Talanac ein? Kickaha schüttelte den Kopf. Es gab zu viele Fragen.

In der Gewölbehalle unter ihm tat sich etwas. Schritte. Leise Stimmen. Dann war sekundenlang das Ende einer Leiter zu sehen.

Also versuchten die Teutonen jetzt, durch einen oder mehrere Schächte in den Stollen hinaufzusteigen. Da die meisten Rüstungen und Waffen in seiner Gewalt waren, würden sie jetzt wesentlich beweglicher und leiser sein. Und natürlich würden sie um Verstärkung schicken. Besser, er machte sich aus dem Staube. Aber bevor er seinen Vorsatz in die Tat umsetzen konnte, sah er, daß sich einer der abgestürzten Soldaten bewegte. Kickaha erschoß ihn. In rascher Folge jagte er fünf weitere Pfeile von der Sehne. Keinen seiner Gegner durfte er verschonen, wollte er sichergehen, daß keiner von ihnen zu einem späteren Zeitpunkt zu seinem Mörder wurde.

Dann war er etwa fünf Minuten lang damit beschäftigt, in den verschiedenen Stollen hin und her und kreuz und quer zu laufen. Dreimal gelang es ihm, Erich von Turbats Soldaten während ihrer schweißtreibenden Kletterpartie zu überraschen und den zuoberst befindlichen Mann zu erschießen. Zweimal schoß er durch einen Schacht auf Männer, die sich unten in der Gewölbehalle aufhielten und unvorsichtig genug waren, sich direkt unterhalb einer Schachtöffnung zu präsentieren.

Aber Kickaha wußte, daß er niemals schnell genug sein würde, um sämtliche Schächte im Auge behalten zu können. Und es war offensichtlich, daß der Tod einiger seiner Männer den König nicht rührte. Mit sturer Beharrlichkeit drangen die Teutonen-Söldner erneut in jene Schächte vor, in denen sie schon gewesen waren und zum Teil empfindliche Verluste hatten hinnehmen müssen. Und dann zeigten flackernder Feuerschein und Geräusche, daß sich dieses Mal verschiedene Angriffsgruppen gebildet hatten. Sie wollten ihn in die Zange nehmen, ihn von verschiedenen Seiten her angreifen.

Kickaha zog sich zurück. Die erbeuteten Waffen seiner Gegner mußte er zurücklassen, da er in einem der senkrecht in die Höhe führenden Schächte emporklettern wollte. Er hoffte, einen Weg zu den ins Freie mündenden Schächten zu finden. Dort, hoch in der Wand des Jadeberges, oberhalb der Straße der Verschiedensten Segnungen, mochte es ihm vielleicht gelingen zu entwischen. Wenn es ihm gelang, sich in das Gewirr der Tunnel und Röhren vordringenden Söldner bis zum Einbruch der Dunkelheit vom Leibe zu halten, mochte es ihm gelingen, über die Jadeklippe zu entkommen. Vorausgesetzt, daß es im Ornament genügend Vorsprünge und Risse gab, um hinabklettern zu können.

Durst quälte ihn. Der Wissensdurst hatte ihm an diesem Morgen so zugesetzt, daß er darüber den realen Durst vollkommen vergessen hatte. Er hatte noch keinen Schluck Wasser getrunken. Und jetzt war er vom Schrecken, vom Kampf und vom Laufen wie ausgetrocknet. Von seinem Gaumen hing stalaktitenförmiger, zäher Speichel, und seine Kehle schien mit Wüstenkies, wie ihn die Hufe eines Kamels aufwirbelten, verstopft zu sein.

Wenn es unbedingt sein mußte, würde er den Rest dieses Tages und die darauffolgende Nacht ohne Wasser durchhalten. Aber der Durst würde ihn schwächen. Also gab es nur eine akzeptable Konsequenz: Er mußte sich irgendwie Wasser beschaffen. Und da es hierfür nur eine Möglichkeit gab, beschloß er, sofort zu handeln.

Er kroch zu jenem Schacht zurück, durch den er vor wenigen Minuten heraufgeklettert war. Einige Meter vom Rand entfernt, verhielt er jedoch. Er grinste. Was war nur los mit ihm? Offenbar hatte ihn das plötzliche Auftauchen der Teutonen so schockiert, daß ihn seine gewohnte Verschlagenheit und sein unkonventionelles Denken eine Zeitlang verlassen hatten. Es gab nämlich noch eine andere Möglichkeit zu entkommen. Eine Möglichkeit, an die er bisher zu denken versäumt hatte. Im Grunde genommen war es eine verrückte Idee. Aber es war durchaus möglich, daß er damit Erfolg hatte. Hoffentlich war es noch nicht zu spät!

Der Abstieg war leicht. Kickaha erreichte den beachtlichen Stapel von Waffen und Rüstungen. Ein Zeichen dafür, daß die Teutonen noch nicht bis hierher vorgedrungen waren. Wahrscheinlich waren sie immer noch damit beschäftigt, in weiter entfernt liegenden Schächten in die Höhe zu kriechen. Kickaha entledigte sich der Tishquetmoac-Kleidung, knüllte sie zu einem Packen zusammen und versteckte sie inmitten der Rüstungen. Dann suchte er sich ein passendes Kettenhemd, einen stählernen Panzer sowie einen Helm und kleidete sich neu ein.

Minuten später war die Verwandlung vollzogen. Kickaha beugte sich über die Schachtöffnung und rief nach unten. Obwohl er den in Eggesheim gesprochenen Dialekt der deutschen Sprache seit ein paar Jahren nicht mehr gehört hatte, gelang es ihm, ihn perfekt nachzuahmen.

Die in der Gewölbehalle stationierten Soldaten waren mißtrauisch. Sie vermuteten einen Trick. Allerdings konnten sich die Männer nicht vorstellen, was wirklich geschehen war. Sie glaubten, der Gejagte wolle versuchen, sie in die Reichweite seines Bogens zu locken.

»Ick bünn de Untershlikrum Hayns Gimbat«, rief Kickaha. (›Ich bin der Obergefreite Heinz Gimbat.‹)

Hayns war in Drachenland ein durchaus gebräuchlicher Vorname und Gimbat, wie die meisten Namen, die auf -bat endeten, ein Eingeborenenname. Zudem war dieser Name in jener Region und in den unteren Klassen, die sich meist aus Eingeborenen und Deutschen zusammensetzten, besonders verbreitet. Bestimmt befanden sich mehrere Männer, die ebenfalls so hießen, in der Armee der Invasoren.

Ein Feldwebel trat schließlich vor und blieb mit in den Nacken gelegtem Kopf stehen. Er starrte zu Kickaha hinauf. *»Wo iss de Trickmensch?«*

»De iss nich hier, kloar. Ick harr Durss.« (›Er ist natürlich nicht hier. – Ich habe Durst.‹)

»Itzo wollt du Woter ham?« schnauzte der Feldwebel. (›Du fragst nach Wasser? In einem Moment wie diesem?‹) *»Scheißkerl!«*

Kickaha war wirklich durstig, und er wußte, daß es richtig gewesen war, dies zu sagen. Das mochte den Verdacht des Feldwebels besänftigen.

Während der Soldat tobte, verkündete hin und her zuckendes Fackellicht zu beiden Seiten seines augenblicklichen Aufenthaltsortes, daß es die Söldner inzwischen geschafft hatten, den waagerechten Stollen zu erreichen, und sich nun näherten. Kickaha wandte sich von der Schachtöffnung ab, um mit dem Offizier der Neuankömmlinge zu sprechen. Der Mann trug keine Rüstung. Offensichtlich meinte Erich von Turbat, daß ein Offizier die Verantwortung für die Jagd zu tragen hatte.

Kickaha erkannte den Mann. Es war der Baron von Diebrs, der Regent eines kleinen Fürstentums an der Grenze von Eggesheim. Während Kickahas Aufenthalt am Hofe des Königs von Turbat war auch der Baron kurze Zeit zugegen gewesen.

Kickaha hielt seinen Kopf gesenkt, so daß ein Teil seines Gesichts im Schatten lag. Er bemühte sich, seine Stimme so gut wie möglich zu verstellen. Baron von Diebrs hörte ihm zu, und glücklicherweise achtete er nicht auf die Gesichtszüge seines Gegenübers. Für ihn war Kickaha lediglich einer der zahlreichen gesichtslosen Soldaten der untersten Klasse.

Kickaha berichtete, der ›Trickmensch‹ sei spurlos verschwunden, und er beeilte sich zu sagen, daß er um Wasser gebeten hatte, der Feldwebel jedoch zu denken schien, dieses Verlangen sei unangebracht.

Der Baron leckte sich über die Lippen. Er schien Kickahas Verlangen durchaus nicht für unangebracht zu halten. Er gab dem Feldwebel einen entsprechenden Befehl.

Wenig später wurden ihnen mit Wasser gefüllte Flaschen heraufgereicht, und Kickaha konnte endlich seinen Durst löschen. Dann versuchte er, sich unauffällig zurückzuziehen. Wenn er nur in die Gewölbehalle hinunterkommen könnte ... Aber Baron von Diebrs machte seine Hoffnungen zunichte. Er befahl ihm, die Männer zu jenem Schacht zu führen, der bis zum nächsthöheren waagerechten Stollen emporreichte. Und er schimpfte, weil Kickaha noch immer eine Rüstung trug. Kickaha war gezwungen, den Panzer abzulegen. Seine Nerven waren bis zum

Zerreißen angespannt. Er war bereit, beim geringsten Anzeichen dafür, daß der Baron ihn erkannte, zuzuschlagen oder davonzurennen. Aber von Diebrs war ausschließlich auf den geheimnisvollen, barbarischen Mörder konzentriert, von dem er nur wußte, daß er sich irgendwo in diesem Labyrinth aus Schächten, Röhren und Stollen aufhalten mußte.

Kickaha lagen mehrere Fragen auf der Zunge, aber da er wußte, daß er sie nicht stellen konnte, ohne Verdacht zu erregen, blieb er stumm. An der Spitze der Söldner schob er sich in einem Schacht in die Höhe und nahm, nachdem er den waagerecht abzweigenden Stollen erreicht hatte, die heraufgereichten Bogen, Pfeilköcher und Langschwerter in Empfang.

Nachdem der letzte Soldat heraufgeklettert war, teilte der Baron seine Leute in zwei Gruppen auf. Eine wies er an, linker Hand in den Stollen vorzudringen, die andere sollte in die entgegengesetzte Richtung gehen. Für den Fall, daß jener Suchtrupp, dem Kickaha sich angeschlossen hatte, auf einen anderen traf, hatte von Diebrs den Aufstieg in die höhergelegenen Stollen angeordnet.

In den Stollen, die sie soeben verlassen hatten, wurde es hell und laut. Immer mehr Männer – Verstärkung, um die Jagd zu beschleunigen – quollen in das Röhrenlabyrinth. Erich von Turbat, oder wer auch immer die gesamte Invasion befehligte, mußte die Situation voll beherrschen, wenn es ihm möglich war, so viele Soldaten zu erübrigen.

Kickaha hielt sich nach wie vor beim ersten Suchtrupp auf, denn keiner dieser Männer kannte ihn. Und wenn sie anderen Söldnergruppen begegneten, hielt er sich im Hintergrund und schwieg. Noch immer trug er den Helm, denn niemand hatte befohlen, ihn abzunehmen. Auch einige andere Männer seines Trupps trugen Helme, so daß er nicht auffiel.

Das Vorankommen wurde jetzt schwieriger, denn die Stollen waren so niedrig und eng, daß die Männer nur noch vornübergebeugt und im Gänsemarsch gehen konnten. Die Soldaten hatten geglaubt, in bester Kondition zu sein, aber diese Art von Fortbewegung ließ die Beine und den verlängerten Rücken bald schmerzen. Obgleich Kickaha weniger litt, jammerte er ebenso wie die anderen, um nicht aufzufallen.

Nach etwa achtzig Minuten – Kickaha war diese Zeit so lang wie eine kleine Ewigkeit vorgekommen – kletterten die sechs Männer in eine kleine, runde Kammer. Die gegenüberliegende Wand wies große, runde Öffnungen auf. Sie begaben sich hinüber, lehnten sich über den Sims und blickten in die Tiefe. In der Straße der Verschiedensten Segnungen wimmelte es von Teutonen-Soldaten sowie von Rittern, die hoch zu Pferd ihre Befehle brüllten. Obwohl sie aus dieser Höhe klein wie Spielzeugfiguren wirkten, konnte man ihre Abzeichen relativ leicht voneinander unterscheiden. Kickaha erkannte neben den in Eggesheim gebräuchlichen Flaggen, Wimpeln und Uniformen jene von mindestens einem Dutzend weiterer Königreiche und einigen Fürstentümern.

Leichen – hauptsächlich die von Tishquetmoacs – lagen am Straßenrand, und hier und dort waren Blutlachen zu erkennen. Die Kämpfe zwischen der Bevölkerung Talanacs und den Teutonen mußte an anderer Stelle – vermutlich am höchsten Punkt der Stadt – stattgefunden haben.

Weit unterhalb der Straßen schäumte der Fluß und spritzte Gischt. Auf den beiden Brücken, die in Kickahas Blickfeld lagen, drängten sich die Flüchtlinge, die sich in die alte Stadt zurückzogen.

In diesem Augenblick preschte ein Tishquetmoac die lange, leicht gebogene Rampe von der oberen Straße herunter. Wenig später zügelte er sein Roß vor König Erich von Turbat, der Minuten zuvor aus dem Tempel herausgetreten war. Der König schwang sich auf ein von einem Lakaien bereitgehaltenes Pferd und erlaubte dem Tishquetmoac erst dann, zu ihm zu sprechen. Dieser Mann sah mit seinem Kopfputz aus langen, gebogenen, weißen Federn, dem scharlachroten Gewand und den grünen

Beinkleidern imposant aus. Die Vermutung lag nahe, daß er ein hoher Beamter des Kaisers war. Der Mann erstattete von Turbat offenbar Bericht, was wohl bedeuten mußte, daß sich der Kaiser in der Gewalt der Teutonen befand.

Somit blieb Kickaha selbst dann, wenn ihm die Flucht glücken sollte, nur mehr eine geringe Chance. Jene Tishquetmoacs, die in der Stadt zurückgeblieben waren, würden den Befehlen ihres Regenten nach wie vor gehorchen. Und wenn diese Befehle lauteten, Kickahas Auftauchen umgehend zu melden, so würden sie befolgt werden.

Kickaha horchte auf, als einer der neben ihm stehenden Söldner von der Belohnung sprach, die für sein Ergreifen oder für die Information, die zu seinem Ergreifen führte, ausgesetzt worden war. Zehntausend *Drachener,* dazu der Titel, das Schloß und sämtliche Ländereien mit allen Bewohnern der Baronie Horst von Horstmanns. Sollte sich ein Bürgerlicher um die Belohnung verdient machen, so bedeutete dies, daß sowohl er als auch seine Familienmitglieder in den Adelsstand erhoben wurden. Und das ausgesetzte Geld übertraf die Summe, die der König von Eggesheim in zwei Jahren an Steuergeldern einnahm, um ein Vielfaches. Ein stolzer Preis, der da für seinen Kopf geboten wurde, fand Kickaha.

Was mochte aus Lisa von Horstmann, seiner einstigen Frau, geworden sein? Und was aus seinem Freund, dem Baron Siegfried von Listbat?

Er wagte nicht, danach zu fragen. Aber bei dem Gedanken an ihr Schicksal befiel ihn ein ekelhaftes Gefühl.

Er lehnte sich wieder aus der Fensteröffnung, und die frische, würzige Luft tat ihm gut. Und dann sah er etwas, das er schon einmal gesehen, jedoch nahezu vergessen hatte: die stählerne Kassette. Jener Ritter, den er vorhin bereits in Erich von Turbats Begleitung bemerkt hatte und der die Kassette trug, befand sich dort unten. Er folgte seinem König dicht auf den Fersen. Und wieder trug er die Kassette bei sich.

Sehr seltsam, dachte Kickaha. Aber war nicht diese ganze Sache seltsam? Nichts von alldem, was geschehen war, konnte er sich erklären. Nur eines war sicher: Wolffs Hände waren gebunden. Es mußte ihm unmöglich sein, als Herr seiner Welt zu handeln, denn sonst würde dieses hier nicht geschehen. Möglicherweise war Wolff getötet worden – oder in seinem eigenen Palast gefangen. Oder er versteckte sich irgendwo auf einer Ebene dieser oder irgendeiner anderen Welt.

Kurze Zeit später gab der Feldwebel den Befehl, in die Gewölbekammern zurückzukehren. Erneut wurden alle Schächte und Stollen in dem ihnen zugewiesenen Sektor durchsucht. Vergebens.

Als sie die Gewölbekammer schließlich erreichten, waren sie müde, verschwitzt, hungrig und verdrossen. Und die verbalen Angriffe der Offiziere trugen vollends dazu bei, daß sie sich miserabel fühlten.

Die Ritter konnten und wollten nicht glauben, daß Kickaha ihnen zu entkommen vermochte. Und König Erich von Turbat war ganz ihrer Ansicht Er besprach sich mit seinen Offizieren, arbeitete noch genauere Pläne aus und ordnete eine neue Suchaktion an. Zuvor jedoch gab es noch einen geringfügigen Aufenthalt. Wasser, Zwieback sowie Streifen von Trockenfleisch wurden an die erschöpften Männer verteilt. Kickaha hatte sich ebenso wie seine ›Gefährten‹ niedergekauert und mit dem Rücken gegen die Wand gelehnt. Er sprach nur, wenn er von den anderen angesprochen wurde. Die Söldner seiner Gruppe hatten gemeinsam gedient, aber sie fragten ihn nicht nach seiner Kompaniezugehörigkeit. Sie alle waren viel zu müde und zu verstimmt, um über was auch immer viel zu reden.

Eine Stunde nach Einbruch der Nacht wurde die Suche endlich abgebrochen. Ein Offizier verkündete, daß der Trickmensch unmöglich entkommen könnte. Denn der Strom der Flüchtlinge sei unterbrochen, jede Brücke schwer bewacht – und an den Ufern gegenüber der Jadestadt patrouillierten zuverlässige Soldaten. Außerdem sei trotz der vorgerückten Stunde noch mit der Durchsuchung sämtlicher Häuser begonnen worden.

Dies bedeutete, daß die Männer der Suchtrupps noch lange nicht den Schlaf, nach dem sie so sehr verlangten, bekommen würden. Auch während der Nachtperiode würden sie die Suche nach Kickaha fortsetzen müssen. Und wenn er in dieser Nacht nicht gefunden wurde, so hatten sie den ganzen nächsten Tag und die darauffolgende Nacht wach zu bleiben.

Keiner der Soldaten protestierte. Keiner von ihnen wollte es riskieren, ausgepeitscht, kastriert und schließlich aufgehängt zu werden.

Aber wenn kein Offizier in der Nähe war, dann murrten sie. Kickaha ließ in seiner Aufmerksamkeit keine Sekunde lang nach. Er achtete auf jedes ihrer Worte, um so zu Informationen zu kommen, die ihm möglicherweise das Leben retteten.

Trotz ihrer Nörgelei waren die Soldaten zähe, ausdauernde Männer, die jeden Befehl im Spektrum zwischen Vernunft und größter Sinnlosigkeit ausführen würden.

Die Männer marschierten forsch genug weiter, obwohl der Schmerz in ihren Oberschenkeln stumm aufschrie. Kickaha hielt sich am Ende des Trupps. Als sie eine dunkle Straße entlanggingen und weder Tishquetmoacs noch Teutonen zu sehen waren, handelte er. Er blieb zurück. Niemand bemerkte es. Kickaha drückte sich in das Dunkel eines Hauseingangs.

Viertes Kapitel

Die Tür, vor der er stand, war natürlich nicht von außen zu öffnen. Sie war von innen her mit dem großen Riegel versperrt, den alle Bürger Talanacs benutzten, um sich vor in der Nacht herumstreunenden Verbrechern zu schützen.

Wo Zivilisation ist, da gibt es Diebe. In diesem Augenblick war Kickaha dieser Tatsache äußerst dankbar. Während seines letzten langen Aufenthaltes in Talanac hatte er sich mit voller Absicht mit einigen Männern und Frauen der kriminellen Klasse angefreundet. Diese Leute kannten viele verborgene Wege innerhalb der Stadt – und Wege, die aus Talanac herausführten. Dafür hatte er sich in weiser Voraussicht interessiert.

Abgesehen davon fand er jene Kriminellen, die er kennenlernte – es waren hauptsächlich Schmuggler –, äußerst interessant. Besonders Clatatol hatte es ihm mächtig angetan. Sie war schön. Langes, glattes, glänzend schwarzes Haar umrahmte ihr schmales Gesicht mit der zarten, bronzefarbenen Haut und den großen braunen Augen. Lange, dichte Wimpern überschatteten diese Augen. Ihr Körper war schlank und doch sehr weiblich, die Taille, wie die der meisten Tishquetmoac-Frauen, etwas zu weit geschwungen und die Waden etwas zu dick. Aber Kickaha verlangte selten genug Perfektion von anderen Menschen. Er war der Meinung, daß kleine Asymmetrien die Grundlage wahrer Schönheit bildeten.

So war er zu jener Zeit, da er der Tochter des Kaisers den Hof machte, Clatatols Liebhaber geworden, und dieses Doppelleben hatte ihn schließlich in eine Zwickmühle geraten lassen. Der Bruder des Kaisers und der Chef der Stadtpolizei hatten ihn höflich, aber bestimmt gebeten, Talanac zu verlassen, ihn jedoch

gleichzeitig darauf hingewiesen, daß er zurückkehren konnte, wenn die Tochter des Kaisers verheiratet und somit im Harem eingeschlossen war, wie es die Sitte des Adels vorschrieb. Kickaha war aus der Stadt geritten, ohne sich von Clatatol zu verabschieden, und hatte eines der kleinen Vasallenkönigreiche im Osten besucht, eine Nation zivilisierter Völker, die sich Quatsl-slet nannten. Vor langer Zeit waren sie von den Tishquetmoacs erobert worden, und jetzt zahlten sie der Jadestadt Tribut. Aber sie hatten sich ihre Sprache sowie ihre irgendwie seltsam anmutenden Gebräuche erhalten. Eines Tages, noch während er sich bei den Quatsl-slet aufhielt, kam die Botschaft, daß die Tochter des Kaisers entsprechend der Sitte ihren Onkel geheiratet hatte. Nun hätte er in die Jadestadt zurückgehen können, aber statt dessen hatte er es vorgezogen, zu den Hrowakas, dem Bärenvolk, in die Berge am Rand der Großen Prärie, heimzukehren.
Kickaha schmunzelte. All diese Erinnerungen waren ihm in Bruchteilen von Sekunden durch den Sinn gegangen. Er würde versuchen, Clatatols Haus zu erreichen. Vielleicht konnte sie ihn ungesehen aus der Stadt herausbringen. Wenn sie mich noch haben will, schränkte er ein. Beim letzten Wiedersehen hatte sie versucht, ihn zu töten. Und sollte sie ihm inzwischen verziehen haben, so würde sie dennoch ärgerlich sein. Schließlich war er nach Talanac gekommen, ohne sie zu besuchen.
»O Kickaha«, murmelte er halblaut im Selbstgespräch. »Du glaubst, klug zu sein, und doch gerätst du immer wieder in die unmöglichsten Situationen. Glücklicherweise bin ich der einzige, der das weiß. Und obwohl ich ein ziemlich großes Mundwerk habe, werde ich das niemals jemandem erzählen.«
Der Mond erschien am Himmel. Der Trabant der Welt der vielen Ebenen war nicht silbern wie der irdische, sondern so grün wie der Käse, aus dem er, humorvollen Folkloristen zufolge, bestehen sollte. Zudem war er gut zweieinhalbmal so groß wie der Mond der Erde.
Langsam kroch er über den sternenlosen Himmel, und sein

silbergrünes Licht wanderte über die weiß-braun gestreifte Jade-Avenue. Gemächlich bewegte sich die riesige Kugel voran, und ihr Licht war wie eine Schar Mäuse, die weiterzog; es strahlte zaghaft voraus, und kurze Zeit später ergoß es sich über die Schwelle des Hauseinganges, in dem Kickaha stand.

Er blickte zum Mond empor und wünschte sich, dort sein zu können. Er war schon oft auf der Oberfläche des Mondes gewesen, und wenn er eines der verborgenen kleinen Tore in Talanac erreichte, so wäre es kein Problem, wieder dorthin zu gelangen.

Allerdings bestand durchaus die Möglichkeit, daß von Turbat die Position dieser Tore kannte, da er doch offenbar auch die der großen Tore kannte. Aber vielleicht würde sich die Mühe lohnen, dies definitiv herauszufinden.

Eines der kleinen Tore befand sich in der Kapelle eines Tempels, der drei Straßenzüge über der tiefsten Stadtetage errichtet worden war, das andere im Tempel selbst. Die Invasoren riegelten sämtliche Wege, die aus Talanac herausführten, ab und hatten in der untersten Stadtetage mit den Hausdurchsuchungen begonnen. Im Laufe der Zeit wollten sie sich zur Spitze der Jadestadt emporarbeiten, denn sie vermuteten, daß Kickaha so immer höher hinaufgetrieben wurde. Und schließlich sollte er jenen Soldaten in die Hände laufen, die auf den beiden Stufen direkt unterhalb des Palastes stationiert waren. Hin und wieder würden Patrouillen durch die anderen Straßen ziehen. Aber diese Patrouillen würden zahlenmäßig nicht sehr stark sein. Erich von Turbat hatte nicht genügend Leute zur Verfügung.

Kickaha verließ den Hauseingang, eilte wie ein Schatten über die Straße und über die Rampe, kletterte dann an den Götzen, Tier- und Menschenfiguren, den abstrakten Symbolen und den Kartenreliefs, die aus der Jadepyramide geschliffen worden waren, in die Tiefe. Er kam nur langsam vorwärts, denn der Halt für Hände und Füße war auf dem glatten Stein nicht immer sicher. Und er mußte vorsichtig sein: Am Fuß der Rampe, die von der

oberen Straße herabführte, waren Söldnertruppen stationiert. Zahlreiche Männer hielten brennende Fackeln in den Fäusten. Einige der Männer waren beritten.
Auf halbem Weg nach unten preßte sich Kickaha – bewegungslos wie eine Fliege, die den großen Schatten einer Hand, die irgendwo in der Ferne über ihr drohte, entdeckt hatte – gegen die Wand. Auf der Straße unter ihm preschte eine Patrouille, bestehend aus vier berittenen Soldaten, vorbei. Die Männer hielten kurz an, um mit den Wachen zu sprechen, und ritten dann weiter.
Kickaha setzte seinen Abstieg fort und erreichte wenig später den Fuß der Jadewand. Sekundenlang verhielt er lauernd, glitt dann an der Wand und an den Häuserfronten entlang in schattige Hauseingänge hinein und wieder heraus. Noch immer trug er Bogen und Köcher bei sich, obwohl er sich ohne diese Waffen schneller und leiser hätte bewegen können. Aber es konnte natürlich sein, daß er sie dringend brauchte, und deshalb nahm er ihr Klappern und ihr hinderliches Gewicht in Kauf.
Um die Straße zu erreichen, in der Clatatol wohnte, benötigte er ziemlich lange. Es mochte nicht mehr allzulange dauern, bis sich der Mond im Nordwesten hinter den Monolithen schob.
Hier befand sich Kickaha im Viertel der Armen und der Sklaven, die sich erst vor kurzer Zeit die Freiheit hatten erkaufen können, der Quartiere und Kneipen der Matrosen, der Schmuggler der Flußhandelsflotte und der Mietfahrer und -wächter der Handelskarawanen der Großen Prärie. Hier lebten auch zahlreiche Diebe und Mörder, denen die Stadtpolizei nichts nachweisen konnte, ferner solche Diebe und Mörder, die sich der gerechten Strafe entzogen. Normalerweise wäre die Straße der Anrüchigen Düfte selbst zu dieser späten Stunde noch belebt und laut gewesen. Aber die von den Invasoren verhängte Ausgangssperre war wirksam. Außer den Soldaten der Patrouillen war kein Mensch zu sehen, jede Tür und jedes Fenster waren versperrt.
Diese Etage war wie die meisten untersten Straßen in die Jade

gehauen worden, als die Tishquetmoacs mit der harten Arbeit begonnen hatten, einen Berg in eine gigantische Stadt zu verwandeln. Mitten auf der Straße gab es Häuser und Ladengeschäfte. Auf den Dächern dieser Bauten verlief eine Nebenstraße, und hier standen wieder Häuser, auf deren Dächer es eine dritte Straße gab. Es war eine Stufenpyramide in kleinem Maßstab, die sich hier innerhalb der großen erhob, eine Stadt in der Stadt Talanac.
Die Dachstraßen waren über schmale Treppen, die man zwischen jedem fünften und sechsten Haus der Hauptstraße aus der Jade herausgeschliffen hatte, zu erreichen. Kleine Tiere wie etwa Schweine und Schafe konnten diese Stufen emporgetrieben werden, aber ein Pferd würde beim Erklettern Gefahr laufen, auszurutschen und sich die Läufe zu brechen.
Hastig eilte Kickaha über die Straße der Grünen Vögel, die sich unmittelbar über der vierten Etage der Häuser in der Straße der Anrüchigen Düfte befand. Clatatols Haus lag mit der Vorderseite zur dritten Stadtetage. Vorausgesetzt, sie lebte überhaupt noch dort.
Da es hier keinerlei Mauervorsprünge oder Zierwerk gab, an denen er hinunterklettern konnte, würde er über die Mauer, die die Straßen begrenzte, steigen, sich an den Händen hängend hinabfallen lassen und schließlich auf einem der Dächer der vierten Etage aufkommen.
Aber als er die Straße der Grünen Vögel überquerte, hörte er den Hufschlag! Aus dem Schlagschatten eines Tempelvorbaus preschten drei Männer auf schwarzen Pferden heran!
Einer der Männer war ein Ritter in voller Rüstung, die beiden anderen gehörten den berittenen Schergen an. Die Pferde fielen in Galopp, tief beugten sich die Reiter über ihre Hälse. Die schwarzen Umhänge der Männer flatterten wie finsterer Rauch über einem Feuer böser Absichten.
Die Patrouille war noch weit genug entfernt. Kickaha hätte entkommen können, wenn er über die Brüstung gestiegen und

in die Tiefe gesprungen wäre. Aber wahrscheinlich waren die Verfolger mit Pfeil und Bogen bewaffnet, und wenn sie schnell genug von ihren Pferden herunterkamen, konnten sie ihm ihre Pfeile nachjagen. Das Mondlicht war etwa doppelt so intensiv wie jenes bei Vollmond auf der Erde. Und selbst wenn ihre Pfeile ihn verfehlten, war er nicht gerettet. Sie würden ihre Kameraden herbeirufen und dann damit beginnen, die Häuser in der nächsten Umgebung nach ihm zu durchsuchen.

Unter anderen Umständen hätte es Kickaha allein auf die Reiter abgesehen gehabt. Er liebte Pferde. Aber jetzt ging es darum, sein Leben zu retten. Es war ein unumstößliches Gesetz, daß alle Lebewesen einmal sterben mußten, aber Kickaha war der Ansicht, daß sein eigener Tod so spät als möglich kommen sollte.

Er legte einen Pfeil auf die Sehne und zielte auf eines der Pferde. Dann surrte der Pfeil davon. Sofort schoß Kickaha einen zweiten Pfeil ab. Die beiden Pferde strauchelten und stürzten schwer auf ihre rechte Seite. Keiner der beiden Reiter erhob sich.

Der Ritter jedoch galoppierte heran, und seine Lanze zielte auf Kickahas Bauch oder Brust. Kickaha handelte. Sein dritter Pfeil fuhr durch den Hals des Pferdes. Das Tier bäumte sich schrill wiehernd auf, stürzte mit gesenktem Schädel nieder und überschlug sich. Der Reiter wirbelte durch die Luft. Sekundenlang hielt er während seines unfreiwilligen Fluges noch seine Lanze, dann ließ er sie fallen, zog die Beine an und krachte gekrümmt wie ein Fötus zu Boden. Der konische Helm wurde von seinem Schädel gerissen, traf auf Stein, sprang ab und kullerte die Straße hinunter. Der Mann wälzte sich zur Seite; sein Mantel riß und blieb wie ein Schatten, der sich selbständig gemacht hatte, am Boden liegen.

Trotz der Rüstung kam der Ritter auf die Füße. Mit einer ruckartigen Bewegung zog er sein Schwert blank und öffnete den Mund, um nach Hilfe zu rufen.

Ein Pfeil Kickahas fuhr ihm zwischen die Zähne und durch das Rückenmark. Der Mann stürzte nach hinten. Das Schwert entglitt seiner Hand und schepperte auf den Jadeboden.

Jetzt erst sah Kickaha die silberne Kassette, die am Sattel des getöteten Ritters festgebunden war. Kickaha ging zu dem bewegungslos daliegenden Pferd und versuchte, die Kassette zu öffnen. Vergebens. Aber der Ritter mußte den Schlüssel irgendwo an seinem Körper tragen.

Bedauernd stellte Kickaha fest, daß ihm keine Zeit blieb, danach zu suchen. Er hatte drei Pferde und einen, möglicherweise drei von König von Turbats Männern getötet. Ein Ruf in der Ferne zeigte, daß der Tumult bemerkt worden war.

Kadaver und Leichen würden nicht lange unbemerkt bleiben. Kickaha hetzte zu der Straßenbegrenzung, warf Bogen und Köcher nach unten und folgte hinterher. In weniger als sechzig Sekunden war er auf der Straße in der dritten Stadtetage angelangt, erreichte Clatatols Haus und klopfte gegen den aus wuchtigem Holz gefertigten Fensterladen. Er klopfte dreimal, zählte bis fünf, klopfte zweimal, zählte bis vier und klopfte dann noch einmal. Mit angehaltenem Atem und gezücktem Dolch wartete er.

Es gab keine wahrnehmbare Reaktion. Dennoch wartete er geduldig und zählte dabei bis sechzig, entsprechend dem vor langer Zeit vereinbarten Code, der nach wie vor in seinem Gedächtnis war. Dann klopfte er erneut.

Im gleichen Moment drangen Geräusche von Hufen und Tumult an sein Ohr. Rufe waren zu hören; gleich darauf ertönte der helle Ton eines Signalhornes. Lichter strömten auf der oberen Straße sowie der unteren Hauptstraße zusammen. Trommeln wurden geschlagen.

Der Fensterladen schwang mit einem plötzlichen Ruck auf. Kickaha reagierte blitzschnell und bückte sich. Hätte er dies nicht getan, wäre ihm der Fensterladen ins Gesicht geschlagen.

Der Raum, in den er nun sehen konnte, war dunkel. Dennoch waren schwach das Gesicht und der nackte Körper einer Frau zu sehen. Aus dem Raum heraus roch es penetrant nach Knoblauch, Fisch, Schweinefleisch und jenem wurmverseuchten Käse, den die Tishquetmoacs so sehr liebten. Unwillkürlich brachte Kickaha diese Gerüche mit der Schönheit bearbeiteter Jade in Zusammenhang. Sein erster Besuch hatte ihn verdorben. Er konnte nichts dafür, daß er ein Mann von Assoziationen war. Und nicht immer war dies gut für ihn.

In diesem Augenblick bedeutete der Geruch Clatatol, und sie war so schön, wie ihr Käse schrecklich war. So schön, wie ihre Sprache gemein und ihr Temperament – es erinnerte aufdringlich an einen isländischen Geysir – heiß war.

»Psst!« machte Kickaha. »Denke an die Nachbarn!«

Clatatol erbrach einen weiteren Schwall pornographisch blasphemischer Schimpfworte. Kickaha verlor seine Geduld. Er zuckte vor, preßte eine Hand auf ihren Mund und verdrehte mit der anderen ihren Kopf, um sie nachdrücklich daran zu erinnern, daß er ihr mühelos das Genick brechen konnte. Dann stieß er sie von sich. Sie taumelte rückwärts. Kickaha schwang sich über den Fenstersims in den dunklen Raum hinein. Er schloß und verriegelte die Fensterläden hinter sich und wandte sich dann Clatatol zu.

Sie hatte sich inzwischen wieder aufgerappelt, fand eine Ölfunzel und entzündete den Docht. Das flackernde Licht vor sich haltend, kam sie leicht schwankend auf Kickaha zu – und dann umarmte sie ihn, küßte sein Gesicht, seinen Hals und seine Brust, während Tränen über ihre Wangen rannen. Sie küßte ihn, weinte und schluchzte Koseworte.

Sie roch nach Traubenwein, verfaultem Käse, Knoblauch und nächtlichem Zahnbelag, aber Kickaha versuchte, dies einfach nicht zu beachten. Er erwiderte ihre Küsse. Dann fragte er: »Bist du allein?«

»Habe ich dir nicht geschworen, daß ich dir die Treue halten würde?« erwiderte sie.

»Das hast du – aber ich habe dich nicht darum gebeten. Es war allein deine Idee. Außerdem wissen wir beide, daß du es nicht länger als eine Woche ohne einen Mann aushältst . . .«

Beide lachten, und sie führte ihn in den Raum, der, abgesehen vom oberen Teil, der sich zu einer Kuppel wölbte, quadratisch war. Es war ihr Schlafzimmer, aber auch ihr Arbeitsraum. Hier plante sie ihre Schmuggeltouren, und hier wurden die verschiedensten Güter verteilt. Der Raum war einfach eingerichtet. Das Bett, ein niederer, breiter Holzrahmen mit eingespannten Lederriemen und darauf aufgehäuften Löwen- und Rotwildfellen, war das weitaus interessanteste Möbelstück. Kickaha legte sich darauf.

Clatatol rief aus, daß er müde und hungrig wirke. Sie verließ ihn, um in die Küche zu gehen. Er rief ihr nach, daß es genügen würde, wenn sie ihm Wasser, Brot und Streifen von getrocknetem Rindfleisch oder etwas frisches Obst brachte. Obwohl er hungrig war – Clatatols Käse würde er jedenfalls nicht essen.

Nachdem er gegessen hatte, fragte er sie, was sie über die Invasion wußte. Clatatol saß neben ihm auf dem Bett und reichte ihm sein Essen. Und sie schien bereit, mit dem Liebesspiel dort fortzufahren, wo sie vor mehreren Jahren aufgehört hatten. Aber Kickaha hielt sie zurück. Die Situation war nicht danach, daß sie jetzt an Sex denken konnten.

Clatatol fügte sich, denn sie war daran gewöhnt, praktisch zu denken. Und das war, ungeachtet ihrer sonstigen Fehler, ein großer Vorteil. Sie erhob sich in einer gleitenden, anmutigen Bewegung und schlüpfte in ein Kleid aus grünen, schwarzen und weißen Federn. Dann legte sie sich einen rosafarbenen Baumwollumhang über die schmalen Schultern. Mit Wein, der mit zehn Teilen Wasser verdünnt worden war, spülte sie ihren Mund aus und träufelte einen Tropfen kräftigen Duftstoffes auf ihre Zunge. Dann setzte sie sich wieder neben ihn und begann zu sprechen.

Obgleich sie mit dem Wurzelwerk der Unterwelt Talanacs verflochten war, konnte sie ihm doch nicht all seine Fragen beantworten.

Scheinbar aus dem Nichts kommend, waren die Invasoren aus

einem Hinterraum in Ollimamls Haupttempel herausgestürzt. Sie waren ausgeschwärmt, in den Palast eingedrungen und hatten, nachdem sie sowohl die Leibwache als auch die Garnison überwunden hatten, den Kaiser und seine Familie in ihre Gewalt gebracht.

Die Eroberung Talanacs war gut geplant und perfekt ausgeführt worden. Während ein Unterführer, ein gewisser von Swindebarn, den Palast hielt und damit begann, die Stadtpolizei und die Streitkräfte neu zu organisieren, führte von Turbat die ständig wachsende Zahl der Invasoren in die eigentliche Stadt hinaus.

»Jeder war wie gelähmt«, sagte Clatatol. »Der Angriff kam so völlig unerwartet ... Diese weißen Männer in ihren Rüstungen, die aus Ollimamls Tempel strömten ... Es war, als wären sie von Ollimaml selbst ausgesandt worden, und das verstärkte die Lähmung noch.«

Harmlose Bewohner Talanacs wurden ebenso wie Angehörige der Stadtpolizei, die sich ihnen in den Weg stellten, niedergemacht. Die restliche Bevölkerung floh in ihre Häuser oder versuchte über die Flußbrücken zu entkommen, nachdem die Nachricht von der Invasion bis zu den untersten Stadtetagen vorgedrungen war. Aber die Brücken waren von den Männern Erich von Turbats bereits gesperrt worden.

»Das Seltsame an dieser Angelegenheit ist ...«, sagte Clatatol zögernd und fuhr dann, lauter sprechend, fort: »... daß den Angreifern die Eroberung der Stadt gar nicht so wichtig zu sein scheint. Nein, die Einnahme Talanacs ist – wie nennt man das? – eine Nebensächlichkeit. Die Invasoren scheinen nur deshalb entschlossen zu sein, die Stadt einzunehmen, weil sie sie als eine Art Teich betrachten, in dem ein heißbegehrter Fisch schwimmt ...«

»Und dieser Fisch bin ich«, meinte Kickaha sarkastisch.

Clatatol nickte. »Aber warum wollen dich diese Menschen unbedingt fangen? Weißt du es?«

»Nein«, sagte Kickaha. »Ich kann es nur vermuten. Und diese Vermutungen will ich jetzt nicht äußern. Möglicherweise würden dich meine Spekulationen verwirren und viel zuviel Zeit in Anspruch nehmen. Das Wichtigste für mich ist jetzt, aus der Stadt herauszukommen. Und das bringt dich ins Spiel, meine Liebe.«

»Aber zuerst wirst du mit mir schlafen«, sagte sie.

»Wenn ich mehr Zeit hätte ...«, gab er zurück.

»Ich werde dich verstecken, und dann steht uns soviel Zeit zur Verfügung, wie wir brauchen«, entgegnete sie. »Natürlich sind da noch die anderen ...«

Kickaha hatte sich schon gefragt, ob sie ihm nicht doch etwas verschwieg. Er war auf Clatatols Hilfe angewiesen, und es schwächte seine Position, wenn er grob zu ihr war. Dennoch riß er sie zu sich heran und umklammerte ihr Handgelenk mit eisernem Griff. Sie zog eine Grimasse und versuchte, sich loszureißen.

»Welche anderen?«

»Du tust mir weh. Laß mich los, und ich werde dir antworten. Wenn du mir einen Kuß gibst, werde ich dir ganz bestimmt antworten.«

Es lohnte sich, ein paar Sekunden zu opfern, und so küßte er sie. Das Parfüm, das sie vorhin auf ihre Zunge geträufelt hatte, drang in seine Nase und breitete sich fühlbar bis hinab zu seinen Zehenspitzen aus. Eine seltsame Hitze prickelte plötzlich in ihm, und er fragte sich, ob sie nicht doch nach der langen Zeit des Wartens eine Belohnung verdient hatte.

Dann lachte er und befreite sich mit sanfter Gewalt aus ihren Armen. »Du bist wirklich die schönste und begehrenswerteste Frau, die ich je gesehen habe – und ich habe schon tausendmal tausend Frauen gesehen«, sagte er. »Aber jetzt geht der Tod in den Straßen Talanacs um, und er sucht nach mir ...«

»Wenn du diese andere Frau siehst ...«, begann sie. Aber sogleich brach sie wieder ab. Sie zögerte. Und Kickaha prägte ihr ein, daß jedes Zögern automatisch Schmerz für sie bedeutete. Aber Clatatol nahm ihm das nicht übel. Erotische Liebe – darunter verstand sie auch ein gewisses Maß an Grobheit und Schmerz ...

Fünftes Kapitel

Wie Kickaha von Clatatol erfuhr, waren einige Tage vor Erich von Turbats Angriff drei Fremde aus dem Tempel Ollimamls geflohen: zwei Männer und eine Frau. Und alle drei konnten, da sie so weißhäutig waren wie die ihnen nachfolgenden Invasoren, nicht von dieser Welt stammen. Clatatol war eifersüchtig und ablehnend, gestand aber dennoch ein, daß jene Frau, die mit den beiden Männern – der eine groß und dick, der andere klein und sehnig – aus dem Tempel geflohen war, die schönste Frau sei, die sie je gesehen hatte. Alle drei waren fremdartig gekleidet gewesen, und keiner von ihnen hatte Tishquetmoac gesprochen. Sie bedienten sich des Wishpawaml, der liturgischen Sprache der Priester. Aber unglücklicherweise waren jene Diebe, die die drei Flüchtenden versteckt hatten, in dieser Sprache nicht sehr bewandert. Sie verstanden und sprachen nur einige wenige Worte – jene liturgischen Antworten nämlich, die die Bevölkerung während der Tempeldienste zu geben hatte.

Kickaha wußte, daß es sich bei den drei Flüchtlingen nur um Lords, Angehörige der Rasse der Herren der Universen, handeln konnte. Überall auf dieser Welt war ihre Sprache identisch mit der Sprache der Liturgie.

Aber weshalb waren sie auf der Flucht? Waren sie ihrer eigenen Universen beraubt worden? Hatten sie deshalb in Wolffs Universum Zuflucht genommen?

Aber selbst wenn dem so war – was hatte Erich von Turbat, ein untergeordneter König, mit einer Angelegenheit zu schaffen, in die die Lords verwickelt waren?

»Wurde für die drei Flüchtenden eine Belohnung ausgesetzt?« erkundigte sich Kickaha.

»Ja. Zehntausend *Kwatluml.* Pro Kopf. Und auf deinen Kopf, Kickaha, stehen dreißigtausend *Kwatluml* und dazu ein hohes offizielles Amt im Palast des Kaisers. Möglicherweise gar, so wurde angedeutet, Einheirat in die königliche Familie.«

Kickaha schwieg. Clatatols Magen gab seltsame Geräusche von sich, als würde er just in diesem Moment die genannten Belohnungen verdauen. Durch die Luftschächte in der Decke flatterten schwach, kaum hörbar, Stimmen. Unerträgliche Hitze herrschte in dem Raum, der vorhin noch so angenehm kühl gewesen war. Schweiß rann aus Kickahas Achselhöhlen, und auf der dunklen, messingfarbenen Haut der Frau hatten sich hier und da Flecken gebildet. Aus dem mittleren Raum, der zugleich Küche, Waschraum und Toilette darstellte, war das Gurgeln von Wasser und leises Plätschern zu hören.

»Du mußt doch schwach geworden sein bei dem Gedanken an das viele Geld«, sagte Kickaha schließlich. »Was hält dich und deine Bande davon ab, es zu verdienen?«

»Wir sind Diebe und Schmuggler, ja, auch Mörder. Aber wir sind keine Verräter! Die Bleichgesichtigen boten diese . . .«

Als sie sah, daß Kickaha lächelte, hielt sie inne. Sie erwiderte das Lächeln. »Ich habe die Wahrheit gesagt, Kickaha. Allerdings sind die gebotenen Summen in der Tat riesig. Wenn du schlauer Kojote unbedingt wissen willst, weshalb wir dennoch zögerten, so will ich dir sagen, daß es Neugier war. Die Neugier darauf, was geschehen würde, wenn die Bleichgesichtigen abzögen. Oder wenn es einen Aufstand gäbe. Wir wollten es einfach nicht riskieren, vom Mob in Stücke gerissen oder gefoltert zu werden, nur weil einige Leute möglicherweise der Ansicht sein könnten, daß wir zu Verrätern geworden waren.«

»Und außerdem . . .?« erkundigte sich Kickaha.

Sie lächelte. »Außerdem haben uns die drei Flüchtlinge eine Summe geboten, die um ein Vielfaches höher ist als die ausgesetzte Belohnung der Bleichgesichtigen, wenn wir sie wohlbehalten aus der Stadt herausbringen.«

»Und wie wollen sie euch bezahlen?« erkundigte sich Kickaha. »Schließlich besitzen sie zur Zeit kein Universum, über das sie einfach so verfügen können.«

»Wie meinst du das?«

Kickaha ging nicht auf ihre Frage ein. »Können sie euch überhaupt etwas Greifbares bieten? Jetzt, sofort?«

»Jeder der Flüchtenden trug *wirklich* Juwelen, die weit mehr wert sind als die Belohnungen«, gab sie zu. »Einige dieser Steine ... Noch nie zuvor habe ich etwas Ähnliches gesehen. Sie sind nicht von dieser Welt!«

Kickaha sagte ihr nicht, daß diese Redensart wortwörtlich stimmte.

Er wollte sie fragen, ob die drei Flüchtlinge bewaffnet waren, aber dann fiel ihm ein, daß Clatatol die Waffen der Lords, wenn sie diese überhaupt gesehen hatte, nicht als solche erkennen würde.

»Und was ist mit mir?« fragte Kickaha, ohne danach zu fragen, was die drei außer den Juwelen geboten hatten.

»Du bist Kickaha, und man sagt, daß du der Günstling des Lords dieser Welt bist. Und Gerüchte und Legenden wissen davon zu berichten, daß du weißt, wo die Schätze der Erde verborgen sind. Ich glaube, daß die Gerüchte und Legenden die Wahrheit sagen. Hätte vielleicht ein armer Mann den großen Smaragd von Oshquatsmu den Tishquetmoacs zurückgebracht?«

»Bald werden die Bleichgesichtigen an deine Tür klopfen. Sie werden jedes Haus in diesem Stadtviertel durchsuchen. Wohin können wir gehen?«

Clatatol bestand darauf, daß er sich von ihr die Augen verbinden und eine Kapuze aufsetzen ließ. Da er keine andere Wahl hatte, fügte er sich ohne Widerspruch. Sie versicherte sich, daß er nichts sehen konnte und drehte ihn gut ein dutzendmal um seine eigene Achse. Auf ihre Anweisung hin ließ er sich schließlich auf alle viere nieder.

Ein quietschendes Geräusch war zu hören. Stein drehte sich auf

Stein. Sie geleitete ihn durch einen Durchlaß, der so eng war, daß er links und rechts an Mauerwerk vorbeischrammte. Dann richtete er sich wieder auf und stolperte, Hand in Hand mit Clatatol, einhundertundfünfzig Stufen aufwärts. Oben angekommen, ging es zweihundertachtzig Schritte einen leicht abwärts geneigten Gang entlang, dreihundert Schritte über eine Rampe und weitere vierzig geradeaus. Endlich ließ Clatatol ihn anhalten und nahm ihm Kapuze und Augenbinde ab.

Kickaha blinzelte. Er befand sich in einer runden Kammer, deren Wände grün und schwarz gemasert waren. Der Durchmesser der Kammer betrug ziemlich genau dreizehn Meter, in der Decke gab es einen breiten Luftschacht. Brennende Fackeln, die in Messinghaltern an der Wand befestigt waren, spendeten ein flackerndes, unruhiges Licht. Stühle aus Jade und Holz standen, scheinbar willkürlich aufgestellt, zwischen einigen Truhen, Stapeln von Tuchballen und Fellen. Etwas abseits waren Fässer mit Gewürzen zu erkennen, ferner ein weiteres Faß, das zweifellos Wasser enthielt, und ein Tisch, auf dem Teller, Zwieback, Fleisch und stinkender Käse standen. Im Hintergrund des Raumes waren die sanitären Einrichtungen untergebracht.

Sechs Tishquetmoac-Männer hatten sich an der Wand des Raumes niedergekauert. Ihre glänzendschwarzen Haare waren in die Stirn gekämmt und hingen über die Augen. Der eine oder andere rauchte eine kleine Zigarre. Die Männer waren mit Dolchen, Schwertern und Beilen bewaffnet.

Auf den Stühlen hatten sich drei hellhäutige Menschen niedergelassen. Einer der beiden Männer war klein; er hatte eine rauhe Gesichtshaut, eine große Nase und einen schmallippigen Haifischmund. Der zweite Mann war groß und wuchtig wie ein See-Elefant. Der Stuhl, auf dem er saß, war viel zu klein für ihn. Beiderseits wölbte sich das Fett seines Hinterns darüber.

Als Kickaha das Mädchen sah, schnappte er nach Luft. »Podarge!« rief er.

Sie war die schönste Frau, die er je gesehen hatte. Und er hatte sie schon einmal gesehen. Hatte er dieses Gesicht vergessen können? Aber dieser Körper gehörte nicht zu dem Gesicht, an das er sich erinnerte ...

»Podarge!« sagte er wieder, und jetzt sprach er in jenem abgewandelten Mykenisch, mit dem sich Podarge und ihre Adler miteinander verständigten. »Ich hatte keine Ahnung, daß dich Wolff aus deinem Harpyienkörper herausgenommen und dein Gehirn in den Körper einer Frau verpflanzt hat. Ich ...«

Er unterbrach sich. Sie sah ihn mit einem unergründlichen Gesichtsausdruck an. War es ihr unangenehm, wenn er vor ihren Gefährten darüber sprach? Sollten sie nicht wissen, was geschehen war? Und ausgerechnet er, der gewöhnlich zu schweigen verstand, wenn die Situation es erforderte, war so überwältigt gewesen, daß ...

Er mußte an die längst vergangenen Geschehnisse denken. Damals, nachdem Wolff, Podarge, ihre Adler und er, Kickaha, den Usurpator-Lord Arwoor besiegt hatten, fand sie heraus, daß Wolff in Wirklichkeit Jadawin war. Und Jadawin war es gewesen, der sie vor dreitausendzweihundert Jahren vom irdischen Peloponnes entführt und ihr Gehirn in den Körper einer in seinen Biolaboren erschaffenen Harpyie verpflanzt hatte. Aber Jadawin hatte sich in einem langen Leben auf dem Planeten Erde geändert. Er war zu dem menschlich fühlenden Wolff geworden und hatte die Taten, die er als skrupelloser Lord Jadawin begangen hatte, bereut und geschworen, sie wiedergutzumachen. So hatte er Podarge angeboten, ihr Gehirn wieder in den Körper einer Frau zu übertragen. Aber sie hatte abgelehnt. Sie haßte ihn so sehr, daß sie es vorgezogen hatte, ihren riesigen, geflügelten Adlerkörper zu behalten. Und sie hatte ihm Rache geschworen.

Warum hatte sie ihre Meinung geändert?

Aber ihre Stimme war nicht die Stimme Podarges. Nun, das mochte auf den Soma-Transfer zurückzuführen sein.

»Wovon faselst du, *Leblabbiy?*« sagte sie in der Sprache der Lords.

Kickaha hätte sich fast dazu hinreißen lassen, ihr ins Gesicht zu schlagen.

Leblabbiy – das war eines der gemeinsten Schimpfworte der Lords, ein Wort, mit dem sie vorzugsweise menschliche Wesen bedachten, die in ihrem Universum lebten und über denen sie in ihrer göttergleichen Position standen. Ein *Leblabbiy* war in jenem Universum, dem die Meister der Universen entstammten, ein kleines Haustier. Es fraß sämtliche Leckerbissen, die ihm von seinem Herrn angeboten wurden, und zugleich würde es auch bei nächster sich bietender Gelegenheit Exkremente verzehren. Oft endeten diese Tiere im Wahnsinn.

»Also gut, Podarge. Du magst so tun, als würdest du kein Mykenisch verstehen«, sagte er mit einem drohenden Unterton in seiner Stimme. »Aber ich warne dich: Hüte deine Zunge. Ich mag dich nicht sonderlich ...«

Sie schien überrascht. »Ah – du scheinst ein Priester zu sein«, sagte sie schließlich.

Kickaha mußte sich eingestehen, daß Wolff gute Arbeit geleistet hatte. Ihr Körper war wundervoll. Die Haut so weiß und makellos und das Haar ebenso lang, schwarz, glatt und glänzend, wie er es in Erinnerung behalten hatte. Lediglich die Gesichtszüge waren nicht von perfekter Ebenmäßigkeit – es war eine leichte Asymmetrie festzustellen, welche eine Schönheit hervorbrachte, die ihn unter anderen Umständen geschmerzt hätte.

Sie war in hellgrüne, seidig wirkende Kleidung gehüllt, und an den Füßen trug sie leichte Sandalen. Überhaupt machte sie den Eindruck, als sei sie davon abgehalten worden, zu Bett zu gehen.

Dann wurde Kickaha von einem anderen Gedanken durchzuckt: Wie kam es, daß Podarge mit diesen Lords zu tun hatte? Und dann klopfte die Antwort seinem Verstand gewissermaßen auf die Schulter. Natürlich war sie bis zu dem Zeitpunkt, als die Invasion begonnen wurde, in Wolffs Palast gewesen. Aber was war dann geschehen?

»Wo befindet sich Wolff?« erkundigte er sich.

»Von wem sprichst du, *Leblabbiy?*« beantwortete sie seine Frage mit einer Gegenfrage.
»Einst nannte man ihn Jadawin«, sagte er.
Sie zuckte mit den Schultern und erwiderte: »Er war nicht da. Und wenn er da war, so haben ihn die Schwarzen Scheller umgebracht.«
Kickaha wurde noch verwirrter. »Die Schwarzen Scheller?« echote er. Er erinnerte sich daran, daß Wolff einmal von diesen Wesen gesprochen hatte. Nur kurz jedoch, denn ihre Unterhaltung war von Chryseis unterbrochen worden. Er hatte die Frage zurückgestellt, wollte sie erst später, nachdem Wolff wieder Herr seines Palastes und seiner Welt der vielen Ebenen war, stellen. Aber er war nie wieder darauf zurückgekommen.
Einer der Tishquetmoacs sprach in rauhem Ton zu Clatatol. Kickaha verstand jedes Wort. Der Mann verlangte von ihr, sie möge Kickaha sagen, er solle mit den Fremdlingen sprechen. Die Tishquetmoacs selbst verstanden diese Sprache nicht.
Die hellhäutige Frau beantwortete Kickahas weitere Fragen. »Mein Name ist Anana, und ich bin Jadawins Schwester. Dieser dünne Kerl hier ist Nimstowl. Von Angehörigen unserer Rasse wird er aber auch ›die Schlinge‹ genannt. Und dieser hier heißt Judubra, der Dicke.«
Jetzt verstand Kickaha. Anana, genannt die Schöne, war eine von Wolffs Schwestern. Wahrscheinlich hatte er ihr Gesicht als Modell benutzt, als er in seinen Biolaboratorien Podarges Gesicht schuf. Genauer gesagt, seine Erinnerung hatte ihm das Modell von Ananas Gesicht geliefert. Wolff hatte seine Schwester damals seit annähernd eintausend Jahren nicht mehr gesehen. Und inzwischen waren bereits viertausend Jahre seit dem letzten Zusammentreffen der Geschwister vergangen.
Und jetzt erinnerte sich Kickaha teilweise an das, was Wolff über die Schwarzen Scheller erzählt hatte. Ursprünglich hatten sie als Speicher für Gedächtnismaterialien dienen sollen. Da die Lords wußten, daß selbst das komplexe Gehirn eines Menschen un-

möglich das komplette, im Laufe von Jahrtausenden angesammelte Wissen speichern konnte, hatten sie damit begonnen, mit Gedächtnissubstanzen zu experimentieren. Dieses ausgelagerte Gedächtnis konnte theoretisch bei Gebrauch entweder in das menschliche Gehirn zurücktransferiert oder bei Bedarf abgerufen werden.

Ein Klopfen ertönte. An der gegenüberliegenden Wand schwang eine gut getarnte Tür auf, und ein Mann trat ein. Er bedeutete den Tishquetmoacs, sich um ihn zu versammeln. Nachdem dies geschehen war, begann er zu flüstern. Schließlich entfernte sich Clatatol von den Männern, um mit Kickaha zu sprechen.

»Die Kopfgelder und Belohnungen sind verdreifacht worden«, wisperte sie. »Außerdem versicherte jener bleichgesichtige König mit Namen Erich von Turbat, daß er sich aus Talanac zurückziehen werde, wenn er dich in seiner Gewalt habe. Er erklärte, daß alles wieder so sein werde wie zuvor.«

»Du würdest mir das nicht erzählen, wenn ihr euch dazu entschlossen hättet, uns auszuliefern«, sagte er ruhig. Und zugleich beschloß er, weiterhin auf der Hut zu sein. Es war durchaus möglich, daß sie versuchte, ihn in Sicherheit zu wiegen, bevor sie losschlugen. Acht Männer standen in diesem Falle gegen ihn. Da er keine Ahnung hatte, wie sich die Lords in einem solchen Fall verhalten würden, konnte er nicht auf sie zählen. Er war nach wie vor im Besitz seiner beiden Dolche, aber in diesem kleinen Raum ... Na schön, wenn es zum Kampf kommen sollte, würde er sehen, was zu tun war.

Clatatol fuhr fort: »Der König der Bleichgesichtigen sagte allerdings noch etwas. Er drohte damit, den Kaiser und seine Familie hinrichten zu lassen und jedes menschliche Wesen dieser Stadt zu töten, wenn du ihm nicht innerhalb von vierundzwanzig Stunden ausgeliefert würdest. Dies alles hat er zwar nicht offiziell verkünden lassen, sondern sagte es lediglich zu seinen Offizieren. Aber ein Sklave belauschte das Gespräch, und jetzt ist die ganze Stadt informiert.«

»Aber wie ist das möglich? Wenn von Turbat deutsch gesprochen hat, dann konnte ihn kein Tishquetmoac verstehen!« meinte Kickaha verwundert.
»Der König unterhielt sich mit einem Mann namens Swindebarn und mehreren anderen Männern in der heiligen Sprache der Lords«, erklärte sie. »Der Sklave hatte einst im Tempel gedient, und deshalb war ihm die heilige Sprache geläufig.«
Die Schwarzen Scheller mußten das bisher verdeckte Licht sein, das die geheimnisvolle Situation erleuchten konnte. Kickaha wußte, daß die beiden teutonischen Könige den Priestern während der Tempeldienste nachfolgen durften, aber sie beherrschten die heilige Sprache dennoch nicht so vollkommen, um sie fließend sprechen zu können. Also waren die beiden Männer nicht jene, die zu sein sie vorgaben ...
Kickaha blieb keine Zeit, weitere Fragen zu stellen.
Clatatol drängte. »Die Bleichgesichtigen haben den Hohlraum hinter der Wand meines Schlafzimmers bereits entdeckt, und es wird nicht mehr lange dauern, bis sie den Durchbruch geschafft haben. Wir können nicht mehr länger hierbleiben!«
Zwei Tishquetmoac-Männer verließen den Raum, kehrten jedoch schon bald mit ausziehbaren Leitern zurück. Ohne ein Wort zu sprechen, stellten sie die Leiter auf.
Kickaha sah zu dem Luftschacht empor, den er bereits bei seinem Eintreten gesehen hatte. Er wandte sich an Clatatol und sagte: »Jetzt verlangt euer Patriotismus sicher von euch, daß ihr uns den Bleichgesichtigen ausliefert. Oder?«
Zwei Männer waren bereits die Leiter emporgestiegen. Die anderen drängten die Lords sowie Kickaha, sich zu beeilen.
»Wir haben gehört, daß der Kaiser von einem mächtigen Dämon besessen ist«, antwortete Clatatol. »Seine Seele wurde in die Kälte jenseits des Mondes verbannt. Und der Dämon wohnt jetzt – wenngleich nicht sehr bequem – in seinem Körper. Dieses Gerücht wurde insgeheim von den Angehörigen der Priesterschaft in der ganzen Stadt verbreitet. Und die Priester sagen auch,

daß wir gegen dieses größte aller Übel kämpfen müssen. Du sollst nicht ausgeliefert werden, Kickaha, denn die Gunst des Herrn dieser Welt, Ollimaml, ist mit dir. Und auch die anderen, die Fremdlinge mit der bleichen Haut, sollen nicht preisgegeben werden.«

»Besessen?« fragte Kickaha. »Aber woher wissen die Priester ...«

Clatatol antwortete erst, nachdem sie den Schacht emporgeklettert waren und den waagerecht abzweigenden Stollen erreicht hatten. Einer ihrer Leute zündete eine Funzel an, die nur ein schwaches Licht verbreitete, dann wurde die Leiter Sprosse für Sprosse emporgezogen, zusammengeschoben und mitgenommen.

»Plötzlich sprach der Kaiser nur noch in der heiligen Sprache«, erklärte Clatatol. »Und obendrein wurde offensichtlich, daß er die Sprache der Tishquetmoacs nicht mehr verstand. Die Priester wußten davon zu berichten, daß von Turbat und von Swindebarn nur Wishpawaml sprechen. Sie führen Priester in ihrem Gefolge mit sich, die die Befehle übersetzen und weitergeben.«

Kickaha verstand trotzdem nicht, wie man auf den Gedanken gekommen war, Quotshaml, der Kaiser, sei von einem Dämon besessen. Es hieß doch, daß die liturgische Sprache die Lippen der Dämonen versengte, sollten sie die geheiligten Worte auszusprechen versuchen. Aber er würde die Unlogik auf sich beruhen lassen, wenn ihm dies nützte. Und es nützte ihm.

Die Gruppe eilte einen Tunnel entlang. Der vor Kickaha gehende dicke Judubra schnaufte lautstark und beklagte sich. Man hatte ihn durch den Schacht in die Höhe zerren müssen, und dabei waren seine Kleider erheblich in Mitleidenschaft gezogen und seine Haut zerschunden worden.

Kickaha fragte Clatatol, ob der Tempel Ollimamls gut bewacht wurde. Insgeheim hoffte er, daß man das geheime kleinere Tor noch nicht entdeckt hatte.

Sie antwortete, dies sei ihr unbekannt.

Kickaha fragte, wie sie aus der Stadt herauskommen würden,

und sie erwiderte, es sei besser, wenn er dies nicht wisse. So konnte er im Falle seiner Gefangennahme die anderen nicht verraten. Kickaha stritt sich nicht mit ihr. Obwohl er keine Ahnung hatte, wie sie es anstellen würden, die Stadt zu verlassen, konnte er sich doch sehr plastisch vorstellen, was danach geschehen würde. Während seines letzten Aufenthaltes in Talanac hatte er herausgefunden, wie sie und ihre Freunde Schmuggelware an den Wachen vorbei transportierten. Sie ahnte nicht, daß er davon wußte.

Kickaha sprach mit Anana, die in dem diffusen Licht des Stollens lediglich ein Phantom aus Gesicht, Hals, Armen und Beinen zu sein schien.

»Das Mädchen Clatatol sagt, daß der Kaiser der Jadestadt und die beiden Führer der Invasoren besessen sind. Sie sind plötzlich unfähig oder unwillig, eine andere Sprache als die der Lords zu sprechen.«

»Die Schwarzen Scheller!« sagte Anana nach einem kaum merklichen Zögern.

In diesem Augenblick donnerten Rufe durch den Stollen. Die Gruppe verhielt bewegungslos, die Laterne wurde gelöscht.

Vor und hinter ihnen erschienen Lichter im Tunnel. Stimmen hallten aus den unbeweglichen Schlünden der nach oben führenden Schächte, aber auch aus jenen, die von unten heraufführten.

Kickaha wandte sich an die Lords. »Wenn ihr Waffen bei euch tragt, so macht euch bereit, sie zu gebrauchen.«

Die Lords gaben keine Antwort. Die Gruppe formierte sich zu einer Reihe – jeder nahm den vor und hinter ihm Gehenden bei der Hand –, und auf diese Weise führte sie einer der Tishquetmoacs in einen Quertunnel. Etwa fünfzig Meter weit gingen sie vornübergebeugt, und die Stimmen der Verfolger wurden immer lauter.

Dann hörten sie in der Ferne das Tosen von Wasser. Die Lampe wurde wieder entzündet. Bald darauf befanden sie sich in einem kleinen Raum. Abgesehen von einem ein Meter zwanzig durch-

messenden Loch im Boden vor der gegenüberliegenden Wand schien es keinen Ausgang zu geben. Das Tosen sowie Nässe und Gestank stiegen aus diesem Loch empor.
»Dieser Schacht senkt sich steil zu einem nahezu zwanzig Meter tiefer gelegenen Abwasserkanal. Das Hinunterschlittern tut nicht weh«, erläuterte Clatatol. »Wir benutzen diesen Fluchtweg nur in Situationen, in denen alle anderen Fluchtwege dieses Sektors unbenutzbar geworden sind. Der Abwasserkanal führt fast senkrecht hinab und mündet schließlich in den Fluß vor den Toren Talanacs. Sollten wir es tatsächlich schaffen, lebendig im Fluß anzukommen, müssen wir uns allerdings vor den Söldnern auf den zweifellos dort patrouillierenden Flußbooten in acht nehmen.«
Clatatol sagte ihnen, was sie tun mußten. Dann setzten sie sich, einer nach dem anderen, am Rande des Schachtes nieder und ließen sich hinabgleiten. Immer wieder bremsten sie sich mit Händen und Füßen ab, denn sie durften nicht zu schnell werden. Nach einer Rutschpartie durch etwa zwei Drittel des Schachtes hielten sie an. Hier wurden sie in ein Loch und einen Schacht gezogen, der den Behörden der Jadestadt unbekannt war. Mehrere Generationen von Gesetzlosen hatten ihn in den Stein geschliffen. Der Schacht führte zu einem Netz von Gängen, das höher lag als jene Etage, aus der sie geflohen waren.
Clatatol erklärte, daß sie an eine Stelle gelangen mußten, wo sie in ein weiteres, jedoch trockengelegtes Abwasserrohr gelangen konnten. Vor dreißig Jahren war dieses Unternehmen von einer Verbrecherbande unter großen Anstrengungen und etlichen Verlusten realisiert worden. Die von oben anströmenden Abwässer wurden in zwei benachbarte Abwassertunnels umgeleitet. Der stillgelegte Tunnel führte in die Tiefe hinunter und mündete unter der Wasseroberfläche des Flusses. Nahe seiner Mündung gab es einen Stollen, der waagerecht zu einem Unterwasserhafen führte. Er lag ziemlich weit von den Ausflüssen, die durch die Bleichgesichtigen bewacht wurden, entfernt: in der Nähe jener

Werft, in der die Flußhandelsboote lagen. Um die Boote zu erreichen, mußten sie den eineinhalb Kilometer breiten Fluß durchschwimmen.
Drei Stollen höher, tief im Leib des Jadeberges, gelangte die Gruppe an jenen horizontal abwärtsführenden Schacht, der sie zu ihrem Fluchtweg, dem trockengelegten, um fünfundvierzig Grad nach unten geneigten Tunnel, bringen sollte.
Kickaha fand nie heraus, was nun eigentlich schiefgelaufen war. Er glaubte nicht, daß die Teutonen wissen konnten, wo sie sich aufhielten. Vermutlich waren einige Suchtrupps wahllos in diesen oder jenen Stollen geschickt worden. Und einer dieser Trupps war jetzt hier. Die Söldner Erich von Turbats bemerkten die Beute, bevor die Beute sie bemerkte. Plötzlich war überall Licht, Gebrüll und Geschrei. Schattengleich schlugen Armbrustbolzen mit dumpfem Geräusch in Körper ein. Mehrere Tishquetmoac-Männer fielen. Und dann lag auch Clatatol ausgestreckt vor Kickaha. In dem schwachen Licht der Laterne, die neben ihr lag, schimmerte ihre Haut bläulichschwarz. Kickaha sah ihren herabhängenden Unterkiefer, die auf die Ewigkeit gerichteten Augen und den Armbrustbolzen, der einen Zentimeter über dem rechten Ohr in ihren Schädel eingedrungen war. Blut sprudelte über das blauschwarze Haar, über das Ohr und den Hals des Mädchens.
Er stieg über die Leiche hinweg. Sein Fleisch war taub vom Schrecken des unerwarteten Angriffs und der durch den Stollen zischenden tödlichen Bolzen. Er rutschte in einem Schacht in die Tiefe, erreichte einen waagerecht verlaufenden Stollen, der offenbar noch nicht von den Feinden besetzt war. Hinter ihm war schwerer Atem zu hören. Anana gab sich zu erkennen. Sie wußte nicht, was mit den anderen geschehen war.
Sie krochen weiter, und als sich der Stollen zunehmend verjüngte, gingen sie gebeugt, bis der Schmerz mitten in ihrem Rückgrat und den Knochen ihrer Beine zu pulsieren schien. Sie bogen nach links ab, dann wieder nach rechts, ohne Plan, wie es ihnen gerade in den Sinn kam. Zweimal kletterten sie in senkrechten

Schächten in die Höhe. Irgendwann befanden sie sich in völliger Dunkelheit und absoluter Stille. Nur das Blut pochte in ihren Schläfen. Sie schienen den Bluthunden Erich von Turbats entkommen zu sein.
Sie rasteten eine Weile, dann stiegen sie weiter nach oben. Es war unerläßlich zu warten, bis die Nacht ihre Bewegungen im Freien verschleierte.
Sie versuchten zu schlafen, aber dies erwies sich als äußerst schwierig. Obwohl sie todmüde waren, schreckten sie immer wieder auf. Es schien, als prallten sie von der Bewußtlosigkeit wie von einem Trampolin in die Zone der geöffneten Augen zurück. Ihre Beine zuckten, traten aus, und ihre Arme verdrehten sich. Sie waren sich dessen bewußt, und doch konnten sie nicht tief und fest genug schlafen, um es zu vergessen. Und doch waren sie nicht vollständig wach, es sei denn, sie fuhren aus Alpträumen hoch.
Endlich brach draußen die Dunkelheit herein, und ihre Fühler tasteten sich in die Tiefe des Schachtes am Berghang. Kickaha und Anana kletterten aus dem Schacht heraus. Die Patrouillen König von Turbats schienen überall zu sein. In den Straßen über und unter ihnen waren Hufeklappern und Stimmen zu hören.
Kickaha und Anana warteten, bis über ihnen alles still war, und kletterten dann an den Jadewänden Talanacs in die Höhe. Sie eilten über Rampen, überstiegen die nächste Mauer und kletterten weiter hinauf bis zur nächsten Straße. Wenn es im Freien kein Weiterkommen gab, krochen sie in einen der zahlreichen Luftschächte und bewegten sich in deren Labyrinth weiter.
Die unteren Stadtteile Talanacs waren vom Licht zahlloser Fackeln nahezu taghell erleuchtet. Soldaten sowie Stadtpolizisten durchkämmten sorgfältig die unteren Etagen der Jadestadt. Je höher sie sich emporarbeiteten, desto enger schloß sich der Kreis um Kickaha und Anana. Die Suchtrupps, die willkürlich einmal hier, einmal dort auftauchten, schienen überall zu sein.
»Ich war der Meinung, daß sie dich lebend fangen wollen«, meinte Anana plötzlich. »Warum haben sie dann auf uns geschossen?

Das Licht im Stollen ließ unmöglich ein genaues Zielen zu. Sie konnten ihre Opfer nicht voneinander unterscheiden ...«

»Die Männer waren erregt«, sagte Kickaha. Er war müde, hungrig und durstig, und da war noch ein anderes Gefühl in ihm. Er haßte jene Männer, die Clatatol getötet hatten. Später würde der Kummer kommen. Er fragte sich unwillkürlich, ob er an ihrem Tod schuldig war. Nein, er fühlte kein Schuldgefühl in sich aufkeimen. Ohne konkreten Grund litt er ohnehin selten unter Schuldkomplexen. Kickaha war mit dem üblichen Maß neurotischer Defekte ausgestattet, wie sie keinem menschlichen Wesen erspart blieben, aber unangebrachte Schuldgefühle waren bei ihm nicht vertreten. Er war in keiner Weise für Clatatols Tod verantwortlich. Sie hatte sich aus freien Stücken und im vollen Bewußtsein, daß sie möglicherweise getötet werden konnte, mit dieser Sache eingelassen. Und sein Überlebensinstinkt flüsterte ihm zu, daß er selbst an ihrer Stelle jetzt tot in jenem Stollen liegen könnte, daß ihr Tod sein Leben bewahrt hatte.

Er lebte und war hungrig, hatte Durst. Sie benötigten unbedingt Proviant. Kickaha stieg eine Reihe von Schächten hinunter. Anana weigerte sich, allein zurückzubleiben, denn sie fürchtete, er würde sie nicht mehr wiederfinden können. So begleitete sie ihn bis zu einer Röhre, die in ein bewohntes Haus führte. Kickaha bedeutete ihr, still zu sein. Er lauschte.

Lautes Schnarchen war zu hören. Es stank aufdringlich stark nach Wein und Bier. Kickaha ließ sich in den Raum hinuntergleiten, ohne auch nur einen Laut zu verursachen.

Wenig später kehrte er mit einem Seil, Brot, Käse, Obst, Rindfleisch und zwei gefüllten Wasserflaschen zu Anana zurück. Wieder warteten sie, bis die Nachtperiode ihre Herrschaft über die Jadestadt Talanac antrat. Dann stiegen sie durch die Schächte, aber auch draußen, an den reichverzierten Wänden, weiter in die Höhe. Anana wollte wissen, weshalb sie sich nach oben zurückzogen. Kickaha deutete schweigend nach unten. Überall in der Stadt wimmelte es von ihren Häschern.

Sechstes Kapitel

Mitten in der Nacht huschten sie aus einem Haus, das sie durch einen Luftschacht betreten hatten. Zwei namenlosen Schatten gleich waren sie an den Schlafenden vorübergeeilt.

Dieses Haus lag an einer Straße direkt unterhalb des kaiserlichen Palastes. Das Tunnellabyrinth endete in dieser Etage. Da sämtliche Treppen und Fußwege, die zum Palast hinaufführten, streng bewacht waren, konnten sie ihr Ziel nur erreichen, indem sie an den Jadewänden in die Höhe kletterten. Aber dies würde nicht einfach werden. Bis in eine Höhe von mehr als zehn Metern war die Wand nach den Plänen der Baumeister fugenlos glatt bearbeitet worden.

Sie glitten im Schatten am Fuße der Mauer entlang. Kickaha sah die beiden gestiefelten Füße, die aus einer dunklen Nische ragten, zuerst. Vorsichtig näherte er sich.

Die Füße gehörten zu einem toten Wachtposten. Die Kehle des Mannes war durchstochen. Etwas abseits davon lag ein weiterer Mann. Er war mit einer Drahtschlinge erwürgt worden.

»Nimstowl war also bereits hier«, flüsterte Anana. »Du weißt, daß man ihn die Schlinge nennt. Er trägt seinen Namen zu Recht.«

Auf der Straße dreihundert Meter unterhalb ihres jetzigen Standortes verriet der Lichtschein der Fackeln eine näherkommende Patrouille. Kickaha verfluchte Nimstowl, weil er die beiden Leichen hier zurückgelassen hatte. Aber dann sagte er sich, daß es für die Patrouille kaum einen Unterschied machte, ob die Wächter tot waren oder nur ihren Posten verlassen hatten. In jedem Fall würde Alarm gegeben werden.

Die kleine, in die Mauer eingelassene Pforte, die man nur von außen verschließen konnte, war nicht verriegelt. Kickaha und Anana nahmen die Waffen der Getöteten an sich, traten durch die Pforte und rannten steile, zwischen hohen, glatten Wänden aufwärtsführende Stufen empor. Sie keuchten und stöhnten, als sie auf dem obersten Treppenabsatz ankamen.

Hinter ihnen ertönten Rufe. Unruhig flackernder Lichtschein war zu sehen. Soldaten quollen durch die Pforte hinein und stürmten die Treppe hinauf. Trommeln dröhnten; irgendwo wurde eine Fanfare geblasen.

Die beiden Flüchtenden rannten weiter, jedoch nicht nach rechts, zum Palast, sondern zu einer steilen, linker Hand gelegenen Treppenflucht. Am Ende dieser Treppe schimmerten silberne Dächer und graue Eisenstäbe. Der Geruch von Tieren, Stroh, altem Fleisch und frischem Dung drang ihnen entgegen.

»Der königliche Zoo«, kommentierte Kickaha. »Ich habe ihm schon einmal einen Besuch abgestattet ...«

Vor ihnen, am Ende eines langen Plattenweges, war ein schimmerndes Etwas zu sehen, ein Faden im Saum der Nacht. Das Etwas schoß durch das Zwielicht heran, war im Schatten unsichtbar und dann, gleich darauf, wieder sichtbar. Dann verschwand es in dem riesigen Portal eines ungeheuer großen weißen Gebäudes.

»Nimstowl!« rief Anana. Sie wollte loslaufen, aber Kickaha riß sie grob zurück. Sie wirbelte herum. Ihr Gesicht war verzerrt und weiß wie Silber, das vom Mond in eine entsetzliche Form gegossen worden war, ihre Augen, rund und groß, glichen denen einer wütenden Eule. Mit einem wilden Ruck riß sie sich von ihm los.

»Du wagst es, mich zu berühren, *Leblabbiy?*« keuchte sie.

»Jederzeit«, antwortete er. »Ich warne dich jetzt zum letzten Mal – nenne mich nie wieder *Leblabbiy.* Ich brauche mir deine Arroganz, deine Verachtung, die lediglich auf leerem, giftigem, krankhaftem Egoismus beruht, nicht gefallen zu lassen. Belegst du mich also noch einmal mit diesem Schimpfwort, dann bringe ich dich um. Du solltest dir darüber im klaren sein, daß du mir in keiner Weise überlegen bist. Im Gegenteil – du bist von mir *abhängig.*«

»Abhängig? Ich? Von dir?«

»Natürlich«, erwiderte er ruhig. »Oder hast du einen Plan, wie wir unseren Häschern entkommen können? Einen Plan, der, auch wenn er verwegen erscheint, ein gewisses Quentchen an Erfolgsaussichten beinhaltet?«

Die Mühe, mit der sie versuchte, sich zu beherrschen, ließ ein Zittern durch ihren Körper laufen. Schließlich rang sie sich ein Lächeln ab. Wenn er nichts von der in ihr tobenden, versteckten Wut gewußt hätte, so wäre ihm dies als das schönste, bezauberndste, verführerischste Lächeln erschienen, das ihm jemals in zwei Universen begegnet war.

»Nein! Ich habe keinen Plan«, meinte sie. »Du hast recht, ich bin von dir abhängig.«

»Jedenfalls scheinst du einer realistischen Einschätzung deiner Lage fähig zu sein«, räumte er ein. »Ich habe gehört, daß die meisten Vertreter deiner Rasse so arrogant sind, daß sie lieber sterben, als Abhängigkeit oder Schwäche, welcher Art auch immer, einzugestehen.«

Diese Flexibilität machte Anana allerdings auch weitaus gefährlicher als ihre Artgenossen. Kickaha war dies bewußt. Und er durfte auch nicht vergessen, daß sie Wolffs Schwester war. Wolff selbst hatte bei irgendeiner Gelegenheit einmal gesagt, daß seine beiden Schwestern Vala und Anana wahrscheinlich die gefährlichsten Frauen waren, die es überhaupt gab. Selbst dann, wenn man Familienstolz und ein gewisses Maß an Übertreibung in Betracht zog, mochten Wolffs Worte der Wahrheit entsprechen.

»Warte hier!« befahl Kickaha. Dann rannte er los und folgte Nimstowl leise und schnell. Es war ihm unerklärlich, wie es die beiden Lords geschafft hatten, bis an diesen Ort zu gelangen. Wie hatten sie von dem geheimen kleinen Tor im Tempel erfahren? Es gab nur eine Möglichkeit: Während ihres kurzen

Aufenthalts in Wolffs Palast auf dem Dach der Welt der vielen Ebenen hatten sie die Karte gesehen, auf der die Lage der Tore eingezeichnet war. Möglicherweise war Anana zu diesem Zeitpunkt nicht bei ihnen gewesen, denn offenbar wußte sie nichts von dem Tor. Oder sie wußte davon, schwieg jedoch aus irgendeinem ihm unbekannten Grund.

Aber wenn die beiden Lords die Lage des Tores kannten – warum wußten dann nicht auch die Schwarzen Scheller davon? Schließlich hatten sie wesentlich mehr Zeit zur Verfügung gehabt.

Eine Minute später bekam er hierauf eine Antwort. Die Schwarzen Scheller hatten sehr wohl von dem Tor gewußt. Zwei Wächter waren hier postiert gewesen. Aber jetzt waren sie tot. Einer war erdolcht, der andere erwürgt worden.

Eine Pforte stand offen; Licht strömte heraus. Vorsichtig schlüpfte Kickaha durch die schmale Öffnung in den kleinen Raum hinein. In den Steinfußboden waren vier silberne Sicheln eingelassen; jene Sicheln, die an den Wandhaken gehangen hatten, waren verschwunden. Also hatten die beiden Lords das Tor errichtet, waren hindurchgeschritten und hatten die beiden anderen Sicheln mitgenommen, um sichergehen zu können, daß die nicht verfolgt wurden.

Wütend kehrte Kickaha zu Anana zurück und überbrachte ihr die schlimme Nachricht. »Dieser Fluchtweg ist also nicht mehr passierbar«, sagte er. »Aber wir sind trotzdem noch nicht am Ende.«

Er wandte sich ab und setzte sich in Bewegung. Über einen gewundenen Weg aus Diorit-Stein, der an den Rändern mit kleinen Juwelen eingefriedet war, gingen sie dahin. Schließlich blieb Kickaha vor einem riesengroßen Käfig stehen, in dem zwei Adler kauerten. Die Tiere blickten Kickaha starr und mit funkelnden Augen an. Sie waren gut drei Meter groß. Das Gefieder ihrer Schädel war blaßrot, die Schnäbel waren von hellem Gelb. Schwingen sowie Körper waren grün wie der Mittagshimmel, die Füße gelb, und die Augen erinnerten an scharlachrote Schilder mit schwarzen Punkten.

Einer der beiden Adler sprach mit der Stimme eines riesigen Papageis: »Kickaha! Du gerissener Ganove! Was hast du hier zu suchen?«
Im Schädel dieses Adlers saß das Gehirn einer Frau, die Jadawin vor dreitausendzweihundert Jahren von den Ufern der Ägäis entführt hatte. Damals hatte er dieses Gehirn zu seinem Vergnügen und Nutzen einen der in seinen Biolaboratorien erschaffenen Adlerkörper verpflanzt. Dieser Adler war einer der wenigen, die noch über ein menschliches Gehirn verfügten. Die großen, grünen Adler waren allesamt weiblichen Geschlechts und vermehrten sich eingeschlechtlich. Knapp vierzig der ursprünglichen fünftausend lebten noch. Jene anderen, Millionen zählenden, die heutzutage lebten, waren deren Abkömmlinge.
Kickaha antwortete in mykenischem Griechisch: »Dewiwanira! Und was hast du hier in diesem Käfig zu suchen? Ich dachte, daß du Podarges – und nicht des Kaisers – Liebling bist!«
Dewiwanira kreischte und biß in die Gitterstäbe. Kickaha, der sich zu nahe an den Käfig herangewagt hatte, sprang zurück, lachte aber.
»So ist es richtig, du dummer Vogel! Erschrecke die Leute, schlage sie in die Flucht – damit sie dich nicht befreien können!«
Der andere Adler warf ein: »Befreien?«
Rasch antwortete Kickaha: »Ja, befreien. Wenn ihr uns euer Wort gebt, uns dabei zu helfen, aus Talanac zu entkommen, so werden wir euch aus diesem Käfig befreien. Aber ihr müßt euch sofort entscheiden – wir haben wenig Zeit.«
»Du weißt, daß Podarge den Befehl gegeben hat, dich und Jadawin-Wolff zu töten«, sagte Dewiwanira.
»Diesem Befehl könnt ihr später immer noch Folge leisten«, antwortete er. »Aber wenn ihr mir euer Wort verweigert, uns zu helfen, so werdet ihr in diesem Käfig sterben. Sehnt ihr euch nicht danach, wieder frei fliegen zu können? Eure Gefährtinnen wiederzusehen?«
Das Licht brennender Fackeln war auf den Stufen zum Palast

und zum zoologischen Garten zu sehen. Kickaha drängte: »Nun, wie entscheidet ihr euch? Werdet ihr uns aus Talanac forttragen?«

»Ja!« sagte Dewiwanira. »Bei Podarges Brüsten – ja!«

Anana trat aus dem Schatten, um Kickaha zur Hand zu gehen. Erst jetzt konnten die beiden Adler deutlich ihr Gesicht sehen. Sie sprangen hoch und flatterten mit ihren Schwingen.

»Podarge!« krächzten sie voller Überraschung.

Kickaha verschwieg ihnen, daß Anana Jadawin-Wolffs Schwester war. Er sagte nur: »Es gab ein Modell für Podarges Gesicht ...«

Dann drehte er sich um und rannte zum Lagerhaus. Insgeheim beglückwünschte er sich dazu, daß er sich die Mühe gemacht hatte, es gemeinsam mit dem Kaiser zu besichtigen. Sekunden später kehrte er mit mehreren Seilen zurück. Es galt, keine Zeit zu verlieren. Er wies Anana an, wachsam zu sein. Dann sprang er in ein Loch, das in den Stein eingelassen war, und lehnte sich mit seinem ganzen Gewicht gegen einen eisernen Hebel. Stahl kreischte, und dann sprang die Käfigtür endlich auf.

Anana behielt die hier und da auftauchenden Lichter im Auge. Ein Pfeil lag schußbereit auf der Sehne des Bogens.

Dewiwanira sprang vornübergebeugt aus dem Käfig. Kickaha bedeutete ihr stillzuhalten und band je ein Seilende an ihren Beinen fest. Antiope, ihre Gefährtin, kam nun ebenfalls aus dem Käfig heraus. Auch sie ließ sich ein Seil um die Beine binden.

Mit knappen Worten erklärte Kickaha seinen Plan. Und dann war es soweit. Erich von Turbats Söldner kamen in den Garten gelaufen. Die beiden riesigen Vögel hüpften bis an den Rand der niederen Rampe, die den Zoo umgab. Es war ein ungewöhnlicher Anblick, diese stolzen Wesen zu sehen; wenn sie sich schon auf dem Boden fortbewegen mußten, so glich diese Bewegung für gewöhnlich einem Schreiten. Aber jetzt konnten sie, durch die Seile behindert, Verletzungen an ihren Beinen nur dadurch verhindern, indem sie ihre Schwingen ausbreiteten und sich hüpfend voranbewegten.

Kickaha eilte zu Dewiwanira und setzte sich in die Schlinge des

an ihren Beinen befestigten Seils. Er hielt sich an den Beinen oberhalb der riesigen Klauen fest und rief: »Bist du bereit, Anana? Gut! Dann los, Dewiwanira! Fliege!«
Beide Adler sprangen mehrere Meter hoch in die Luft, und es schien, als würden sie das zusätzliche Gewicht der Menschen, die sich ihnen anvertraut hatten, überhaupt nicht spüren. Schwerfällig schlugen die Schwingen der mächtigen Wesen. Kickaha fühlte, wie sich das Seil spannte und in sein Fleisch eingrub. Er wurde empor und nach vorn gerissen. Die Rampe verschwand in der Tiefe unter ihm. Die grün und silbern gesprenkelten, von Fackeln erleuchteten, verwinkelten Straßen und Mauern der Stadt Talanac waren unter ihm zu sehen – und kamen erschreckend schnell näher.
Weit, sehr weit unten, mindestens eintausend Meter tiefer, verlief der schwarz-silbrig gleißende Fluß am Ende des Jadeberges.
Und dann glitt der Berg gefährlich nahe vorbei. Die Adler vermochten ziemlich große Gewichte zu befördern, denn ihre Muskeln waren weitaus leistungsfähiger als die der Adler des Planeten Erde. Andererseits konnten ihre Schwingen aber nicht rasch genug schlagen, um mit einem erwachsenen Menschen im Schlepptau mühelos aufzusteigen. Sie behalfen sich, indem sie ihre Sturzgeschwindigkeit ausnutzten.
So flogen sie parallel zu den Wänden und flatterten irrsinnig schnell mit ihren Schwingen, sobald sie einem Straßenvorsprung zu nahe kamen. Und Kickaha erschien es, als bewegten sie sich nur quälend langsam voran. Aber in Wirklichkeit schossen sie über die Straße dahin, rasten gleich darauf wieder der Tiefe entgegen, und die weiße, braune, rote, graue, schwarze oder gestreifte Jadewand der Stadt war schon wieder viel zu nahe. Und wieder bemühten sich die Adler, Abstand zu gewinnen. Während dieses höllischen Fluges dröhnte und pfiff die Luft an ihnen vorbei, und mehr als einmal mußten die beiden Menschen ihre Beine anziehen, um Beinahe-Bruchlandungen zu verhindern.
Zweimal wurden sie durch Baumkronen gezerrt, und Zweige

schlugen, kratzten und schürften in und durch ihre Gesichter. Einmal mußten die Adler scharf ihre Flugrichtung ändern, um nicht gegen ein hohes Holzgerüst zu krachen, das aus irgendeinem Grund auf dem Dach eines Hauses errichtet worden war. Dabei verloren sie an Distanz zu der Bergwand, und Anana und Kickaha wurden an brauner und schwarzer Jade entlanggestoßen, die glücklicherweise glatt war. Zierwerk und andere Vorsprünge hätten ihnen die Knochen gebrochen oder tiefe Fleischwunden gerissen; so mußten sie lediglich Hautfetzen und ein bißchen Blut opfern.

Dann lag auch die unterste Gasse, die Straße der Abgewiesenen Opfer, hinter ihnen. Den Ursprung des Namens für diese Straße hatte Kickaha nie klären können.

Sie glitten wenig höher als einen Zentimeter über die oberste Kante der Gasse hinweg. Kickaha war so sicher, gegen die Zacken zu schlagen, und zerfetzt zu werden, daß er tatsächlich bereits den Schmerz zu spüren glaubte.

In steilem Winkel fielen sie nun zum Fluß hinab, der an dieser Stelle fast zwei Kilometer breit war. Am gegenüberliegenden Ufer lagen Schiffe in den Docks, etwas weiter entfernt ankerten weitere Wasserfahrzeuge. In der Mehrzahl waren es lange Galeeren mit zwei Decks, hohen Achterdeckaufbauten und einem oder zwei Masten mit quadratischer Takelage. All das nahm Kickaha mit zwei kurzen Blicken in sich auf, und als die Adler dem grauschwarz gemaserten Boden entgegensanken, handelte er, wie er es zuvor mit Anana abgesprochen hatte.

Natürlich würden die Adler versuchen, sie zu töten, sobald sie der Gefahr, innerhalb der Stadt erwischt zu werden, entronnen waren. Deshalb hatte Kickaha Anana zugeflüstert, sie möge sich bei der ersten sich bietenden Gelegenheit in den Fluß fallen lassen.

Noch fast zwanzig Meter trennten sie von der Wasseroberfläche, als Dewiwanira ihren ersten Angriff unternahm. Ihr Schnabel stieß vor. Aber glücklicherweise konnte sie sich nicht weit genug herabbeugen, um Kickaha ergreifen oder gar zerfetzen zu können. Der große gelbe Schnabel sauste knapp zehn Zentimeter über seinem Kopf vorbei.

»Laß los!« schrie Dewiwanira daraufhin. »Laß los! Du ziehst mich ins Wasser! Ich werde ertrinken!«

Kickaha geriet in Versuchung, genau das zu tun. Aber er befürchtete, daß ihr jeden Moment die naheliegendste Idee kommen konnte. Wenn es Dewiwanira gelang, ihre Höhe zu halten, während Antiope niedersank und ihn angriff, war er verloren. Und nachdem er getötet war, könnten die beiden Vögel ihre Position wechseln und sich mit Anana beschäftigen.

Kickaha warf sich nach hinten, überschlug und streckte sich zweimal, tauchte dann mit dem Kopf voran glatt ins Wasser ein. Gerade noch rechtzeitig kam er wieder hoch, um Ananas Eintauchen zu sehen.

Sie mochten etwa zweihundertfünfzig Meter von der nächstgelegenen der fünf Galeeren entfernt sein. Zweieinhalb Kilometer flußabwärts tanzte das Licht brennender Fackeln über dem Wasser – und es kam näher. Helme reflektierten Feuerfunken, Ruder hoben und senkten sich.

Die Adler waren jetzt über den Fluß hinweggeschossen, mächtige schwarze Schatten, die im hellen Mondlicht in die Höhe stiegen. Kickaha rief Anana etwas zu, und sie schwammen gemeinsam zu der nächsten Galeere. Seine Kleidung und die Dolche zogen ihn in die Tiefe. Er entledigte sich der Kleider und des größeren Dolches. Anana tat es ihm gleich. Kickaha opferte die Kleidung und das Messer nicht gern, aber die Erlebnisse der vergangenen achtundvierzig Stunden und der Hunger hatten an seinen Kräften gezehrt.

Endlich erreichten sie die Galeere. Sie klammerten sich an der Ankerkette fest und pumpten Luft in ihre schmerzenden Lungen, ohne das leichte Keuchen unterdrücken zu können. Aber nichts rührte sich an Deck; niemand kam, um nach der Ursache dieser Geräusche zu forschen. Wenn es einen Wachtposten gab, dann schlief er.

Das Patrouillenboot näherte sich rasch. Kickaha glaubte jedoch nicht, daß er und Anana bereits gesichtet werden konnten. Rasch erklärte er ihr seinen Plan. Als sich sein Atem wieder beruhigt hatte, tauchte er unter den Kiel der Galeere hinab. Sobald er sicher war, halbwegs unter dem Boot hinweggetaucht zu sein, schwamm er die längliche Achse entlang zum Heck. Immer wieder tastete er nach oben. Da seiner Suche jedoch kein Erfolg beschieden war, tauchte er schließlich unter dem überhängenden Heck wieder auf. Anana, die die Unterseite der vorderen Schiffshälfte auf die gleiche Art und Weise untersucht hatte, traf bei der Ankerkette wieder mit ihm zusammen. Auch ihre Suche war, wie sie ihm flüsternd mitteilte, ergebnislos geblieben.

»Das war zu erwarten«, keuchte er. »Die Wahrscheinlichkeit, daß eine dieser fünf Galeeren an der Unterseite des Rumpfes eine Geheimkammer für Schmuggler hat, ist nicht sehr groß. Möglicherweise könnten wir sogar einhundert Galeeren absuchen, ohne auch nur einmal fündig zu werden. Und die Patrouille kommt immer näher heran ...«

»Vielleicht sollten wir versuchen, auf dem Landweg zu entkommen«, schlug sie vor.

»Das können wir immer noch tun, wenn wir keine verborgene Kammer finden«, erwiderte er. »Du weißt, daß wir an Land kaum eine Chance haben.«

Er schwamm um das Boot herum und näherte sich dem nächsten. Dort wiederholte er seine Suche. Aber auch diese und eine dritte Galeere schienen ehrbaren Männern zu gehören. Nirgends war eine Geheimkammer in den Rumpf eingelassen.

Inzwischen wußte Kickaha, obwohl er es nicht sehen konnte, daß das Patrouillenboot gefährlich nahe herangekommen war.

Plötzlich schien auf der anderen Seite der Galeeren ein Schuß aus einer Elefantenbüchse abgefeuert zu werden! Gleich darauf war erneut dieses häßliche, laute Krachen zu hören. Und dann hörte man das Geschrei von Adlern und Menschen!

Obwohl er nichts sehen konnte, wußte er, was geschehen war:

Die grünen Adler waren zurückgekehrt. Wahrscheinlich hatten sie nach ihnen gesucht, um sie zu töten. Da sie die beiden nirgends erblickten, versuchten sie sich an den nächstbesten Menschen für ihre lange Gefangenschaft zu rächen. Deshalb hatten sie sich aus dem Nachthimmel herabgeschwungen und die Männer im Patrouillenboot angegriffen. Als sich ihre Schwingen plötzlich öffneten, um den Sturz abzubremsen, hatten sie das Geräusch verursacht, das Anana und Kickaha wie ein Büchsenschuß erschienen war. Jetzt wüteten die geflügelten Giganten mit Schnäbeln und Krallen unter den Söldnern Erich von Turbats.

Plätschern von Wasser, weitere Schreie – dann lastete Stille über dem Fluß. Allerdings nicht sehr lange. Wenig später ertönte ein Triumphgeschrei, das an das Trompeten eines Elefanten erinnerte. Dann peitschten riesige Schwingen die Luft.

Kickaha und Anana tauchten unter die vierte Galeere und schlugen so zwei Fliegen mit einer Klappe. Sie versteckten sich vor den Vögeln und setzten gleichsam ihre Unterwassersuche fort.

Als Kickaha hinter dem Heck die Wasseroberfläche durchbrach, hörte er das Geräusch der mächtigen Adlerschwingen, konnte die Vögel jedoch nicht sehen. Im Schatten des Achterdecks wartete er, bis er sah, wie sich die Adler vom Deck der benachbarten Galeere erhoben und fortflogen. Vielleicht hatten sie die Jagd aufgegeben – oder sie beabsichtigten, sich erneut aus dem Himmel herabzustürzen.

Anana war nirgends zu sehen. Sie blieb viel zu lange verschwunden. Kickaha überlegte. Entweder hatte sie gefunden, wonach sie beide gesucht hatten, oder sie war ertrunken. Und es gab natürlich noch eine andere Erklärung – sie hatte sich allein aus dem Staube gemacht.

Er schwamm unter dem vorderen Rumpf der Galeere entlang. Kurz darauf fuhr seine Hand über den Rand eines Schachtes, der in den Schiffsleib hineinführte.

Kickaha kam hoch, öffnete die Augen und sah einen Schimmer von dunkelstem Grau über sich. Dann brach sein Kopf aus dem Wasser; er befand sich in einer kleinen Kammer, die vom schwachen Licht einer Lampe erhellt wurde. Kickaha blinzelte und sah Anana.

Sie kniete am Boden und lehnte sich über den Rand des Schachtes. Und sie hielt einen Dolch in der Hand. Von ihrem erhöhten Standort aus – der Schacht endete gut einen halben Meter über dem Wasserspiegel – starrte sie ihn an.

Neben ihrer messerbewehrten Hand waren die schwarzen Haare eines Mannes zu sehen. Kickaha zog sich aus dem Schacht und kam neben Anana zu sitzen. Der Mann war ein Tishquetmoac und schlief ziemlich fest.

»Er hat bereits geschlafen, als ich aus dem Wasser kam, und das war gut so«, erklärte Anana. »Er hätte mich mit seinem Speer töten können, noch bevor ich überhaupt gewußt hätte, was gespielt wurde. Um sichergehen zu können, daß er weiterschlief, habe ich ihm einen Schlag in den Nacken versetzt.«

Kickaha nickte und sah sich um. Die Geheimkammer war nicht sehr groß; vom Schacht aus gemessen reichte sie auf allen vier Seiten lediglich eineinhalb Meter nach innen. Einrichtungsgegenstände im herkömmlichen Sinne gab es nicht, lediglich ein paar Felle, Decken sowie ein Faß, das Gin enthielt, wenn die Aufschrift der Wahrheit entsprach. In einem in Metall gefaßten Kistchen befanden sich – hoffentlich – Lebensmittel. Da der Raum leer war, mußte die Schmuggelware bereits abgeholt worden sein. Es war also nicht damit zu rechnen, daß in allernächster Zukunft Schwimmer auftauchten.

Der Rauch, den die kleine Lampe verursachte, stieg zu einer Anzahl kleiner Löcher in der Decke und im oberen Teil der Wandung auf. Kickaha brachte seine Wange vor einige dieser Löcher und fühlte einen schwachen Luftzug. Er war davon überzeugt, daß niemand, der sich unmittelbar über ihnen an Deck befand, das Licht sehen konnte. Aber er wollte völlig sichergehen.

»Es gibt unbestimmbar viele Boote, die mit solchen Kammern ausgestattet sind«, sagte er. »Manchmal wissen die Kapitäne davon, manchmal aber auch nicht.«
Er deutete auf den Bewußtlosen. »Ich denke, wir werden ihm später einige Fragen stellen.« Er fesselte die Knöchel des Mannes und drehte seinen Körper herum, um ihm die Hände auf den Rücken zu binden. Dann glitt er ins Wasser zurück. Er hätte sich jetzt gern niedergelegt und geschlafen, aber in dieser Situation durfte er keine Rücksicht auf solche Wünsche nehmen.
Neben der Ankerkette kam er hoch. Sekundenlang verharrte er lauschend und kletterte dann an der Kette in die Höhe. Geschmeidig stieg er über die Reling und huschte über das Deck, ohne auch nur eine Wache zu treffen. Es dauerte nicht lange, und er hatte eine ziemlich genaue Vorstellung von der Konstruktion des Schiffes. Außerdem fand er einige Streifen Trockenfleisch und Zwieback; beides war in wasserdichte Därme eingewickelt.
Die Adler waren nicht in Sicht, und das Patrouillenboot war so weit abgetrieben, daß er die Körper der Getöteten – wenn Dewiwanira und Antiope sie überhaupt zurückgelassen hatten – nicht sehen konnte.
Als Kickaha in die Geheimkammer zurückkehrte, fand er den von Anana überwältigten Tishquetmoac bei Bewußtsein vor.
Er hieß Petotoc, und auf Kickahas Frage hin erklärte er, warum er sich hier versteckt gehalten hatte. Er gestand, daß er von der Stadtpolizei gesucht wurde, wollte jedoch nicht sagen, welcher Tat man ihn beschuldigte. Von der Invasion wußte er nichts. Es war nur zu offensichtlich, daß er Kickahas Geschichte nicht glaubte.
Kickaha sprach mit Anana. »Vermutlich sind genügend viele Leute Zeugen unserer Flucht geworden, so daß in Talanac die Fahndung eingestellt worden ist. Jetzt werden sie in der alten Stadt, auf den Farmen und auf dem Lande suchen. Und sie werden jedes Boot, jede Galeere durchkämmen. Wenn sie uns nicht finden, wird sich die Lage hoffentlich bald wieder normali-

sieren. Das Leben wird weitergehen. Und diese Galeere, der wir uns anvertraut haben, wird ihren nächsten Zielhafen anlaufen.«

Kickaha erkundigte sich bei Petotoc, woher sie genügend Lebensmittel bekommen konnten, um mindestens einen Monat überleben zu können.

Ananas Augen wurden groß, als sie diese Frage vernahm. »Einen Monat sollen wir in diesem feuchten, stinkenden Loch leben?« fragte sie.

Kickaha nickte ungerührt. »Wenn du überleben willst – ja«, sagte er dann. »Aber, ehrlich gesagt, ich hoffe, daß wir nicht so lange bleiben müssen. Es ist nur eine Vorsichtsmaßnahme. Es ist beruhigend zu wissen, daß man im Falle eines Notfalles über ausreichende Reserven verfügt.«

»Ich ... ich werde wahnsinnig werden«, stieß sie hervor.

»Wie alt bist du?« fragte Kickaha rauh. »Mindestens zehntausend Jahre alt – habe ich richtig geraten? Und in dieser langen Zeit hast du es nicht gelernt, Situationen wie diese durchzustehen?«

»Nie habe ich damit gerechnet, in eine solche Situation zu kommen«, fauchte sie.

Kickaha grinste. »Dann erlebst du nach zehn Jahrtausenden endlich mal etwas Neues, Mädchen! Du solltest froh darüber sein, daß die Langeweile jetzt ein Ende hat!«

Unerwartet lachte sie. »Ich bin ziemlich müde und gereizt«, sagte sie. »Aber du hast recht. Es ist besser, sich zu Tode zu ängstigen, als sich zu Tode zu langweilen. Und das, was passiert ist ...«

Sie breitete die Handflächen aus, um anzudeuten, daß ihr die Worte fehlten.

Kickaha handelte gemäß Petotocs Informationen und Anweisungen. Wieder verließ er die geheime Kammer und tauchte außerhalb des Schiffes auf. Dann kletterte er an Deck und ließ ein kleines Boot zu Wasser. Damit ruderte er zum Ufer hinüber. Er brach in ein kleines Lagerhaus ein, füllte das Boot mit Lebensmitteln und kehrte zu der Galeere zurück. Er band das Boot an der Ankerkette fest und tauchte, um Anana zu holen.

Gemeinsam beförderten sie die Lebensmittel in Netzen in die geheime Kammer, und nachdem sie diese Arbeit getan hatten, waren sie restlos erschöpft. Sie waren so müde, daß sie sich kaum mehr aus dem Schacht in die Geheimkammer hinaufziehen konnten. Kickaha löste die Leine, die das Ruderboot mit der Ankerkette verband, damit es davontreiben konnte. Dann tauchte er zum letzten Mal.

Er zitterte vor Kälte und Erschöpfung und sehnte sich nach Schlaf. Aber er wagte es nicht, den gefangenen Schmuggler unbewacht zu lassen.

Anana schlug vor, dieses Problem dadurch zu lösen, indem sie Petotoc töteten. Der Gefangene lauschte, aber er konnte nicht verstehen, was sie besprachen, da sie sich in der Sprache der Lords unterhielten. Er sah jedoch, daß Anana mit dem Finger über ihre Kehle fuhr – und das war eine ziemlich eindeutige Geste. Sicherlich ahnte er, wovon sie sprachen. Unter seiner dunklen Haut wurde er bleich.

»Ihn töten?« sagte Kickaha und wiegte den Kopf. »Nur, wenn es unbedingt notwendig ist. Selbst wenn er tot wäre, müßte einer von uns beiden Wache halten. Hast du dir schon einmal überlegt, was passieren wird, wenn andere Schmuggler in diese Kammer kommen? Wir dürfen uns nicht im Schlaf überraschen lassen. Clatatol und die Männer ihrer Bande vermochten der Versuchung, sich die Belohnung zu verdienen, widerstehen, obwohl ich meiner Sache gar nicht so sicher bin, daß sie noch sehr viel länger hätten widerstehen können. Aber andere Gesetzlose sind vielleicht nicht so ehrenhaft.«

Also übernahm Kickaha die erste Wache. Nur mühsam konnte er sich dadurch wach halten, daß er sich mit Petotoc unterhielt, dabei unablässig hin und her ging und immer wieder seine Hand ins Wasser tauchte, um damit sein Gesicht zu befeuchten.

Nachdem etwa zwei Stunden vergangen waren, weckte er Anana mit leichten Schlägen ins Gesicht und Wasser. Nachdem sie ihm versprochen hatte, nicht mehr einzuschlafen, legte er sich nieder

und schloß seine Augen. Dies geschah zwei weitere Male, und dann wurde er zum dritten Mal geweckt. Dieses Mal jedoch nicht, um seine Wache anzutreten.
Anana hatte ihre Hand auf seinen Mund gelegt und flüsterte in sein Ohr: »Still! Du hast geschnarcht! Es sind Leute an Bord gekommen ...«
Lange Zeit lag er bewegungslos und lauschte den stampfenden Schritten, dem Rufen und Sprechen, dem Klopfen und Scharren, das bewies, daß die Ladung verschoben wurde. Dann wurden Decks und Schotten abgeklopft, um Hohlräume ausfindig zu machen.
Nach genau eintausendzweihundert Sekunden – Kickaha hatte jede einzelne mitgezählt – zog der Suchtrupp weiter, ohne fündig geworden zu sein.
Kickaha und Anana versuchten abwechselnd, den verlorenen Schlaf nachzuholen.

Siebentes Kapitel

Als sie sich frisch und ausgeruht genug fühlten, um gemeinsam wachbleiben zu können, erkundigte sich Kickaha, wie sie überhaupt in diese Situation gekommen war.

»Die Schwarzen Scheller«, sagte Anana und hielt ihre rechte Hand hoch. An ihrem Mittelfinger trug sie einen Ring mit einem tiefschwarzen Metallstreifen und einem großen dunkelgrünen Edelstein.

»All meine Juwelen habe ich den Schmugglern gegeben, nur diesen Ring nicht«, sagte sie. »Ich habe mich geweigert, mich von ihm zu trennen. Ich sagte ihnen, daß sie mich töten müßten, um ihn zu bekommen. Und einen Augenblick lang dachte ich tatsächlich, sie würden genau *das* tun ...

Aber ... laß mich nachdenken. Wo soll ich beginnen? Die Schwarzen Scheller waren ursprünglich künstliche Lebensformen, die die Wissenschaftler der Lords bei ihrer Suche nach der Unsterblichkeit erschufen. Ein Scheller – der Name spielt darauf an – erinnert an eine Schelle, sein Körper ist schwarz und aus einem unzerstörbaren Material gefertigt. Selbst wenn man ihn an einer Wasserstoffbombe befestigen würde, würde er die Zündung überleben. Man könnte ihn ins Zentrum eines Sternes schießen – und er würde Millionen von Jahren unversehrt bleiben.

Unsere Wissenschaftler konstruierten den Scheller in seiner ursprünglichen Form als reinen Automaten. Er besaß keinen eigenen Verstand – er war nur ein Apparat. Wenn man ihn über den Kopf eines Menschen stülpte, so maß er dessen Hautspannung und schob dann automatisch zwei äußerst dünne, jedoch sehr stabile Nadeln in das Gehirn. Durch diese Nadeln konnte der Scheller den gesamten Inhalt des menschlichen Gehirns erfassen und aus den Bändern riesiger Proteinmoleküle, aus denen sich ein Gehirn zusammensetzt, entnehmen. Ebenso konnte er die komplexen Nervenmuster des Bewußtseins und des Unterbewußtseins auflösen.«

»Aber was sollte damit bezweckt werden?« fragte Kickaha. »Warum sollte ein Lord den Wunsch verspüren, sein Gehirn aufwühlen und entladen zu lassen? Nach dieser Behandlung durch den Scheller wäre das Gehirn leergesaugt ... Eine *Tabula rasa* ...«

»Ja, aber du scheinst nicht zu verstehen. Das Gehirn, von dem ich sprach, gehörte einem menschlichen Untertanen der Lords. Einem Sklaven.«

Kickaha war nicht leicht zu schockieren, aber genau das hatte Anana fertiggebracht. Ihm wurde übel. »Was? Aber ...«

»Das war notwendig. Eines Tages wäre der Sklave ohnehin gestorben. Was also macht es für einen Unterschied? Aber dadurch konnte ein Lord – selbst wenn sein Körper tödlich verwundet worden war – weiterleben.«

Sie verschwieg ihm allerdings, daß die wissenschaftlichen Verfahren den Lords ermöglichten, Jahrtausende, vielleicht gar Millionen von Jahren zu leben – vorausgesetzt, sie setzten ihrem Leben nicht selbst ein Ende oder starben durch Unfall oder Mord. Aber dies wußte Kickaha ohnehin. Auf dieser, von Jadawin/Wolff geschaffenen Welt der vielen Ebenen, ja, in diesem ganzen Universum, alterte man kaum – oder überhaupt nicht. Den Gewässern dieser Welt waren von Wolff gewisse Substanzen beigemengt worden, die die Menschen annähernd eintausend Jahre lang nicht mehr altern ließen. Gleichzeitig verminderten sie aber auch die Fruchtbarkeit, so daß die Geburtenrate konstant blieb.

»Die Scheller«, erläuterte Anana weiter, »wurden geschaffen, um den kompletten Inhalt des Gehirn eines Lords in das Gehirn eines Wirts übertragen zu können. So war es möglich, daß der Lord in einem neuen Körper weiterleben konnte, während der alte seinen Wunden erlag.

Jeder Scheller war so konstruiert worden, daß es möglich war, darin den Verstand eines Lords notfalls für lange Zeit aufzubewahren. Jeder Scheller war mit einer Energieeinheit versehen, so daß der deponierte Verstand arbeiten konnte, wenn er dies wünschte. Außerdem zapfte der Scheller automatisch die Nervenenergie des Wirts an, um die Energieeinheit aufzuladen. Dann tastete er den Verstand ab, entschlüsselte ihn, um ihn schließlich zu entnehmen und in seinem Inneren zu reproduzieren. Nach der Reproduktion war das ursprüngliche Gehirn entleert – und so wurde es auch belassen.«

»Ich wiederhole mich«, fügte sie schließlich noch hinzu. »Ich möchte sicher sein, daß du mich verstanden hast.«

»Ich kann deinen Ausführungen folgen«, erwiderte Kickaha. »Aber dieses Abtasten, Entschlüsseln, Entleeren und Reproduzieren des Verstandes scheint mir keine echte Unsterblichkeit zu sein. Es ist doch nicht so, daß der Gehirninhalt von einem Gehirn in das andere gegossen wird. Es handelt sich um keine echte Gehirnverpflanzung. Aus der Sicht der Scheller gesehen, erfolgt eine Aufnahme von Inhalten des Großhirns und vermutlich auch des Kleinhirns, um das Abbild eines Verstandes zu erhalten, während man das Original zerstört. Oder haben die Scheller etwa kein Unterbewußtsein? Und dann spielt man die Aufnahmen ab, um in einem neuen Behältnis, nämlich einem Scheller, ein identisches Gehirn aufzubauen.

Allerdings ist das Gehirn des ersten Beteiligten nicht mehr das des zweiten. In Wirklichkeit ist der erste Beteiligte tot. Und obgleich der zweite Beteiligte denkt, er sei der erste, da er dessen Gehirninhalt besitzt, ist er doch nur ein ... Duplikat.«

»Ein Säugling spricht die Weisheit von Jahrhunderten aus«, kommentierte Anana. »Was du soeben von dir gegeben hast, wäre richtig, wenn es nicht solche Dinge wie das Ich – oder die Seele, wie ihr Menschen sagen würdet – geben würde. Die Lords haben den zweifelsfreien Beweis erbracht, daß es ein Sein außerhalb von Raum und Zeit gibt. Ein Sein, das gleichzeitig mit jedem fühlenden Wesen existiert. Sogar ihr Menschen habt ein solches Sein. Und dieses Sein spiegelt den geistigen Inhalt des Körpers, des Somas – oder, noch genauer, des Psycho-Somas – wider. Vielleicht ist es auch genau umgekehrt, das vermag ich nicht zu sagen. Auf jeden Fall ist dieses geistige Ich die andere Hälfte einer ›wirklichen‹ Person. Wenn sich nun das Duplo-Soma-Gehirn in einem Scheller aufbaut, so geht im gleichen Moment das Ich oder die Seele, ganz wie du willst, auf den Scheller über. Und wenn der Scheller den gespeicherten Geist auf einen neuen Gastkörper überträgt, so überträgt er auch das Ich.«

»Habt ihr Beweise für die Existenz dieser ... Seele? Fotografien, Sinneswahrnehmungen oder dergleichen?«

»Ich habe sie nie gesehen«, gab sie zu. »Und ich habe auch nie jemanden gekannt oder kennengelernt, der die Beweise gesehen hat. Aber man versicherte uns, daß die Beweise einst existiert haben.«

»Fein«, sagte er mit einem Sarkasmus, den sie unmöglich überhören konnte. »Und weiter?«

»Das Experiment dauerte, soviel ich weiß, länger als fünfzig Jahre, bevor die Scheller hundertprozentig sicher und verwendungsfähig waren. Die meisten Versuche wurden an menschlichen Sklaven, die daraufhin entweder starben oder zu Idioten wurden, vorgenommen.«

»Im Namen der Wissenschaft!«

»Im Namen der Lords«, korrigierte sie. »Im Namen ihrer Unsterblichkeit. Aber die menschlichen Versuchspersonen und später auch die Lords, die sich der Behandlung unterzogen, haben, während ihr Geist in den Schellern untergebracht war, von einem fast unerträglichen Gefühl des Losgelöstseins von jeglicher Realität, von Qualen der Trennung berichtet.

Weißt du, diese Geister hatten wahrhaftig eine Wahrnehmung von der Welt außerhalb, wenn die Antennennadeln in ihr Gehirn fuhren. Aber diese Wahrnehmung war sehr begrenzt.

Um die Isolation und Panik auf ein erträgliches Maß zu senken und schließlich gänzlich auszuschalten, wurde die Wahrnehmungskraft der Antennen verbessert. Und schließlich wurden Gehör, Geruch und ein beschränkter Gesichtssinn ermöglicht.«

»So sind die Schwarzen Scheller also ehemalige Lords?« fragte Kickaha.

»Nein! Zufällig entdeckten unsere Wissenschaftler, daß ein nichtbenutzter Scheller das Potential besaß, sich zu einem selbstdenkenden Wesen zu entwickeln! Das heißt ... ein unbenutzter Scheller ist eine Art Baby-Scheller. Und wenn man sich mit ihm beschäftigte, wenn man mit ihm spielte, ihn sprechen lehrte, ihn lehrte, seine Identifikation und seine embryonale Persönlichkeit zu entwickeln – nun, dann war er nicht länger ein Ding, ein mechanischer Apparat, sondern eine Person. Zwar eine ziemlich fremdartige, eigenartige Person, aber immerhin – eine Person.«

»Mit anderen Worten – jenes Behältnis, in dem ein menschlicher Geist untergebracht werden konnte, war in der Lage, selbst ein eigenständiges Gehirn sowie Bewußtsein, eine Seele, zu entwickeln«, stellte Kickaha fest.

»Ja. Die Wissenschaftler waren fasziniert. Sie entwickelten die Aufzucht von Schellern zu einem eigenständigen Programm. Und sie stellten fest, daß ein Scheller so komplex und intelligent wie ein erwachsener Lord werden konnte. In der Zwischenzeit wurde das ursprüngliche Projekt aufgegeben, obwohl nichtentwickelte Scheller als Behälter für die überquellenden Gedächtnisse der Lords dienen sollten.«

Kickaha unterbrach sie. »Ich glaube, daß ich mir denken kann, was passiert ist ...«

»Niemand weiß, was wirklich geschah. Die Zeit verging, und schließlich existierten neben den zahlreichen Baby-Schellern zehntausend vollständig entwickelte Scheller. Irgendwie hat einer dieser Scheller es geschafft, seine Antennennadel in den Schädel eines Lords bohren zu können. Er entschlüsselte und entnahm das Gehirn des Lords – und übertrug sich selbst in dessen Gehirn! Im Laufe der Zeit wurden sämtliche mit diesem Projekt beschäftigten Lords von Schellern übernommen.«

Kickaha hatte also richtig vermutet. Die Meister der Universen hatten sich ihre eigenen Frankenstein-Ungeheuer geschaffen!

»Zu jener Zeit schufen meine Ahnen gerade entsprechend ihren Vorstellungen, Träumen und Launen ihre eigenen Universen«, sagte sie. »Sie waren wirkliche Lords – Götter, wenn es je solche gegeben hat. Natürlich blieb das Heimatuniversum weiterhin das Zuhause der niederen Bevölkerung.

Viele Scheller schafften es, aus dem Heimatuniversum heraus in private Universen zu gelangen. Als schließlich die grausige Wahrheit entdeckt wurde, war es längst schon zu spät. Es war unmöglich festzustellen, wer übernommen worden war und wer nicht. Zu viele Übertragungen hatten stattgefunden. Fast zehntausend Lords waren ›geschellt‹ worden, wie man den Vorgang schließlich nannte.

Der Krieg gegen die Schwarzen Scheller entbrannte, und er dauerte zweihundert Jahre. In dieser Zeit wurde ich geboren. Aber damals waren die meisten Wissenschaftler und Techniker der Lords bereits getötet, ebenso mehrmals die Hälfte der niederen Bevölkerung. Das Heimatuniversum war verwüstet. Das war der Anfang vom Ende für Wissenschaft und Fortschritt und zugleich die Geburt des Solipsismus der Lords. Die Überlebenden waren im Besitz großer Macht, und sie hatten die Apparate und Maschinen voll unter ihrer Kontrolle. Aber das Verständnis für die Prinzipien, auf denen ihre Macht basierte, ging ebenso verloren wie das Wissen um die Technik ihrer Maschinen.

Von den ursprünglich zehntausend Schellern wurden alle bis auf fünfzig außer Gefecht gesetzt. Diese neuntausendneunhundertfünfzig Kreaturen wurden in ein Universum gebracht, das man eigens für sie geschaffen hatte. Es war dreifach ummantelt, so daß niemand je hinein- oder herausgelangen konnte.«

»Und jene fünfzig Scheller, die nicht außer Gefecht gesetzt wurden?«

»Wurden nie gefunden«, antwortete sie. »Und von diesem Zeitpunkt an lebten die Lords in stetem Mißtrauen, am Rande der Panik. Doch es gab keinerlei Hinweise darauf, daß erneut Lords geschellt worden waren. Obwohl sich mit der Zeit die Panik abschwächte, wurden die in Freiheit lebenden Scheller nie vergessen.«

Sie hielt ihre rechte Hand hoch. »Siehst du diesen Ring? – Er ist in der Lage, das Gehäuse eines Schwarzen Schellers aufzuspüren, sofern es sich in einem Umkreis von sieben Metern befindet. Einen Scheller, der sich bereits im Gehirn eines Wirtskörpers eingenistet hat, vermag er allerdings nicht zu orten. Aber die Schwarzen Scheller entfernen sich nur ungern allzu weit von ihrem Ursprungskörper. Sollte dem Wirtskörper irgend etwas zustoßen, so will ein Scheller jederzeit in der Lage sein, seinen Verstand wieder in seinen eigenen Körper zu übertragen.

Wenn der Ring den Körper eines Schellers wahrgenommen hat, wird eine Alarmvorrichtung ausgelöst, die in das Gehirn des Lords eingepflanzt ist. Sie stimuliert bestimmte Bereiche des Nervensystems, so daß der Lord glaubt, den Ton einer Schelle zu hören. Meines Wissens ist dieser Alarm seit etwas weniger als zehntausend Jahren nicht mehr ertönt. Aber drei von uns hörten die Schelle – vor knapp zwei Wochen. Und wir wußten, daß der alte Schrecken wieder unterwegs ist.«

»Es haben sich also jene fünfzig Scheller zu erkennen gegeben, die damals entkommen sind?« vermutete Kickaha.

»Nicht alle fünfzig. Ich jedenfalls habe erst ein paar von ihnen gesehen«, antwortete sie. »Weißt du, ich habe mir Gedanken über ihr Auftauchen gemacht. Wahrscheinlich hielten sich die Schwarzen Scheller, die damals nicht gefaßt werden konnten, in irgendeinem Universum versteckt. Möglicherweise lagen sie zehn Jahrtausende in einem Koma, dem Scheintod ähnlich. Und dann kam irgendein Mensch, irgendein *Lebla* ...« Sie unterbrach sich, als sie seinen Gesichtsausdruck sah und fuhr dann fort: »Irgendein Mensch muß quasi über das Versteck gestolpert sein. Er war neugierig und setzte sich eine der Schellenformen auf den Kopf. Und der Scheller reagierte ganz automatisch. Er erwachte aus seinem zehntausendjährigen Schlaf, betäubte den Menschen, damit er sich nicht zur Wehr setzen konnte, fuhr dann seine Antennennadeln aus, bohrte sie in Schädel und Gehirn seines Opfers. Er entnahm Nervenstruktur und Erinnerungen und übertrug sich selbst in das Gehirn des Menschen. Daraufhin fand der Menschen-Scheller Wirtskörper für seine neunundvierzig Gefährten, und schließlich brachen sie zu ihrem schnellen und schweigenden Feldzug auf.«

Man vermochte nicht zu sagen, wie viele Universen von den Schellern eingenommen und wie viele Lords bereits getötet oder in Besitz genommen waren. Nimstowl, Judubra und Anana jedenfalls hatten Glück gehabt. Anana und Nimstowl bemerkten die drohende Gefahr rechtzeitig und warnten Judubra. Daraufhin erlaubte er ihnen, in seinem privaten Universum Zuflucht zu nehmen. Nur die Schwarzen Scheller ermöglichten das kleine Wunder, daß ein Lord den ständigen Krieg gegen jeden anderen Lord vergaß. In jenem Moment, als Judubra seine Verteidigungseinrichtungen wieder aktivieren wollte, brach der Feind durch. Die drei Lords waren gezwungen, durch ein Tor in Wolffs Universum zu fliehen. Sie rematerialisierten im Palast des Lords, weil sie gerüchteweise gehört hatten, daß er weich und schwach geworden war. Also würde er nicht versuchen, sie zu töten, wenn sie sich freundlich gaben. Aber der Palast schien verlassen. Nur die Talos, jene halb aus Metall, halb aus Fleisch bestehenden Maschinenwesen, die für Wolff und Chryseis als Diener und Wächter fungierten, hielten sich dort auf.

»Wolff ist fort?« fragte Kickaha überrascht. »Und Chryseis auch? Wohin mögen sie gegangen sein?«

»Ich weiß es nicht«, erwiderte Anana. »Uns blieb wenig Zeit, um nach ihnen zu suchen, denn wir waren gezwungen, das Kontroll-

zentrum durch ein Tor zu verlassen, ohne zu wissen, wohin es uns versetzen würde. Nun, wir rematerialisierten im Tempel Ollimamls und flohen in die Stadt Talanac hinaus. Glücklicherweise trafen wir auf Clatatol und ihre Bande.
Keine vier Tage später drangen die Männer von Drachenland in Talanac ein. Ich weiß nicht, wie die Schwarzen Scheller es geschafft haben, von Turbat, von Swindebarn und die anderen in Besitz zu nehmen.«
»Sie kamen durch ein Tor auf die Ebene Drachenland«, mutmaßte Kickaha. »Dann übernahmen sie die beiden Könige, selbstverständlich ohne daß deren Untertanen etwas merkten. Wahrscheinlich hatten sie keine Ahnung davon, daß ich mich in Talanac aufhielt, aber ich vermute, daß sie aus Film- und Tonaufnahmen, die sie in Wolffs Palast fanden, von mir erfahren haben. Also verfolgten sie euch bis hierher, hörten, daß ich ebenfalls hier zu finden sein mußte, und suchten fortan auch nach mir.«
»Aber warum?«
»Weil ich eine ganze Menge über die geheimen Tore und die Fallen in Wolffs Palast weiß. Die Schwarzen Scheller sind nicht in der Lage, in das Waffenarsenal vorzudringen, solange sie das Code-Entschlüsselungsverfahren nicht kennen. Deshalb also wollten sie mich lebend haben. Sie benötigen Informationen – und die können sie nur von mir bekommen.«
»Gibt es im Palast Flugmaschinen?« erkundigte sich Anana.
»Wolff hat solche Dinger nie besessen.«
»Ich vermute, daß die Scheller einige dieser Maschinen von meiner Welt herbeischaffen werden. Sie werden sie in ihre Einzelteile zerlegen müssen, um sie durch die engen Tore in den Palast schaffen zu können, und anschließend müssen sie sie wieder zusammensetzen. Und wenn die Menschen dieser Welt die Flugmaschinen sehen, werden die Scheller einiges zu erklären haben.«
»Sie können den Leuten jederzeit sagen, daß es sich um magische Fortbewegungsmittel handelt«, gab Kickaha zu bedenken.

Er wünschte, er hätte das Horn von Shambarimen – oder, wie es auch manchmal genannt wurde, das Horn von Ilmarwolkin – bei sich. Wenn man auf diesem Horn in jedem beliebigen Universum an einem der sogenannten Resonanzpunkte eine gewisse Tonfolge blies, so wurde dieser Punkt zu einem Tor zwischen zwei Universen. Man konnte das Horn allerdings auch dazu benutzen, Tore zwischen zwei Punkten dieses Planeten zu erschaffen. Das ganze Theater mit den Sicheltoren könnte man vergessen …

Aber von Anana erfuhr er, daß sie das Horn nirgends in Wolffs Palast gesehen hatte. Wahrscheinlich hatte Wolff es mitgenommen – wohin auch immer er gegangen sein mochte.

Die Tage und Nächte, die nun folgten, waren ungemütlich. Sie gingen in der engen Kammer hin und her, um sich Bewegung zu verschaffen, und auch Petotoc erlaubten sie, seine Muskeln zu strecken. Kickaha ließ jedoch nie in seiner Wachsamkeit nach. Er hielt das Seil, das um Petotocs Hals gebunden war, fest.

Sie schliefen unruhig. Und obwohl sie übereingekommen waren, die Funzel nicht zu lange brennen zu lassen, um Petroleum zu sparen, hielten sie sich nicht daran.

Am dritten Tag kamen viele Leute an Bord. Der Anker wurde gelichtet, und wenig später wurde die Galeere offenbar an einen Kai gerudert. Laute Geräusche zeigten an, daß man das Schiff mit Fracht belud. Achtundvierzig Stunden, ohne Unterbrechung, dauerte dies an. Dann wurden die Leinen gelöst, und die Ruderer nahmen ihre Arbeit auf. Der dumpfe, monotone Trommelschlag des Taktgebers, das Kreischen von Schlössern und das Eintauchen und Plätschern der Ruder wurden zu einer ständig vorhandenen Geräuschkulisse.

Achtes Kapitel

Etwa sechs Tage dauerte die Reise.

Schließlich wurde der Anker ausgeworfen. Wieder schlugen Geräusche durch Deck und Wände. Die Fracht wurde gelöscht. Kickaha war davon überzeugt, daß das Schiff westwärts, zum Rand der Großen Prärie, gefahren war.

Nachdem an Deck endlich wieder Ruhe eingekehrt war, tauchte er empor. Er kam an der dem Land zugewandten Seite herauf und sah Hafenmauern, Docks, zahlreiche Schiffe, ein Feuer, das vor einem großen Holzgebäude brannte, sowie einen niederen, dichtbewaldeten Hügel im Osten. Das war die Grenzstadt und zugleich Endstation für sämtliche Flußschiffe. Hier wurden die Handelsgüter auf die riesigen Wagen umgeladen, die dann in Karawanen zum Großen Handelspfad aufbrachen.

Kickaha hatte nicht vor, Petotoc die Freiheit zu schenken. Dennoch fragte er ihn, ob er bei ihnen bleiben oder sein Glück lieber bei den Tishquetmoacs suchen wolle. Petotoc antwortete, daß er wegen Mord an einem Stadtpolizisten gesucht werde. Also würde er es vorziehen, bei ihnen zu bleiben.

Ohne aufzufallen, erreichten sie eine Farm nahe am Stadtrand. Sie überwältigten den Bauern, seine Frau und seine beiden Söhne im Schlaf und stahlen Kleider, drei Pferde und Waffen. Dann ritten sie los und ließen die mit Palisaden umgebene Stadt und das Fort hinter sich zurück. Eine Stunde vor Morgengrauen erreichten sie die Ausläufer der Großen Prärie und beschlossen, eine Zeitlang dem Handelspfad zu folgen. Kickahas Ziel war das eintausendfünfhundert Kilometer weit entfernte Bergdorf der Hrowakas. Dort konnten sie ihren Feldzug planen – einen

Feldzug, bei dem einige geheime Tore dieser Ebene eine große Rolle spielten.

Während sie sich in der geheimen Kammer der Galeere versteckt hatten, war Kickaha schon bemüht gewesen, Anana bei Stimmung zu halten. Er hatte Witze erzählt und leise, so leise, daß die Bootsleute ihn nicht hören konnten, gelacht. Jetzt schien er jedoch explodieren zu wollen, soviel redete und lachte er. Anana sagte, er sei der fröhlichste Mensch, den sie je getroffen habe. Er strahlte förmlich vor Vergnügen.

»Warum auch nicht?« erwiderte er gut gelaunt und zeigte mit seiner rechten Hand über die Große Prärie. »Die Luft ist durchtränkt von Sonne und Grün und Leben. Vor uns liegen weite, sanfthügelige Prärien, die ungefähr so sind, wie jene in Nordamerika, auf der Erde, waren, bevor der weiße Mann kam. Eigentlich sind sie sogar weitaus exotischer, romantischer, bunter ... oder wie immer man es auch nennen mag. Es gibt Millionen von Büffeln, wilden Pferden, Damhirschen, Antilopen. Aber auch die großen Raubtiere: den gestreiften Steppenlöwen, Felis Atrox, den Rennlöwen, der eine gepardenähnliche Abart des Pumas ist, den wilden Wolf und den Steppenwolf, den Kojoten und den Präriehund. Die Prärie wimmelt von Leben! Es gibt nicht nur präkolumbianische Tiere, sondern auch solche, die Wolff von der Erde hierherschaffte und die in der Zwischenzeit auf der Erde längst ausgerottet sind. Beispielsweise das Mastodon, das Mammut, das Uintathere, das Steppenkamel und viele andere ...

Und es gibt die Nomadenstämme der Amerindianer, eine Mischung aus amerikanischen Indianern, Skythen sowie sarmatischen weißen Nomaden aus dem alten Rußland und Sibirien. Und die Halbpferde, jene von Jadawin erschaffenen Zentauren, deren Sprachen und Sitten mit denen der anderen Präriestämme übereinstimmen.

Oh, hier gibt es so vieles, worüber man sprechen kann! Und so vieles, das selbst mir noch unbekannt ist. Aber eines Tages werde

ich all das kennen. Ist dir klar, Anana, daß diese Ebene eine größere Fläche einnimmt als Nord- und Südamerika auf meinem Heimatplaneten zusammengenommen?
Diese wundervolle Welt! Meine Welt! Ich glaube, daß ich geboren wurde, um hier zu leben. Und ich glaube, daß es mehr als ein Zufall war, daß ich die Möglichkeit fand, hierherkommen zu können. Es ist eine gefährliche Welt – aber welche Welt, die Erde eingeschlossen, ist nicht gefährlich? Ich war und bin der glücklichste aller Menschen, weil ich hierhergelangen konnte, und um keinen Preis würde ich zur Erde zurückkehren. Dies hier – dies ist meine Welt!«
Anana lächelte schwach und sagte: »Jetzt kannst du noch voller Begeisterung sein, Kickaha, denn du bist noch jung. Aber warte ab, bis du zehntausend Jahre lang gelebt hast. Dann wirst auch du nicht mehr sehr viel finden, das du genießen kannst und das dein Leben lebenswert macht.«
»Ich werde abwarten«, sagte er. »Ich bin jetzt fünfzig Jahre alt, aber ich denke, fühle und sehe aus wie ein kraftvoller, lebensprühender Fünfundzwanzigjähriger – wenn du mir diesen trivialen Ausdruck vergeben willst.«
Anana wußte natürlich nicht, was das Wort *trivial* bedeutete, und so erklärte Kickaha es ihr, so gut er konnte. Er stellte fest, daß Anana einiges über die Erde wußte. Sie erzählte ihm, daß sie mehrmals – zuletzt im Erdenjahr 1888 – dort gewesen war, um, wie sie sich ausdrückte, ›Urlaub‹ zu machen.
Schließlich erreichten sie einen Wald, und Kickaha schlug vor, daß sie hier ihr Nachtlager aufschlugen.
Er ging auf die Jagd und kam mit einem Zwerghirsch zurück. Nachdem sie das Tier geschlachtet und über einem kleinen, rauchlosen Feuer gebraten hatten, aßen sie schweigend. Dann schlugen sie Zweige ab und bauten sich auf einem Baum eine Plattform in der Gabelung zweier Äste. Sie vereinbarten, daß jeder von ihnen im stündlichen Wechsel eine Wache zu übernehmen hatte.

Anana meldete Bedenken an. Sie mißtraute Petotoc. Der Gedanke, daß sie schlafen sollte, während er wachte, gefiel ihr überhaupt nicht.

Kickaha sagte ihr, daß sie keinen Grund zur Sorge hatten. Der Bursche fürchtete sich viel zu sehr davor, in dieser Wildnis alleingelassen zu werden. Er würde keinen Gedanken daran verschwenden, wie er sie töten und dann entkommen konnte.

Anana gestand, daß sie froh war, Kickaha als Gefährten bei sich zu haben.

Er war angenehm überrascht. »Wenigstens scheinst du menschlicher Gefühle fähig zu sein«, meinte er. »Vielleicht gibt es Hoffnung für dich ...«

Sie wurde ärgerlich, wandte ihm den Rücken zu und tat so, als versuche sie zu schlafen. Kickaha grinste und übernahm die erste Wache.

Der grüne Mond war am Firmament erschienen. Zahlreiche ferne Geräusche zerrissen die Stille der Nacht. Gelegentlich war das Trompeten eines Mammuts oder Mastodons oder das Grollen eines Löwen zu hören. Einmal wieherte ein Wildpferd, und ein anderes Mal erklang der Pfiff eines Riesenwiesels.

Der Pfiff ließ Kickaha erschaudern, und seine Pferde wieherten ängstlich. Der Riesenwiesel war jenes Prärietier, Menschen und Halbpferde ausgenommen, das er am meisten fürchtete. Aber eine Stunde verging, ohne daß die Bestie zu sehen oder zu hören war, und auch die Pferde schienen sich beruhigt zu haben.

Als Petotoc ihn ablöste, erzählte er ihm von dem Riesenwiesel und ermahnte ihn, stets aufmerksam zu sein, die Schatten genau zu beobachten und sofort zu schießen, wenn er den großen, langen, glatten Körper des Tieres erblickte. Kickaha wollte erreichen, daß Petotoc während seines Wachdienstes nicht einschlief.

Im Morgengrauen hielt Kickaha Wache. Plötzlich sah er etwas Weißes am Himmel auftauchen! Licht brach sich aufblitzend daran. Dann war das Etwas verschwunden ... Aber bereits eine

Minute später wurde das Licht des beginnenden Tages wieder von dem Himmelsobjekt reflektiert.
Das Ding war lang und nadelförmig. Es war ziemlich weit entfernt, kam jedoch rasch herunter. Als es näherkam, konnte Kickaha auf der Oberseite eine Wölbung erkennen, die an eine geschlossene Pilotenkanzel erinnerte. Ganz kurz nur sah er die Konturen von vier Männern.
Dann verschwand die Flugmaschine in der Weite über der Prärie. Kickaha weckte Anana und berichtete, was er gesehen hatte. Sie meinte: »Also haben die Schwarzen Scheller bereits eine Flugmaschine aus meinem Palast hergebracht. Das ist schlimm. Die Gefährlichkeit dieser Maschinen besteht nicht allein darin, daß sie große Gebiete schnell überfliegen können, sondern sie sind auch mit zwei Langstreckenstrahlern ausgestattet. Und außerdem sind die Scheller bestimmt mit Handstrahlern bewaffnet.«
»Wir könnten unsere Wanderschaft während der Nachtperioden fortsetzen«, überlegte Kickaha. »Aber selbst dann müßten wir tagsüber hin und wieder in offenem, ungeschütztem Gelände schlafen. Es gibt wohl eine Menge kleiner Waldgebiete in der Großen Prärie, aber nicht immer liegen sie an unserem Weg.«
»Die Scheller haben vermutlich bereits mehrere Flugmaschinen«, sagte sie. »Und eine könnte auch nachts unterwegs sein. Sie verfügen über Geräte, mit denen sie in der Dunkelheit sehen können; und die jeden Körper, auch aus einiger Entfernung, anhand der von ihm ausgestrahlten Wärme aufzuspüren vermögen.«
Also konnten sie nichts anderes tun, als in die offene Prärie hinauszureiten und zu hoffen, daß der Zufall die Scheller nicht mehr in ihre Nähe führte. Als Kickaha am nächsten Tag den Kamm eines kleinen Hügels erklomm, sah er in der Ferne berittene Männer.
Es waren keine Prärienomaden, aber auch keine Tishquetmoacs. Ihre Rüstungen, Helme und Brustharnische glänzten in der Sonne.

Kickaha kehrte um und warnte seine Gefährten.
»Es müssen Teutonen von der Drachenland-Ebene sein«, sagte er. »Es ist mir unerklärlich, wie sie so schnell hierherkommen konnten ... Natürlich! Sie müssen durch ein Tor, das etwa fünfzehn Kilometer von hier entfernt liegt, gekommen sein. Die Sicheln sind in zwei Felsblöcken eingebettet, die in der Nähe eines Wasserlochs vergraben wurden. Ich habe schon daran gedacht, einen Abstecher dorthin zu machen, um nachzusehen. Aber dies hätte nicht sehr viel Sinn gehabt, denn es handelt sich um eines der sogenannten Einwegtore.«
Die Teutonen mußten ausgeschickt worden sein, um nach Kickaha zu suchen. Falls er versuchte, zu den Hrowakas in die Berge zu entkommen, so sollte ihm der Weg abgeschnitten werden.
»Sie benötigen eine Million Soldaten, wenn sie mich in der Großen Prärie ausfindig machen wollen. Und selbst wenn sie mich entdeckt haben, könnte ich ihnen entwischen«, sagte Kickaha. »Aber diese Flugmaschinen ändern einiges an der Sachlage.«
Drei Tage vergingen, ohne daß sie behelligt wurden. In einer kleinen Senke trafen sie auf eine Felis-Atrox-Familie. Der ausgewachsene Steppenlöwe und sein Weibchen sprangen auf und ließen ein warnendes Grollen hören. Der Löwe wog mindestens neunhundert Pfund. Helle Streifen zogen sich über seinen goldbraunen Körper. Die Mähnenhaare waren dicht gewachsen, aber nicht mehr als zwei Zentimeter lang. Das Weibchen war etwas kleiner und wog wahrscheinlich nur siebenhundert Pfund. Die beiden Jungtiere hatten etwa die Größe halb ausgewachsener Ozelots.
Kickaha wisperte Anana und Petotoc zu, sie sollten sich hinter ihm halten. Dann lenkte er seinen zitternden Hengst langsam, ganz langsam, von den Löwen fort und gab ihm schließlich die Zügel frei, ließ ihn laufen. Die Löwen drängten sich ein paar Schritte vorwärts, blieben dann jedoch stehen, starrten ihnen nach und brüllten drohend. Sie griffen nicht an.

Der erst zur Hälfte gefressene Kadaver eines gestreiften Wildesels erklärte, weshalb sie keine große Lust zeigten, über die Eindringlinge herzufallen.
Am vierten Tag sahen sie die Wagenkarawane der Tishquetmoac-Händler vor sich. Kickaha ritt bis auf einen Kilometer heran. Auf diese Entfernung konnte man ihn nicht erkennen; er jedoch konnte einiges über die Karawane in Erfahrung bringen.
Anana fürchtete, daß Petotoc die Gelegenheit nützen und zu der Karawane zu fliehen versuchen wollte. Aber Kickaha hielt seinen Bogen bereit, und Petotoc hatte mehr als einmal gesehen, daß er damit umzugehen verstand. Er respektierte dies.
Die Karawane bestand aus vierzig großen, zweistöckigen, mit zehn Rädern versehenen Wagen, die die Tishquetmoacs bevorzugt für Schwertransporte durch die Prärie benutzten. Je vierzig Maultiere, die größer als Percherons waren, zogen einen Wagen. Zahlreiche kleinere Wagen hatten Lebensmittel geladen, und zugleich boten sie Schlafquartiere für die Männer von der Kavallerie, die die Karawane beschützten.
Kickaha zählte etwa fünfzig Wachen. Zahlreiche zusätzliche Pferde für die Soldaten und Maultiere für die Wagen trotteten hinter dem Treck her. Insgesamt waren dort vorn etwa dreihundertfünfzig Männer, Frauen und Kinder unterwegs.
Kickaha ritt weiter neben der Karawane her und beobachtete sie.
»Was denkst du?« fragte Anana schließlich.
»Diese Karawane kommt bis auf dreihundert Kilometer an die Berge der Hrowakas heran. Man braucht eine verdammt lange Zeit, um so weit zu kommen, und somit ist das, was ich im Sinn führe, nicht leicht durchzuführen. Es ist zu gewagt. Außerdem müssen wir stets damit rechnen, daß Petotoc uns verrät ...«
Nachdem er eine Zeitlang geschwiegen hatte, rückte er nach mehrmaliger Aufforderung schließlich mit seinem Plan heraus.
Als er schwieg, starrte sie ihn an. »Du ... du bist verrückt!« keuchte sie dann.
Doch nach einiger Überlegung gab sie zu, daß allein das

Ungewöhnliche und Riskante daran, das Unerwartete, die Sache erfolgversprechend erscheinen ließ – wenn das Glück mit ihnen war. Aber man mußte in der Tat an Petotoc denken ...

Bis vor kurzem hatte sie, wenn der Tishquetmoac außer Hörweite war, immer wieder darauf gedrängt, ihn zu töten. Nach wie vor glaubte sie, daß er sie bei günstiger Gelegenheit ohne zu zögern hinterrücks erdolchen würde. Kickaha stimmte zwar mit ihr überein, doch er wollte den Mann nicht nur auf diesen Verdacht hin umbringen. Er hatte bereits daran gedacht, ihn einfach in der Prärie zurückzulassen, aber er fürchtete, daß er ihren Häschern in die Hände fallen könnte.

Sie schwenkten von der Karawane ab, ritten aber mehrere Tage lang in einem Abstand von wenigen Kilometern parallel zu ihr. Nachts zogen sie sich noch weiter zurück, denn Kickaha wollte keine unliebsame Überraschung erleben.

Am dritten Tag spielte er mit dem Gedanken, die Karawane vollends zu verlassen und in südlicher Richtung weiterzureiten.

Da sah er das weiße Objekt am Himmel! Er trieb sein Pferd an und galoppierte einer Gruppe weit auseinanderstehender Bäume entgegen. Diese Bäume boten so gut wie keinen Schutz, das wußte er. Aber es blieb ihnen keine andere Wahl.

Nachdem sie die Pferde an niedrigem Buschwerk festgebunden hatten, krochen sie durch das hohe Gras. Sie erreichten einen Hügelkamm und spähten zu der Karawane hinunter. Sie waren so weit entfernt, daß sie gerade noch die Gestalten der Menschen dort unten voneinander unterscheiden konnten. Die Flugmaschine senkte sich tiefer und tiefer und schwebte schließlich direkt vor dem an der Spitze des Trecks fahrenden Wagen. Die Karawane kam zum Stillstand.

Die Flugmaschine setzte auf dem Boden auf. Männer stiegen aus und redeten mit dem Treckführer. Lange Zeit blieb die Gruppe von Männern neben der Flugmaschine stehen. Selbst aus dieser großen Entfernung konnte Kickaha erkennen, daß unten heftig diskutiert und gestikuliert wurde. Die Händler protestierten, aber nach einer Weile drehten sie sich um und kehrten zu ihren Wagen zurück. Und dann wurde damit begonnen, alle Wagen zu entladen. Obwohl die Tishquetmoacs ununterbrochen arbeiteten, nahm diese Arbeit den ganzen restlichen Tag in Anspruch. Schließlich wurden die Wagen selbst noch durchsucht.

Kickaha wandte sich an Anana. »Glücklicherweise haben wir meinen Plan nicht in die Tat umgesetzt. Sicherlich hätte man uns gefunden. Diese Kerle« – er ließ keinen Zweifel daran aufkommen, daß er die Schwarzen Scheller meinte – »sind verdammt gründlich.«

In dieser Nacht zogen sich die Gefährten tiefer in den Wald zurück und entzündeten kein Feuer.

Als Kickaha sich am nächsten Morgen an die Karawane herangeschlichen hatte, sah er, daß die Flugmaschine verschwunden war. Die Tishquetmoacs mußten sehr früh aufgestanden sein und mit der Arbeit begonnen haben, denn der größte Teil der Ladung war bereits wieder auf den Wagen verstaut worden.

Kickaha kehrte zum Lagerplatz zurück und sprach mit Anana. »Nachdem die Scheller diese Karawane durchsucht haben, ist es nicht sehr wahrscheinlich, daß sie dies noch einmal tun. Jetzt könnten wir also meinen ursprünglichen Plan realisieren – wenn Petotoc nicht wäre.«

Dennoch änderte er seinen Plan, nach Süden zu ziehen. Er entschied, die Reise in der Nähe der Karawane fortzusetzen, denn er hielt es für sehr wahrscheinlich, daß die Scheller nicht mehr so schnell hierher zurückkommen würden.

Fünf Tage später ließ Kickaha seine beiden Gefährten im Schatten zweier Bäume am Südhang eines Hügels allein und ging auf Jagd. Als er mit einem kleinen Reh zurückkehrte, das er hinter sich an den Sattel gebunden hatte, winkte Anana. Und Petotoc lag, Arme und Beine ausgestreckt – auf dem Rücken, sein Mund klaffte weit offen, und die Augen starrten blicklos ins Leere. Ein Messer ragte aus seinem Solarplexus.

»Dieser *Leblabbiy* hat versucht, mich anzugreifen ...«, sagte

Anana. »Er ... er wollte, daß ich mich für ihn auf den Rücken lege! Ich habe mich geweigert! Aber er gab nicht auf. Er versuchte, mich mit Gewalt zu nehmen!«

Es stimmte, daß Petotoc Anana oft ziemlich lüstern angestarrt hatte. Aber das hätte jeder Mann getan. Petotoc hatte weder zweideutige Bemerkungen gemacht, noch hatte er versucht, sie zu berühren. Das hieß natürlich nicht, daß er nicht mit dem Gedanken gespielt hatte, dies bei erstbester Gelegenheit zu tun, aber Kickaha glaubte nicht, daß er jemals gewagt hätte, zudringlich zu werden. Seine Ehrfurcht vor Anana war dafür viel zu groß gewesen – und seine Angst, möglicherweise alleingelassen zu werden.

Andererseits war Kickaha nicht in der Lage, Anana den Mord nachzuweisen. Die Tat war geschehen, und man konnte sie nicht mehr ungeschehen machen. Deshalb sagte er nur: »Nimm dein Messer an dich und wisch es ab.« Und nach einer kurzen Pause setzte er hinzu: »Weißt du – ich habe mich schon oft gefragt, wie du reagieren würdest, wenn ich dir sage, daß ich mit dir schlafen will. Nun, jetzt weiß ich es.«

Zu seiner Überraschung erwiderte sie: »Du bist nicht so wie er. Aber selbst du wirst erst dann erfahren, wie ich reagieren werde, wenn du es versuchst. Willst du es denn versuchen ...?«

»Nein«, sagte er rauh. Dann sah er sie neugierig an. Die meisten Lords hielten nicht sehr viel von Moral, wie er von Wolff wußte. Anana war eine außergewöhnlich schöne Frau. Vielleicht war sie frigide? Vielleicht aber auch nicht. Zehntausend Jahre waren eine zu lange Zeit, um frigide zu bleiben. Und sicherlich kannte die Wissenschaft der Lords Techniken, mit denen Frigidität beseitigt werden konnte.

Andererseits – vermochte eine leidenschaftliche Frau nach einem zehntausendjährigen Leben noch leidenschaftlich zu sein?

Wolff hatte erklärt, daß selbst die langlebigen Lords stets nur für den kommenden Tag lebten. Wie normale Sterbliche waren auch sie im Strom der Zeit gefangen. Und ihr Gedächtnis war

Podarge sprach weiter. Wahrscheinlich war sie es müde, sich nur mit ihren Lieblingen, den Adlern, zu unterhalten, und sehnte sich nach Fremdlingen, die ihr interessante Neuigkeiten zu bieten hatten. Und jetzt, als Kickaha die möglicherweise aufregendste Nachricht brachte, die sie je gehört hatte (ausgenommen vielleicht den drei Jahre zurückliegenden Aufruf, den Palast des Lords zu stürmen), wollte sie reden und reden und reden. Und das tat sie auch, unter Mißachtung der Gefühle ihrer Gäste, wie es sich nur ein absoluter Herrscher leisten konnte. Sie ließ Essen und Trinken herbeibringen und setzte sich mit ihnen an eine große Tafel. Kickaha und Anana waren dankbar dafür. Aber nach einer Weile wurde Anana müde, ganz im Gegensatz zu Kickaha, der lediglich noch aufgeregter wurde. Er schlug seiner Gefährtin vor, sie möge sich niederlegen und schlafen. Sie erriet, was er plante, entgegnete jedoch nichts, erhob sich, ging zu der Flugmaschine hinüber und streckte sich auf einer Strohmatte aus, die Podarge zur Verfügung gestellt hatte.

Vierzehntes Kapitel

Als Anana wieder erwachte, lag Kickaha neben ihr. Sein Gesicht mit der Stupsnase erinnerte an das eines Säuglings, aber sein Atem stank nach Wein, und der Duft eines exotischen Parfums umhüllte ihn. Plötzlich hörte er auf zu schnarchen. Er öffnete ein Auge. Durch die blattgrüne Iris liefen Äderchen wie feine rote Blitze. Kickaha grinste. »Guten Morgen! Obwohl ich glaube, daß es bereits Nachmittag ist.«

Dann setzte er sich auf und klopfte ihr auf die Schulter. Sie entriß sich seiner Berührung. Kickahas Grinsen wurde noch breiter. »Ist es die Möglichkeit? Anana, die Schöne, die arrogante Lord-Superfrau, ist, wenn auch nur ein kleines bißchen, eifersüchtig? Undenkbar!«

»Undenkbar – das ist der richtige Ausdruck«, gab sie zurück. »Wie sollte mir das wohl etwas ausmachen? Wie? Und warum?«

Kickaha streckte sich und gähnte. »Das mußt du dir selbst ausmalen. Schließlich bist du eine Frau, selbst dann, wenn du leugnest, menschlich zu sein, und wir waren in engem, fast zu innigem Kontakt, wenn ich das mal so ausdrücken darf. Ich bin ein hübscher Kerl, ein Draufgänger und ein bedeutender Krieger, um das zu wiederholen, was Tausende über mich gesagt haben. Du konntest nicht verhindern, dich zu mir hingezogen zu fühlen, trotz der Selbstverachtung dafür, daß du ausgerechnet einen *Leblabbiy* in irgendeiner Hinsicht für anziehend hältst.«

»Hat schon einmal eine Frau versucht, dich umzubringen?« fauchte sie.

»Mindestens ein Dutzend. In der Tat brachten mich die Wunden, die mir von Frauen beigebracht wurden, dem Tod allemal näher als die von allen Kriegern zusammengenommen.«

Er betastete zwei Narben über seinen Rippen. »Zweimal waren Frauen sogar ganz nahe daran, das zu erreichen, was meine entschlossensten Feinde nicht zu schaffen vermochten. Und beide Frauen behaupteten, mich zu lieben. Du verstehst jetzt sicher, warum ich es vorziehe, zu jeder Zeit deinen ehrlichen, offenen Haß zu sehen, als . . .«

»Ich hasse dich nicht! Aber lieben tue ich dich auch nicht!« sagte sie hochmütig. »Ich bin aus der Rasse der Meister der Dimensionen und . . .«

Sie wurde von einem Adler unterbrochen, der herbeikam und sagte, daß Podarge mit ihnen zu frühstücken und zu reden wünsche. Der Adler geriet allerdings völlig außer Fassung, als Anana ihm eröffnete, sie wolle zuerst baden. Und dann fragte sie, ob es unter all den Schätzen nicht irgendwelche Kosmetika, Parfums oder dergleichen gäbe. Kickaha lächelte und sagte, er werde zu Podarge vorausgehen und die Verantwortung dafür übernehmen, daß sie dem Befehl nicht sofort Folge leistete.

Steifbeinig schritt der Adler vor Anana her und führte sie in einen abseits gelegenen Raum der Höhle. Hier stand eine mit Filigranarbeit prachtvoll geschmückte Frisierkommode, die all das enthielt, was Anana sich gewünscht hatte.

Kickaha begab sich indessen zu Podarge. Sie war nicht gekränkt, weil Anana zu spät kam, denn sie hatte über andere Dinge nachzudenken. Als Kickaha vor ihr stand, begrüßte sie ihn so, als bringe sie ihm großen Respekt entgegen. Dann eröffnete sie ihm, daß sie interessante Neuigkeiten vorliegen habe. Ein Adler war bei Einbruch der Dämmerung herbeigeflogen und hatte berichtet, daß sich auf jenem Fluß, den die Tishquetmoacs Petchotakl nannten, eine große Kriegsflotte eingefunden hatte. Der Petchotakl war der breite, gewundene Strom, der am Rande des Waldes der vielen Schatten verlief.

Einhundert Langboote mit jeweils etwa fünfzig Mann Besatzung hatte der Adler ausgemacht. Also bestand die Flotte jener, die sich selbst Thyudas (was Volk bedeutete) nannten, aus fünftausend Rotbärten. Kickaha warf ein, daß er von diesen Männern in Talanac gehört hatte. Die Tishquetmoacs hatten die Überfälle der Rotbärte auf Posten und Städte an der Grenze beklagt. Aber was planten sie mit einer Flotte von dieser Größe? Bedeutete dies nicht, daß ein Überfall auf Talanac bevorstand, möglicherweise sogar eine längere Belagerung einkalkuliert war?

Die Thyudas kämen von einem großen Meer im Westen, erklärte Podarge, von jenseits der Schimmernden Berge. Kickaha hatte die Schimmernden Berge noch nicht überquert, obwohl er dies schon seit langem plante. Aber er wußte, daß das Westmeer sehr, sehr groß war – an der längsten Stelle eintausendsechshundert Kilometer, an der breitesten fünfhundert Kilometer. Bis jetzt hatte er geglaubt, daß am anderen Ufer dieses Meeres Amerindianer, Menschen wie die Präriebewohner, lebten.

»Nein«, versetzte Podarge selbstzufrieden über das Ausmaß ihres Wissens und ihrer Macht. Nein, ihre Adler hatten ihr berichtet, daß es vor langer, langer Zeit Federkappen (Amerindianer) am jenseitigen Ufer des Meeres gegeben habe. Aber dann brachte Jadawin hochgewachsene, hellhäutige Frauen und Männer mit langen Bärten vom Planeten Erde dorthin. Dieses Volk siedelte sich am Ostufer an und baute alsbald befestigte Städte und Schiffe. Im Laufe der Zeit dehnten diese Menschen ihre Eroberungszüge aus, überwältigten die Dunkelhäutigen und verleibten sie ihrer Bevölkerung ein. Anfangs wurden sie als Sklaven gehalten, aber schließlich erfolgte die Gleichstellung. Die Dunkelhäutigen vermischten sich mit den Thyudas, wurden also faktisch zu Thyudas. Die Sprache wandelte sich, wurde einfacher. Im Grunde war es noch die Thyuda-Sprache, aber zahlreiche Lehnwörter aus der Eingeborenensprache machten daraus eine neue Variante.

Einst gab es am Ostende des Meeres einen Bundesstaat, der aus den vereinigten Königreichen von Brakya (das bedeutete *Kampf*) und Saurga *(Sorge)* bestand. Nach einem langen, erbittert geführten Bürgerkrieg waren die loyalen Brakyaner jedoch zur Flucht

gezwungen worden. Sie überquerten die Schimmernden Berge und ließen sich am Oberlauf des Flusses nieder. Die Jahre kamen und gingen, und ihre Zahl und Stärke wuchs. Schließlich begannen sie mit ihren Überfällen auf die Soldaten, Flußboote und manchmal sogar Karawanen der Tishquetmoacs. Oft begegneten sie den Halbpferden, und nicht immer gelang es ihnen, diese so zu besiegen, wie sie ihre anderen Feinde besiegten. Aber dennoch lächelte ihnen meistens das Glück des Siegers zu.
Die Tishquetmoacs sandten mehrere Strafexpeditionen aus. Eine dieser Expeditionen zerstörte eine Flußstadt, aber alle anderen Expeditionen wurden aufgerieben. Und jetzt sah es ganz danach aus, als würden die Rotbärte zu einem großen Schlag gegen das Volk von Talanac ausholen. Sie waren ein disziplinierter Haufen großer, kühner Krieger, aber offenbar kannten sie nicht das Ausmaß der Verteidigungseinrichtungen jenes Volkes, gegen das sie nun zogen.
»Vielleicht«, räumte Kickaha ein. »Aber wenn sie es schaffen, bis nach Talanac vorzudringen, werden sie die Verteidigung geschwächt vorfinden. Denn bis sie soweit gekommen sind, werden wir die Jadestadt angegriffen und vielleicht sogar schon erobert haben.«
Podarge verlor schlagartig ihre gute Laune. »Wir werden zuerst die Rotbärte angreifen! Oh, und wir werden sie auseinanderjagen, wie es ein Falke mit den Spatzen macht! Ich werde es ihnen sauer werden lassen!« stieß sie hitzig hervor.
Kickaha schüttelte leicht den Kopf. »Warum machen wir sie nicht zu unseren Verbündeten?« fragte er. »Der Kampf gegen die Scheller, die Tishquetmoacs und die Männer von Drachenland wird nicht leicht sein. Denke an die Flugmaschinen und die Strahler. Wir benötigen jede Hilfe, derer wir habhaft werden können. Es gibt genug zu töten und genug Beute für alle, mehr als genug sogar.«
Podarge erhob sich von ihrem Stuhl und schleuderte mit einem wilden Flügelschlag das Geschirr zu Boden. Ihre wundervollen

Brüste hoben und senkten sich vor Zorn, und sie starrte Kickaha mit Augen an, aus denen jegliche Vernunft entschwunden war. Kickaha konnte nicht verhindern, daß er unwillkürlich in sich zusammensank. Und doch sah er sie kühn an und ergriff das Wort.

»Sollen doch die Rotbärte unsere Feinde töten und an unserer Stelle sterben«, sagte er eindringlich. »Du behauptest, deine Adler zu lieben, nennst sie deine Lieblinge. Warum also sollten wir nicht viele von ihnen vor dem sicheren Tod bewahren? Wenn wir uns mit den Rotbärten verbünden, ist dies möglich.«

Podarge schrie ihn an, begann dann zu toben. Kickaha wußte, daß er einen schweren Fehler begangen hatte. Er war nicht bis in jede Einzelheit des Planes mit ihr einer Meinung gewesen, aber nun war es zu spät, den Schaden ungeschehen zu machen. Außerdem fühlte er, wie ihm seine eigene Vernunft zu entgleiten drohte. Da war plötzlich ein schrecklicher, ungezügelter Haß in ihm. Ja, er haßte sie und ihre arrogante, unmenschlich grausame Art!

Aber dann war es vorbei. Er wischte seine Wut beiseite, bevor sie ihn in jenen Staub hinunterzerren konnte, aus dem kein Mensch sich mehr zu erheben vermag.

»Ich beuge mich deiner überlegenen Weisheit, von deiner Stärke und Macht ganz zu schweigen, Podarge!« sagte er. »Also machen wir es auf deine Art, ja, so soll es geschehen.«

Nachdem er dies ausgesprochen hatte, wurde er allerdings sehr nachdenklich und beschloß, darüber später noch einmal mit Podarge zu reden, wenn der Irrsinn gewichen war.

Nachdem sie gefrühstückt hatten, brachte Kickaha die Flugmaschine ins Freie hinaus und dann auf eine Höhe von siebzehntausend Meter zur Oberfläche des Monolithen. Dann steuerte er einen Berggipfel in einem hohen Gebirge nahe dem Monolithen an und landete dort.

Kickaha und Anana blieben in der Flugmaschine sitzen, sprachen über die jüngsten Geschehnisse und versäumten auch nicht, eine Beschreibung der Lage von Podarges Höhle in ihre Unterhaltung einzuflechten. Das Funkgerät war eingeschaltet, so daß jedes ihrer Worte gesendet wurde. Gleichzeitig hatten sie die verschiedenen Suchgeräte aktiviert.

Nachdem mehrere Stunden vergangen waren, tat Anana plötzlich so, als merke sie erst jetzt, daß das Funkgerät sendete. Sie rügte Kickaha scharf, schrie, daß er fürchterlich dumm sei, und schaltete dann ab.

Ein Detektor registrierte die Echosignale von zwei Flugmaschinen, die sich vom Rande des Monolithen im Zentrum der amerindianischen Weltenebene näherten. Beide Maschinen waren im Palast des Lords auf der Spitze des obersten Monolithen dieses Planeten gestartet.

Da die Piloten der beiden Maschinen sie zweifelsohne mit ihren Instrumenten entdeckt hatten, würden sie auch in der Lage sein, das Versteck aufzuspüren, in das ihre vermeintliche Beute verschwand. Kickaha führte seine Flugmaschine mit Höchstbeschleunigung über den Rand der Ebene und dann in die Tiefe hinab. Dann schwebte er so lange vor dem Höhleneingang, bis der erste der beiden Verfolger hoch oben über den Rand herausgeschossen kam.

Kickaha jagte die Maschine in den Höhlengang hinein. Funken sprühten, wo die Tragflächen über den Fels schrammten, und die Kratzgeräusche waren fürchterlich. Kickaha kümmerte sich nicht darum.

Sie erreichten die große Grotte. Jetzt konnten sie nur noch eines tun: abwarten. Die großen Strahlenkanonen und die Handstrahler befanden sich in den Klauen der Adler, die in einiger Entfernung über dem Höhleneingang segelten. Sobald sie die beiden Flugmaschinen vor dem Höhleneingang erblickten, würden sie sich aus dem Himmelsgrün herabstürzen. Natürlich würden die Scheller die Adler über sich entdecken, aber ihnen vermutlich keine weitere Beachtung schenken. Nachdem sie die

Giganten identifiziert hatten, konnten sie sich darauf konzentrieren, ihre Todesstrahlen in die Höhle zu schicken.
Kickaha und Anana brauchten nicht lange zu warten. Ein Adler, der einen Strahler in seinem Schnabel hielt, kam, um zu berichten. Die Scheller, die zu dritt in jeweils einer Flugmaschine saßen, waren vollkommen überrascht worden. Sie waren tot, von den Strahlen geröstet, und ihre Maschinen schwebten dort, wo man sie angehalten hatte. Bis auf einige verbrannte Sitze und hier und da geschmolzene Metallverkleidungen waren sie unversehrt.
Kickaha schlug Podarge vor, die beiden Flugmaschinen in die Höhle zu bringen. Mindestens noch eine weitere Maschine mußte im Besitz der Scheller sein, und möglicherweise wurde sie ausgeschickt, um das Verschwinden der anderen zu klären. Theoretisch konnte es natürlich noch weitere Flugmaschinen in dieser Welt geben, wenn Nimstowl und Judubra ebenfalls solche Maschinen besessen hatten ...
»Zwölf Scheller sind ausgeschaltet worden – bleiben noch achtunddreißig zu erledigen«, sagte Kickaha. »Und wir sind jetzt im Besitz von Energie und Transportmitteln.«
Gemeinsam mit Anana brach er erneut auf. Er steuerte die halbierte Flugmaschine aus der Höhle hinaus, stieg in eine der frisch erbeuteten Flugmaschinen und steuerte sie in die Höhle. Wenig später kam er zurück, um auch die zweite Maschine zu holen.
Als alle drei Maschinen Seite an Seite in der großen Grotte standen, bestand Podarge darauf, daß sie und einige ausgewählte Adler in der Bedienung der Flugzeuge unterwiesen wurden. Bevor er zustimmte, forderte Kickaha jedoch die Rückgabe der Handstrahler und der Bordkanonen, die aus ihrer Flugmaschine ausgebaut worden waren. Podarge zögerte so lange, daß Kickaha schon glaubte, sie würde sich jetzt und hier gegen ihn wenden. Er und Anana waren hilflos, denn sie hatten ihre Waffen den Adlern gegeben, um das Gelingen ihres Planes sicherzustellen.
Aber Kickaha besaß noch einen Dolch und war entschlossen, ihn

der Harpyie in den Solarplexus zu schleudern, wenn sie Anstalten machte anzugreifen oder ihren Adlern befahl, sie zu ergreifen. Podarges Tod würde weder ihn selbst noch Anana retten, aber zumindest hatte er dann die Gewißheit, Podarge mit sich in die ewige Finsternis gerissen zu haben.

Aber schließlich entspannte sich die Harpyie und gab ihren Untergebenen den gewünschten Befehl. Die Strahler wurden zurückgegeben, die Bordkanonen wieder in die Flugmaschine installiert.

Dennoch fühlte sich Kickaha weiterhin unbehaglich. Podarge würde ihm niemals verzeihen können, daß er Wolffs Freund war, ganz gleich, welchen Dienst er ihr auch erwies. Sobald er ihr nicht mehr nützlich sein konnte, war es um sein Leben geschehen. Das konnte in dreißig Minuten der Fall sein oder auch erst in dreißig Tagen.

Als er Gelegenheit fand, mit Anana allein zu sprechen, sagte er ihr, was sie zu erwarten hatten.

»Genau das habe ich befürchtet«, erwiderte sie. »Selbst wenn du nicht der Freund Jadawins wärest, würdest du in Gefahr schweben. Du bist ihr Liebhaber gewesen. Und sie muß sich dessen bewußt sein, daß sie trotz ihres schönen Gesichtes und ihrer herrlichen Brüste ein Bastard-Monster ist und deshalb abstoßend auf jene menschlichen Männer wirkt, die von ihr gezwungen werden, mit ihr zu schlafen. Das kann sie nicht verzeihen. Sie muß also diesen Mann aus der Welt schaffen, der sie insgeheim verachtet.

Und ich bin in Gefahr, weil ich einen weiblichen Körper habe. Sie muß alle Frauen hassen, da sie selbst zu ihrem Halbvogelleib verdammt ist. Und außerdem habe ich ihr Gesicht. Sie wird eine Frau mit meinem Körper und ihrem Gesicht nicht lange leben lassen, um sich daran zu erfreuen. Außerdem ist sie wahnsinnig. Sie jagt mir Angst ein!«

»Du, eine Angehörige der Meister der Dimensionen, gibst zu, dich zu fürchten?« rief er.

»Auch nach einem zehntausendjährigen Leben fürchte ich mich noch vor manchen Dingen. Vor Folter beispielsweise. Und ich bin sicher, sie wird mich schrecklich foltern – vorausgesetzt natürlich, daß sie dazu Gelegenheit bekommt. Außerdem ... außerdem mache ich mir Sorgen um dich.«
Er war verwundert. »Um mich? Um einen *Leblabbiy?*«
»Du bist kein gewöhnlicher Mensch«, sagte sie. »Bist du wirklich sicher, daß du nicht wenigstens zur Hälfte meiner Rasse angehörst? Vielleicht bist du ... Wolffs Sohn?«
»Ich bin sicher, daß ich es nicht bin«, erwiderte er und grinste. »Du hast nicht die Gefühle einer menschlichen Frau, nicht wahr? Aber vielleicht hast du mich doch ein kleines bißchen gern? Fühlst dich ein wenig zu mir hingezogen ... Vielleicht, obwohl daran kaum ernsthaft zu denken ist – vielleicht begehrst du mich sogar? Und vielleicht ... oh, was für eine schreckliche Vorstellung! ... vielleicht liebst du mich sogar ein wenig. Das heißt, wenn ein Lord überhaupt lieben kann ...«
»Du bist genauso verrückt wie die Harpyie!« schimpfte sie mit funkelnden Augen. »Weil ich deine Fähigkeiten und deinen Mut bewundere, heißt das noch lange nicht, daß ich dich als gleichgestellten Partner ansehe!«
»Natürlich nicht«, räumte er gelassen ein. »Wenn ich nicht gewesen wäre, wärest du jetzt schon mindestens ein paar Dutzend Male tot. Oder du würdest in irgendeiner Folterkammer schreien. Ich sage dir eines: Wenn du bereit bist zuzugeben, daß du im Unrecht bist, dann will ich dir jede Mühe ersparen. Nenn mich einfach Geliebter, das ist alles. Entschuldigungen oder Tränen der Reue sind nicht notwendig – sag einfach Geliebter zu mir. Ich kann nicht versprechen, daß ich dich dann lieben werde, weißt du, aber ich werde die Möglichkeit, dein Liebhaber zu sein, zumindest in Erwägung ziehen. Du bist sehr attraktiv, körperlich zumindest. Und ich würde Wolff nicht dadurch verletzen wollen, indem ich seiner Schwester eine Abfuhr erteile. Obwohl er – und das ist zu bedenken – nicht sonderlich liebevoll von dir gesprochen hat.«

Er hatte Zorn erwartet. Statt dessen lachte sie. Aber er war nicht sicher, ob ihr Lachen nicht doch nur Tarnung war.
Es blieb ihnen nur wenig Zeit, miteinander zu reden. Podarge beschäftigte sie ständig damit, die Adler an den Flugmaschinen und den Waffen zu unterrichten. Dann fragte sie die beiden über den Grundriß von Talanac aus, wollte wissen, wo der größte Widerstand zu erwarten war, wo die schwachen Punkte der Stadt waren und so weiter. Sie wurde unterbrochen von der Notwendigkeit, Befehle zu erteilen und Informationen entgegenzunehmen. Hunderte von Boten waren ausgeschickt worden, um weitere Adler für den Feldzug herbeizuholen. Die früh ankommenden Adler-Rekruten bekamen Anweisung, sich am Zusammenfluß des Petchotakls und des kleineren Kwakoyoml zu versammeln. Hier sollten sich die Adler bereithalten, um die Flotte der Rotbärte zu empfangen.
Viele Probleme galt es zu lösen. Verpflegung und Nachschub für die Armee verlangte eine logistische Neuordnung. Einst waren die Adler eine ebenso stark disziplinierte und hierarchische Armee gewesen wie jede adäquate menschliche Organisation. Aber der Sturm auf den Palast hatte vielen Offizieren das Leben gekostet, und sie hatten sich nie die Mühe der Reorganisation gemacht. Und jetzt war Podarge genau mit diesem unmittelbaren, nahezu überwältigend großen Problem konfrontiert.
Sie benannte eine gewisse Anzahl von Jägern. Da die Flußregionen der Großen Prärie voller Großwild waren, sollten sie jene Nahrungsmengen herbeischaffen, die die Armee benötigte. Das Ergebnis war jedoch, daß zwei von zehn Adlern die meiste Zeit über auf Jagd und damit nicht verfügbar waren.
Am vierten Morgen nach Podarges Wutausbruch wagte Kickaha es wieder, mit ihr zu diskutieren. Er bemerkte, es sei nicht klug, die Waffen an den Rotbärten zu verschwenden. Sie möge sie für jenen Ort aufsparen, wo sie absolut unerläßlich waren – für Talanac. Dort, so führte er eindringlich aus, besäßen die Scheller

Waffen, die man nur mit gleichwertigen Waffen außer Gefecht setzen könne.
Außerdem habe sie jetzt genügend viele Adler unter ihrem Befehl, um einen Angriff gegen die Tishquetmoacs starten zu können. Die Streitmacht zu ernähren bedeute schon Kopfschmerzen genug – warum also unnötigerweise noch dafür sorgen, daß neue hinzukämen. Und ...
Weiter kam er nicht. Die Harpyie schrie ihn an, befahl ihm, er möge still sein, wenn er nicht riskieren wolle, daß sie ihm die Augen herausriß. Podarge kreischte weiter: Sie habe seine Arroganz und Dreistigkeit satt, er lebe schon viel zu lange, und zu sehr rühme er sich seiner betrügerischen Machenschaften. Außerdem könne sie Anana nicht ertragen, dieses selbstbewußte, höchst abstoßende Geschöpf! Sollte er sich doch seinen Weg aus der Höhle bahnen, wenn er dazu noch in der Lage war! Sollte das Weib doch von der Klippe aus ins Meer springen! Sollten sie es doch beide versuchen!
Kickaha blieb stumm, aber sie beruhigte sich nicht. Sie schrie und kreischte noch nahezu eine halbe Stunde lang weiter. Plötzlich hielt sie inne und lächelte ihn an. Schwach wurde eine Saite tief in seinem Inneren angeschlagen. Seine Haut schien sich zusammenzuziehen, als versuchte eine Falte, sich mit einer anderen zuzudecken. Es gab eine Zeit, da man abwarten mußte, wie sich die Dinge entwickelten. Und es gab eine Zeit, da man genau diese Entwicklung der Dinge vorausahnen mußte. Kickaha sprang von seinem Stuhl auf, riß die mächtige und schwere Tafel hoch und kippte sie über Podarge. Die Harpyie schrie, als sie zwischen Stuhl und Tisch eingeklemmt wurde. Ihr Kopf ragte über dem Rand heraus, und ihre Schwingen flatterten.
Jetzt hätte er ihr ein Loch in den Schädel brennen können, aber Podarge selbst stellte keine unmittelbare Gefahr mehr dar. Anders verhielt es sich mit den beiden Adler-Wächtern, denn sie hielten Strahler in ihren Schnäbeln. Diese mußten sie jedoch fallen lassen, um sie mit einem Fuß ergreifen zu können. In der

Zwischenzeit erschoß Kickaha einen der beiden Adler. Sein Strahler, der auf halbe Energie justiert war, setzte das grüne Gefieder in Flammen.
Auch Anana hatte ihren Strahler gezogen und feuerte. Der gleißende Energiestrahl stieß zugleich mit Kickahas Feuerstoß in den Körper des zweiten Adlers. Kickaha schrie ihr etwas zu und rannte zu der nächsterreichbaren Flugmaschine. Anana war dicht hinter ihm, als er hineinsprang. Wortlos ergriff sie die große Strahlenkanone.
Kickaha setzte sich vor die Kontrollen und aktivierte die Energien. Die Maschine stieg einige Zentimeter auf und schoß dann jenem Tunnel entgegen, der ins Freie führte. Die Adler stellten sich ihnen entgegen, versuchten, die Flugmaschine mit ihren Riesenkörpern aufzuhalten. Es gelang ihnen nicht. Klatschende, häßliche Geräusche. Dann ein stärkeres Krachen! Kickaha wurde nach vorn geworfen, stieß mit seiner Brust gegen die Kontrollen. Jetzt rächte es sich, daß sie keine Zeit gefunden hatten, sich anzuschnallen. Die Flugmaschine hatte sich im engen Höhlenkorridor festgefahren!
Kickaha erhöhte die Energieleistung. Metall kreischte auf Granit, als die Maschine wieder Fahrt aufnahm, wieder vorwärts drängte, wie eine Stabbürste, die ein Kanonenrohr reinigt.
Eine Sekunde lang wurde die helle Rundung des Höhleneinganges von einem grünen Vogel teilweise blockiert, dann gab es einen Stoß und einen Schlag, und die Flugmaschine mit Anana und Kickaha war draußen, glitt in den hellen, grünen Himmel hinein. Über ihnen stand die hellgelbe Sonne, und siebzehntausend Meter tief unter ihnen bewegte sich die von blauweißer Brandung gekrönte See.
Kickaha unterdrückte seinen Wunsch zu fliehen. Er lenkte die Flugmaschine nach oben und dann wieder zurück nach unten, ließ sie über dem Höhlenausgang schweben. Wie er erwartet hatte, kam eine Flugmaschine heraus, dichtauf gefolgt von der lädierten Maschine, mit der Anana und Kickaha angekommen waren.

Anana feuerte und zerteilte beide Flugmaschinen mit der auf volle Energie justierten Bordkanone der Längsachse nach in zwei Hälften, die auseinanderbrachen und in die Tiefe fielen. Und mit ihnen stürzten die getöteten Adlerkörper hinab.
Lange Zeit waren Flugzeugtrümmer und zerfetzte Adlerkörper zu sehen, bevor das Blau des Himmels sie verschlang.
Kickaha senkte seine Flugmaschine tiefer und schoß den Bugstrahler mit voller Kraft in den Tunnel ab. Kreischende Schreie gellten auf und ließen ihn wissen, daß er möglicherweise einige Adler getötet, sie zumindest aber für lange Zeit in Schrecken versetzt hatte. Im nächsten Moment spielte Kickaha schon mit dem Gedanken, den Höhleneingang mit einem mächtigen Felsblock zu blockieren. Aber er führte diesen Gedanken nicht durch. Dieses Manöver hätte zuviel Energie verbraucht.
Inzwischen schwärmten Adlerpatrouillen und Neuankömmlinge von der Vorderseite des Monolithen durch die Luft. Kickaha jagte die Flugmaschine mitten durch diesen Schwarm hindurch. Viele Adlerkörper wurden zur Seite gestoßen, und Anana feuerte den Strahler ab. Dann lag der Schwarm hinter ihnen, und sie flogen mit Höchstgeschwindigkeit über den Gebirgszug dahin, der die Große Prärie vom Abgrund trennte.

Fünfzehntes Kapitel

Im Tiefflug lenkte Kickaha die Flugmaschine über die Prärie. Je näher sie der Erdoberfläche blieben, desto geringer war die Wahrscheinlichkeit, daß sie von einer Flugmaschine der Scheller gesichtet werden konnten. Dicht über dem Gras flog Kickaha über die sanften Hügel, die Kronen der Bäume, über die großen grauen Mammuts und Mastodonten, die riesigen, zottligen Büffel, die wilden Pferde und die schlaksigen, mageren Steppenkamele mit den ausgetrocknet wirkenden Schädeln, über die neunhundert Pfund schweren gelbbraunen Felis Atrox, die wilden Löwen, die langbeinigen, hundsgesichtigen Gepard-Löwen, die Säbelzahn-Smilodons und die zottligen, stumpfsinnig blickenden Megatherions. Dann wieder jagte ein elefantengroßes Faultier unter der Flugmaschine dahin, etwas später ein wilder Wolf, der bis zu den Schultern gut zwei Meter maß, danach ein sieben Meter hohes eselsköpfiges Ur-Baluchitherium. Megaceros, Rotwild mit einem vier Meter ausladenden Geweih, Tausende von Antilopenarten, dann seltsame Tiere, die ein langes, gegabeltes Horn auf der Nasenpartie aufwiesen, ein zwei Meter großes Schreckschwein. Dann erblickten Kickaha und Anana das furchterregende, bodenerschütternde Brontotherium, das in Wolffs Biolaboren wiedererschaffen und auf der Großen Prärie ausgesetzt worden war. Grau, mit fünf Meter langem Rumpf, an den Schulterpartien bis zu drei Meter hoch, mit einem großen, flachen Knochenhorn auf der Nase, preschten diese Giganten dahin.

Weiter ging der Flug, immer weiter, Kojoten waren zu sehen, Füchse, ein straußenartiger Vogel, Enten, Gänse, Schwäne, Reiher, Störche, Tauben, Geier, Bussarde, Falken – viele tausend

Arten von Säugetieren und Vögeln und Millionen und aber Millionen Varianten dieser Tiere. Über all diesen Lebewesen jagten Kickaha und Anana dahin, und in drei Stunden sahen sie, was sie in fünf Jahren bodengebundenen Reisens nicht hätten sehen können.

Mehrmals kamen sie in der Nähe von Lagern der Prärievölker vorbei. Sie passierten die Tipis und Rundhütten der Wingashutahs, der Khaikhowas, der Takotitas und einmal sogar einen Zug Halbpferde. Die stolzen Krieger hielten auf allen Seiten Wache. Frauen zogen die auf Stangenpritschen geladene Habe des Stammes. Junge Zentauren tanzten und sprangen herum wie Pferdefohlen.

Von all diesen Szenen war Kickaha entzückt. Er allein von allen Erdenmenschen hatte das Glück, hier auf diesem Planeten leben zu dürfen. Überhaupt hatte er in seinem bisherigen Leben sehr viel Glück gehabt, und wenn er jetzt, in diesem Augenblick, sterben müßte, so könnte er beileibe nicht sagen, sein Leben verschwendet zu haben. Im Gegenteil; denn ihm war vergönnt gewesen, was nur sehr wenigen Menschen vergönnt war. Er war dankbar. Trotzdem beabsichtigte er, auch weiterhin am Leben zu bleiben. Es gab noch so vieles zu besuchen, zu erforschen und zu bewundern, noch so vieles zu sagen. Und dann gab es da schließlich auch noch wundervolle liebende Frauen ... und Feinde, die er auf Leben und Tod bekämpfen mußte.

Kaum war ihm dieser letzte Gedanke durch den Sinn gegangen, als er eine seltsame Schar sah, die dort unten über die Prärie zog. Er verlangsamte den Gleiter und ließ ihn auf etwa zwanzig Meter Flughöhe steigen. Jetzt erkannte er Einzelheiten.

Dort unten – das waren berittene Drachenländer sowie ein kleinerer Kavallerietrupp der Tishquetmoacs. Und drei Scheller begleiteten sie. Ganz deutlich konnte er die silbernen Kästchen erkennen, die auf die Sättel der Pferde gebunden waren.

Die Reiter zügelten die Pferde. Zweifellos waren die Männer der Ansicht, daß in der Flugmaschine ihre Artgenossen saßen.

Kickaha ließ ihnen nicht viel Zeit, in ihrem Irrtum zu verharren. Er lenkte die Maschine tiefer, und Anana aktivierte den Strahler. Die drei Scheller wurden in der Mitte zerschnitten, während Tishquetmoacs und Drachenländer in wilder Panik auseinanderjagten.

Kickaha setzte die Flugmaschine auf den Boden und sammelte die Kisten ein. Später versenkte er sie im Petchotakl. Er konnte sich nicht vorstellen, wie es dem Trupp gelungen war, sich so weit von Talanac zu entfernen. Selbst wenn die Männer Tag und Nacht geritten waren, dürften sie jetzt hier nicht anzutreffen sein. Und außerdem kamen sie aus einer Richtung, die der Jadestadt Talanac genau entgegengesetzt lag.

Er kam zu dem Schluß, daß sie durch ein Tor in diese Gegend gekommen sein mußten. Und plötzlich erinnerte er sich an ein solches Tor. Etwa achtzig Kilometer landeinwärts existierte es, in einer Höhle inmitten einer niederen, jedoch steilen, felsigen Hügelgruppe. Dorthin lenkte er die Flugmaschine. Er fand das vor, was er erwartet hatte. Die Scheller hatten das Tor unter schwerer Bewachung zurückgelassen, um sicherzugehen, daß es nicht von Kickaha benutzt werden konnte.

Kickaha überraschte die Wächter. Mit einem mächtigen Feuerschlag machte er sie nieder und rammte die Maschine in die Höhle. Nur noch wenige Schritte von dem großen, aus nur einer Einheit bestehenden Rund des Tores entfernt, rannte ein Scheller. Kein Zweifel, er wollte durch das Tor entfliehen. Kickahas Feuerstrahl durchbohrte ihn, noch bevor er die Sicherheit erreichte.

»Sechzehn Gegner erledigt. Noch vierunddreißig«, resümierte er. »Und vielleicht sind schon in den nächsten paar Minuten eine Menge Scheller weniger auf dieser Welt ...«

»Du denkst doch nicht etwa daran, durch dieses Tor zu gehen?« fragte Anana.

»Es müßte mit dem Tor im Tempel Talanacs verschaltet sein«, erklärte er. »Aber vielleicht sollten wir uns diesen Weg für später

aufbewahren. Für einen Zeitpunkt, wenn wir ein paar zusätzliche Kampfgenossen haben.« Er führte das nicht weiter aus, sondern sagte ihr nur, daß sie ihm helfen möge, die Leichen zu beseitigen.
»Wir werden für eine Weile verschwinden müssen«, meinte er dann. »Wenn weitere Scheller hier materialisieren, werden sie nicht begreifen, was hier geschehen ist. Wenn sie überhaupt irgend etwas begreifen ...«
Kickahas Plan hatte gute Erfolgschancen, wenn er in der nächsten Phase überzeugend genug redete. Er startete die Flugmaschine und flog flußaufwärts, bis sie die zahlreichen Boote sahen, die jeweils in Zweierreihen flußabwärts gerudert wurden. Mit den geschnitzten Drachenköpfen am Bug erinnerten diese Boote an Wikingerschiffe, und die Matrosen sahen aus einiger Entfernung auch wie Wikinger aus. Sie waren groß und breitschultrig und trugen gehörnte oder geflügelte Helme, dazu zottlige Beinkleider. Bewaffnet waren sie mit doppelschneidigen Äxten, Breitschwertern, schweren Speeren und runden Schilden. Die meisten dieser Männer trugen lange, rothaarige Bärte. Aber es gab auch zahlreiche glattrasierte Krieger.
Als Kickaha die Flugmaschine tiefer sinken ließ, wurde sie von einem Pfeilhagel begrüßt. Ungeachtet dessen flog Kickaha zu dem führenden Boot, wo ein Mann in weißem Priesterkleid mit rotem Kragen stand.
Die Krieger dieses Bootes hatten offenbar bereits sämtliche Pfeile verschossen. Mit Müh und Not hielt Kickaha die Maschine außerhalb der Reichweite der Äxte. Speere schwirrten vorbei, trafen hin und wieder den Rumpf des Flugzeugs. Kickaha manövrierte das Fahrzeug so, daß keine Waffe in der offenen Kanzel landen konnte.
In der Sprache der Lords wandte er sich an den Priester, rief ihm etwas zu, und nur wenig später gab König Brakya durch den Priester seine Bereitschaft zu erkennen, mit Kickaha zu reden.
Am Ufer des Flusses trafen die beiden Männer zusammen. Wie Kickaha erfuhr, gab es für die Rotbärte einen guten Grund,

feindselig zu sein. Erst vor einer Woche hatte eine Flugmaschine mehrere ihrer Städte in Brand gesetzt und eine Anzahl junger Männer getötet. Die Plünderer wiesen sogar eine flüchtige Ähnlichkeit mit Kickaha auf, erklärte Brakya und erläuterte, was vor sich ging, obwohl er zwei volle Tage brauchte, um damit fertig zu werden. Die Notwendigkeit, durch den *Alkhsguma,* wie man in der Sprache der Thyuda die Priester nannte, sprechen zu müssen, kostete viel Zeit. Als Withrus, der Priester, erklärte, daß Kickaha die rechte Hand von *Allwaldands,* dem Allmächtigen war, gewann er in den Augen Brakyas gewaltig an Ansehen.

Der flußabwärts gerichtete Vorstoß der Flotte wurde um einen weiteren Tag verzögert, weil die Häuptlinge und Withrus mit dem Luftwagen zu der Höhle mit dem Tor gebracht wurden. Hier erläuterte Kickaha seinen Plan. Brakya verlangte eine praktische Demonstration in der Benutzung des Tores. Aber Kickaha lehnte ab und verwies darauf, daß dadurch die Scheller in Talanac gewarnt werden würden.

Es vergingen einige weitere Tage, in denen Kickaha in allen Einzelheiten erläuterte, wie fünftausend Krieger durch das Tor marschieren konnten. Sie würden eine genaue zeitliche Abstimmung benötigen, um so viele Männer zur gleichen Zeit durch ein Tor schleusen zu können. Ein Fehler in dieser Abstimmung mochte dazu führen, daß die hinten nachfolgenden Männer in zwei Hälften geschnitten wurden, sobald das Tor aktiviert war. Aber Kickaha wußte, daß sowohl die Scheller als auch die Männer von Drachenland in großer Zahl herausgekommen waren. Und genauso würden die Thyuda hineingehen.

Zwischenzeitlich fühlte er sich sehr gereizt, ungeduldig und unwohl. Aber er wagte es nicht, dies zu zeigen. Podarge mußte ihre große geflügelte Armee indessen gegen Talanac geführt haben, denn wenn sie noch immer zuerst die Rotbärte vernichten wollte, wäre sie längst schon mit ihren Lieblingen aus dem Grün des Himmels herabgestürzt.

Inzwischen brannten Brakya und die anderen Häuptlinge darauf loszuziehen. Kickahas farbenfrohe und begeisterte Beschreibung der Schätze von Talanac hatte die Krieger in Fanatiker verwandelt. Kickaha hatte eine Attrappe des großen Tores vor der Höhle errichten lassen und unterzog gemeinsam mit den Häuptlingen die Krieger einem Training, das drei Tage und einen Großteil der Nächte in Anspruch nahm. Als die Männer in allem Notwendigen geübt genug erschienen, war jedermann erschöpft und erhitzt.

Schließlich entschied Brakya, daß sie einen Ruhetag benötigten. Ruhe – das bedeutete, daß man große Fässer mit Bier und feuerscharfem Branntwein aus den Booten heraus ins Lager rollte und Büffel-, Wildpferd- und Bärenfleisch briet. Es wurde viel gesungen, geschrien, gelacht und geprahlt, und es fanden einige wenige Kämpfe statt, die für die Kämpfenden mit ernsthaften Wunden oder gar mit dem Tod endeten.

Kickaha bat Anana, in ihrem Zelt zu bleiben – hauptsächlich deshalb, weil Brakya sich kaum bemüht hatte, seine Gelüste nach ihr zu verbergen. Und obwohl er nie etwas anderes geäußert hatte als Komplimente, die an Obszönitäten grenzten (was allerdings in der Gesellschaft der Thyudas gang und gäbe war, wie der Priester beteuerte), konnte man nicht ausschließen, daß er den Reden Taten folgen ließ, wenn ihn der Alkohol wie die anderen Thyudas enthemmte. Und wenn Brakya tätlich wurde, bedeutete dies, daß Kickaha mit ihm kämpfen mußte. Jeder hatte es als selbstverständlich angesehen, daß sie seine Gefährtin war. Um den Schein zu wahren, hatten sie sogar das gleiche Zelt miteinander geteilt.

Brakya verwickelte Kickaha in dieser Nacht in ein Trinkduell. Kickaha hätte sein Gesicht verloren, wenn er die Herausforderung des Königs nicht angenommen hätte. Natürlich hatte Brakya vor, ihn unter den Tisch zu trinken, um dann ungestört in Ananas Zelt gehen zu können.

Brakya wog knapp vierzig Pfund mehr als Kickaha und hätte durchaus in der Lage sein müssen, mehr trinken zu können als er.

Und doch war es Brakya, der gegen Morgengrauen einschlummerte – zum großen Vergnügen der wenigen Rotbärte, die das Bewußtsein zu diesem Zeitpunkt noch nicht verloren hatten.
Am Nachmittag kroch Kickaha aus seinem Zelt. Sein Kopf fühlte sich an, als hätte er versucht, einen Bisonbullen damit in Grund und Boden zu rammen. Brakya wachte später auf und lachte so fürchterlich und laut über sich selbst, daß nicht wenige seiner Untergebenen befürchteten, es würden dabei ein paar Muskeln in den Seiten zerreißen. Der mächtige Bursche war durchaus nicht böse auf Kickaha, und als schließlich Anana erschien, grüßte er sie unterwürfig.
Kickaha war froh, daß diese Angelegenheit erledigt war, wollte aber den Angriff entgegen den ursprünglichen Plänen an diesem Tag nicht mehr starten. Die Armee wäre nicht einmal in der Lage gewesen, gegen unbewaffnete Frauen zu kämpfen, geschweige denn gegen jene Feinde, die in Talanac auf sie warteten.
Brakya befahl, weitere Fässer herbeizurollen, und das Trinkgelage begann wieder von vorn.
In diesem Augenblick ließ sich ein Rabe, ein Vogel von der Größe eines irdischen Weißkopfadlers und zugleich eines der Augen Wolffs, auf einem Ast über Kickaha nieder und begann mit einer harten, krächzenden Stimme zu sprechen. »Sei gegrüßt, Kickaha! Lange habe ich nach dir gesucht! Der Meister, Lord Wolff, schickte mich aus, dir folgende Botschaft zu überbringen: Der Meister verließ seinen Palast, um sich in ein anderes Universum zu begeben. Sein Weib Chryseis wurde entführt, und er wird den Kidnapper finden, ihn töten und mit Chryseis zurückkehren.«
Der Rabe sprach weiter und beschrieb Kickaha, welche Fallen im Palast aktiviert worden und welche Tore passierbar waren. So erfuhr Kickaha, wie er sicher in den Palast hinein- und auch wieder herausgelangen konnte. Vorausgesetzt, er wollte dies.
Kickaha informierte das *Auge* des Lords von der veränderten Situation und berichtete ihm von der Besetzung des Palastes

durch die Scheller. Dies verwunderte den Raben nicht allzusehr. Er kam von Talanac, da er gehört hatte, Kickaha halte sich dort auf. Er hatte die Scheller gesehen, obwohl er zu diesem Zeitpunkt natürlich noch nicht wußte, wer oder was sie waren. Auch die grünen Adler Podarges hatte er auf ihrem Weg nach Talanac gesehen. Die mächtigen Giganten hatten einen gewaltigen Schatten geworfen, einen Schatten, der den Boden mit dem Zeichen des Untergangs tränkte. Und das Schlagen ihrer Schwingen war wie der Trommelschlag am Tag des Jüngsten Gerichtes gewesen.
Kickaha befragte den Raben nach Einzelheiten; die Armee der Adler mußte am gestrigen Tag über Talanac hergefallen sein. Dann trat er zu Brakya und berichtete ihm von den Neuigkeiten. Zu diesem Zeitpunkt lag über dem Lager bereits wieder eine grölende, lachende Atmosphäre der Trunkenheit. Dennoch erteilte Brakya seine Befehle. Die großen Hörner wurden geblasen und die Kriegstrommeln geschlagen.
Die Krieger erhoben sich, stellten sich in unordentlichen, aber noch erkennbaren Reihen auf. Es war vorgesehen, daß Brakya und die Häuptlinge zuerst mit Kickaha und Anana gehen und die große Strahlenkanone aus der Flugmaschine tragen sollten. Ihnen folgte eine Gruppe großer Krieger, und zwei von ihnen sollten die zweite Strahlenkanone bedienen. Hinter ihnen kamen die glattrasierten Jünglinge, die sich erst dann einen Bart wachsen lassen und ihn rot einfärben durften, wenn sie im Kampf einen Mann getötet hatten. Ihnen schloß sich der Rest der Armee an.
Kickaha, Anana, Brakya und sechs Häuptlinge traten schnell und entschlossen in den Ring aus grauem Metall. Der Anführer der nachfolgenden Gruppe hatte angefangen zu zählen, um zu überprüfen, ob die Aktivierungszeit stimmte.
Dann befand sich die Gruppe plötzlich in einem Raum. Allerdings war dies nicht jene große Kammer, die Kickaha erwartet hatte. Sie waren in einem kleineren Raum materialisiert, der jedoch nach herkömmlichen Maßstäben immer noch groß war.

Jetzt erkannte Kickaha diesen Raum wieder. Es war jene Kammer in der Nähe des Stadtzentrums, die er nicht hatte erreichen können, als ihn die Scheller verfolgten. Er drängte die Thyudas aus dem Kreis heraus. Es schien ganz so, als seien sie während der magischen Reise erstarrt.

Und dann überstürzten sich die Ereignisse, obwohl sie viele Stunden andauerten, unendlich viel Energie und viele Menschenleben forderten. Die alte Stadt schien in Flammen aufgegangen zu sein; überall tobte das Feuer. Die Adler hatten brennende Fackeln niederregnen lassen. In der Jadestadt selbst gab es kaum brennbares Material, dafür aber glühten und schwelten Tausende von getöteten Adlern. Sie waren von den Strahlenkanonen der Scheller erfaßt worden. Kadaver von großen Vögeln, Leichname von Tishquetmoac-Kriegern und von Drachenländern lagen auf Straßen und Hausdächern. Die Schlacht tobte jetzt in der Nähe des höchsten Punktes der Stadt, beim Tempel und beim Palast.

Verteidiger und Adler waren derart dem Blutrausch verfallen, daß sie die Rotbärte erst bemerkten, als bereits dreitausend von ihnen in die Stadt eingedrungen waren. Und jetzt war es zu spät, die nachdrängenden zweitausend Männer zurückzuhalten. Hunderte von Adlern wandten sich von den Tishquetmoacs und Drachenländern ab, kehrten der Schlacht um das Haupt Talanacs den Rücken, um die Thyudas anzugreifen.

Von diesem Sekundenbruchteil an erinnerte sich Kickaha nur noch an das stete Abfeuern der Strahlenkanone und daran, wie sie sich jede blutige, rauchende, brennende Stufe einzeln erkämpften. Es kam der Zeitpunkt, an dem die Energien der Strahlenkanone erschöpft waren und der Kampf mit Handstrahlern weitergeführt wurde. Aber auch diese Waffen waren nicht mehr zu gebrauchen, noch bevor der Gipfel der Jadestadt genommen war. Kickaha und die Rotbärte kämpften voller Verbissenheit mit Schwertern weiter.

Im Tempel stieß er auf einen Haufen verkohlter Leichname. Nur an den auf ihren Rücken geschnallten Silberkästen konnte man sie als Scheller erkennen. Es waren sechs gewesen, und sie mußten im Kreuzfeuer von Energiestrahlen gestorben sein. Dies mußte ganz zu Beginn der Kampfhandlungen geschehen sein, möglicherweise in den ersten Augenblicken des Überraschungsangriffes der Adler. Die grünen Giganten hatten sich, vermutlich mit den erbeuteten Handstrahlern bewaffnet, auf die Scheller gestürzt. Und bevor sie selbst in den Todesstrahlen der Kanonen starben, hatten sie von den verhaßten Gegnern einen katastrophalen Blutzoll gefordert.

Kickaha zählte vier weitere tote Scheller, bevor er mit Anana, Brakya und weiteren Thyudas in jenen großen Raum vordrang, in dem die Scheller ein großes, permanent aktiviertes Tor errichtet hatten.

Podarge und jene ihrer Adler, die noch zu kämpfen in der Lage waren, hatten einige Drachenländer, Tishquetmoacs und zwei, nein, drei Scheller eingekreist. Kickaha kannte sie: Es waren Erich von Turbat, von Swindebarn und Quotshaml, der Kaiser der Tishquetmoacs. Noch waren sie von ihren Kriegern umgeben, aber es konnte nur noch eine Frage der Zeit sein, bis diese Krieger fielen. Unter der Raserei der Harpyie und der anderen großen Vögel schmolz ihre Zahl rasch dahin.

Kickaha griff an. Anana war hinter ihm, die Rotbärte waren an seiner Seite. Er schwang das Breitschwert und hieb, von hinten kommend, auf die Adler ein. Blut, Federn und Fleisch wirbelten durch die Luft. Triumphierend schrie er auf. Das Ende seiner Feinde war nahe.

Und dann sah er, daß die drei Scheller ihre Leute verließen! Sie rannten dem großen Metallkreis – dem Tor – entgegen!

Podarge und ein paar Adler hatten es ebenfalls bemerkt, schwangen sich auf und eilten den Fliehenden nach. Kickaha hetzte hinter den Adlern her. Die Scheller verschwanden, ebenso Podarge und ihre Adler. Von einer Sekunde zur anderen waren sie blitzartig verschwunden.

Kickaha war so enttäuscht, daß er beinahe geweint hätte. Aber er

hatte nicht vor, ihnen zu folgen. Zweifellos hatten die Scheller vorgesorgt und für eventuelle Verfolger Fallen aktiviert. Die Harpyie und ihre Adler mußten sich jetzt in diesen Fallen befinden. Kickaha verspürte jedoch absolut keine Lust, sich fangen zu lassen. Er ließ sich zu keinen Dummheiten hinreißen, die er später bereuen würde. Und das, obwohl der Wunsch, die Scheller endgültig zu fassen, übermächtig in seinem Herzen glühte. Er wollte sich abwenden. Im gleichen Moment wurde er von zwei der großen Vögel angegriffen. Er verteidigte sich und schaffte es, sie so schwer zu verwunden, daß sie nicht mehr so versessen darauf waren weiterzukämpfen. Dennoch blieben sie standhaft, und es gelang ihnen, Kickaha langsam zurückzudrängen zu jenem Tor in der Ecke des Raumes.
Ein Adler trat vor, und der schnabelbewehrte Schädel zuckte nach vorn. Kickaha schlug wild um sich, um zu verhindern, daß er von dem Schnabel getroffen wurde. Dann näherte sich der andere Adler und unternahm eine Finte. Kickaha mußte auf ihn einschlagen, um sichergehen zu können, daß es tatsächlich nur eine Finte war. Um Hilfe zu rufen wäre sinnlos gewesen; seine Kampfgefährten waren ähnlich wie er selbst beschäftigt. Plötzlich wußte er, daß er gezwungen sein würde, durch das Tor zu gehen. Denn wenn er dies nicht tat, würde er über kurz oder lang von einem dieser scharfen Hakenschnäbel getroffen werden.
Die beiden Vögel trennten sich jetzt. Einer versuchte, in Kickahas Rücken zu gelangen. Vielleicht wollten ihn die Adler aber auch zugleich von der Seite her angreifen, so daß er selbst dann, wenn er einen tötete, unter dem Schnabel des anderen fallen würde.
Verzweifelt blickte sich Kickaha um, sah, daß Anana und die Rotbärte noch immer selbst in Bedrängnis waren, und tat das, was er notgedrungen tun mußte. Er wirbelte herum, sprang auf die Scheibe, drehte sich um und verteidigte sich die paar Sekunden lang, die das Tor benötigte, um sich zu aktivieren. Und dann traf etwas, möglicherweise eine Adlerschwinge, seinen Schädel und schlug ihn halb bewußtlos.

Sechzehntes Kapitel

Als er seine Augen öffnete, umgab ihn eine fremdartige, gespenstische Landschaft. Er befand sich in einem weiten, flachen Tal. Der Boden, auf dem er kauerte, sowie die Hügel ringsum waren mit gelber, moosähnlicher Vegetation bewachsen. Der Himmel, der sich über ihm spannte, war nicht grün wie der Himmel der Welt, die er gerade verlassen hatte, sondern von einem so dunklen Blau, daß er beinahe schwarz wirkte. Kickaha hätte geglaubt, es sei späte Abenddämmerung, wäre da nicht die Sonne gewesen, die soeben erst den Zenit hinter sich gelassen hatte. Links von ihm hing ein kolossales, turmartiges Gebilde am Himmel. Es war überwiegend grün, hier und da hell- und dunkelblau gefleckt und mit weißen, flauschigen Punkten versehen. Es war geneigt wie der irdische schiefe Turm von Pisa.

Dieser Anblick riß Kickaha aus seiner Benommenheit. Er war schon einmal hier gewesen, natürlich. Der Schlag auf seinen Schädel mußte daran schuld sein, daß sich das Wiedererkennen verzögert hatte. Er befand sich auf dem Mond, jenem runden Satelliten des Planeten der vielen Ebenen. Kickaha vergaß seine früheren Erfahrungen, sprang auf die Füße – und wurde ausgestreckt in die Luft gehoben. Er landete der Reihe nach auf Gesicht, Ellenbogen, schließlich den Knien. Obwohl der Aufprall von dem kissenweichen, ockerfarbenen Moospolster gedämpft wurde, war er immer noch ziemlich schmerzhaft.

Vorsichtig richtete sich Kickaha auf Händen und Knien auf und schüttelte den Kopf. In diesem Augenblick sah er Erich von Turbat, von Swindebarn und Quotshaml. Sie rannten einem unsichtbaren Ziel entgegen und wurden von Podarge und vier Adlern verfolgt. Genaugenommen rannten sie nicht, sondern bewegten sich mit unglaublich langen Sprüngen vorwärts, und oft genug endeten diese Sprünge damit, daß ihre Füße just in dem Moment unter ihnen wegrutschten, wenn sie auf dem Pflanzenteppich aufkamen. Oder sie verloren ihr Gleichgewicht, wenn sie in hohem Bogen aufstiegen. Die Verzweiflung vergrößerte ihre Ungeschicktheit noch, und wären die Umstände nicht gewesen, hätte ihre Lage auch auf sie selbst eher komisch gewirkt. Für Kickaha wirkte der Anblick erheiternd. Er lachte einige Sekunden lang, aber dann kam die Ernüchterung, als ihm bewußt wurde, daß er sich selbst sehr leicht in einer ähnlich gefährlichen Situation wiederfinden konnte.

Er konnte nur die Kante eines schmalen, runden Steines, der in das Moos eingelassen worden war, sehen. Plötzlich wußte er, daß dies eine Art Tor sein mußte. Die drei Besessenen hatten gewußt, daß das Tor im Tempel von Talanac sie auf dem Mond materialisieren lassen würde. Wahrscheinlich hatten sie das Tor entsprechend justiert, um eventuelle Verfolger auf dem Mond auszusetzen, während sie selbst nach Talanac oder in den Palast des Lords der Welt der vielen Ebenen zurückkehrten.

Ohne jeden Zweifel war das Tor, dem sie entgegeneilten, eine Einweg-Einheit. Wer es zuerst erreichte und hineintrat, wurde durch eine fremde Dimension befördert. Danach erfolgte eine Desaktivierung, die nur von außerhalb des Mondes wieder aufgehoben werden konnte.

Es war eine Falle, die Kickaha zu schätzen wußte, denn er selbst stellte gern solche Fallen auf. Aber der Fallensteller konnte sich hin und wieder auch in seiner eigenen Falle fangen.

Podarge und ihre Adler waren Verfolger, mit denen die Scheller nicht hatten rechnen können. Obwohl die Riesenvögel von der geringeren Schwerkraft und dem Schock, sich auf dem Mond wiederzufinden, behindert wurden, benutzten sie ihre mächtigen Schwingen, um sich damit in Balance zu halten und ihre Landung abzubremsen. Auf diese Weise legten sie den Weg zum Tor weitaus schneller zurück als die Menschen.

Erich von Turbat und von Swindebarn sprangen, sich an den Händen haltend, zugleich, landeten auf dem Felsen und entmaterialisierten. Quotshaml kam fünf Sekunden später. Aber als er auf dem Felsbrocken niedersank, geschah überhaupt nichts. Quotshaml verschwand nicht, sondern blieb sichtbar. Sein Verzweiflungsschrei zitterte durch die stille, leblose Luft.

Podarge breitete ihre Schwingen aus, um ihren Sturz abzubremsen. Sie schrie langgezogen und laut, eher wie ein großer Vogel im Todeskampf, statt im Triumph. Dann war sie über dem Besessenen und riß Fleischfetzen aus seinem Rücken. Gleichzeitig landeten ihre Lieblinge, stolzierten vor, umkreisten Podarge und das sich windende Opfer. Sooft sie dazu Gelegenheit bekamen, zuckten ihre scharfen Hakenschnäbel vor und schlugen in den Leib des Quotshaml.

Das Silberkästchen, das Quotshaml auf dem Rücken getragen hatte, wurde abgerissen und lag jetzt nicht weit entfernt neben dem Felsen. Somit existierten jetzt nur noch dreiundzwanzig Scheller. Langsam stand Kickaha auf. Sobald Podarge und ihre Gefährtinnen ihr grausiges Tun beendet hatten, würden sie sich umblicken und ihn sehen, wenn er nicht schnellstens dafür sorgte, daß er aus ihrer Sichtweite kam. Die Aussichten waren allerdings nicht besonders gut. Die Ruinen der Stadt Korad ragten fast zwei Kilometer entfernt in den Himmel auf. Die großen weißen Gebäude glänzten wie eine ferne Hoffnung im Licht der Sonne. Aber selbst wenn er es schaffte, diese Ruinen zu erreichen, würden sie sich nicht als Hoffnung, sondern als Gefängnis erweisen. Das einzige benutzbare Tor in nächster Nähe lag nicht in der Ruinenstadt, sondern in einer Berghöhle verborgen. Und Podarge und ihre Adler hielten sich exakt zwischen ihm und dieser Höhle auf.

Kickaha nutzte den Vorteil, daß sich die Adler noch immer auf ihr blutiges Vergnügen konzentrierten, und begann, das Rennen unter diesen veränderten Schwerkraftverhältnissen neu zu erlernen. Er war schon oft längere Zeit auf dem Mond gewesen, und so war die Umstellung für ihn wie das Schwimmen nach einem jahrelangen Leben in der Wüste. Aber die Fähigkeiten, die er sich einmal angeeignet hatte, gingen ihm so schnell nicht mehr verloren. Und doch war der Vergleich nichts weiter als eben nur ein Vergleich. Ein Mensch, der ins Wasser geworfen wird, beginnt sofort zu schwimmen. Kickaha hingegen brauchte mehrere Minuten, um seine Körperbewegungen den Verhältnissen entsprechend zu koordinieren.

Während dieser Zeit schaffte er es, einen halben Kilometer mehr zwischen sich und die Adler zu bringen. Dann hörte er ihre Schreie, die nun eine gänzlich andere Empfindung ausdrückten als jene, die Blutvergießen und Rache verhießen. Kickaha blickte sich um.

Podarge und die vier Vögel hatten ihn gesehen und rasten ihm nach. Sie warfen sich hoch und legten, ähnlich fliegenden Fischen, weite Strecken im Gleitflug zurück. Wahrscheinlich fehlte es ihnen noch an genügend Selbstvertrauen, um auf dem Mond das Fliegen zu versuchen.

Es schien so, als hätten sie seine Gedanken gelesen, denn plötzlich gaben sie ihren Sprungflug auf und erhoben sich völlig in die Luft. Sie stiegen weit schneller auf, als sie dies auf der Welt der vielen Ebenen hätten tun können, und wieder schrien sie. Dieses Mal jedoch waren es Schreie der Ohnmacht. Der Flugversuch hatte ihnen buchstäblich den Boden unter den Füßen weggerissen.

Kickaha wußte dies alles nur, weil er immer wieder rasche Blicke über die Schulter zurückwarf, während er selbst durch die Luft segelte. Bei der nächsten Landung kam er unglücklich auf, die Füße rutschten ab, er verlor die Balance, schoß vorwärts und wieder hoch, überschlug sich dann zweimal.

Kickaha versuchte verzweifelt, auf seinen Füßen oder auf Händen und Füßen zugleich aufzukommen. Aber er prallte hart auf dem Boden auf, und die Luft wurde aus seinen Lungen gepreßt. Er schnappte nach Luft, wand sich und zwang sich aufzustehen, obwohl er sich noch nicht vollständig erholt hatte. Bei seinem nächsten Sprung zog er das Schwert blank, denn es sah ganz so aus, als würde er es benötigen, noch bevor er die Stadt erreichte. Podarge und eine ihrer Adler-Gefährtinnen schwebten, wenngleich noch in beträchtlicher Höhe, vor ihm. Jetzt legten sie sich schräg und kamen in einem langen, flachen Gleitflug direkt auf ihn zugerast. Die anderen Adler schwebten über ihm und ließen sich auf ihn herabfallen. Die großen Schwingen hatten sie fast ganz am Körper anliegen. Zweifellos hatten die herunterstürzenden Vögel und ihre Königin Podarge das Ende ihres Sturzfluges instinktiv so abgestimmt, daß es mit dem seines Vorwärtssprungs zusammenfiel. Ein Blick nach oben zeigte ihm die rasch größer werdenden Körper der Adler. Ihre gelben Krallen waren gespreizt, die Beine steif wie überdimensionale Stoßdämpfer auf den Zusammenprall mit seinem Körper gerichtet. Podarge und ihre Gefährtin näherten sich ihm jetzt parallel zum Boden. Um ihr Absinken zu begradigen, hatten sie ein paarmal mit ihren Flügeln geschlagen. Zwei Meter über dem Moosboden glitten sie dahin, bereit, ihn zu ergreifen, wenn er in der ersten Hälfte einer Sprungkurve aufstieg.

Podarge zeigte vor Triumph und Vorfreude fast alle ihre Zähne. Von den Klauen tropfte Blut, und auch die Lippen und Zähne sowie die Kinnpartie waren vom Blut Quotshamls rot gefärbt und naß.

»Kickaha-a-a-a!« schrie sie. »E-e-e-endlich!«

Kickaha fragte sich, ob sie das Schwert in seiner Rechten überhaupt sah. Oder war sie tatsächlich so verrückt, daß ihr das einfach gleichgültig war?

Es spielte keine Rolle. Er kam herab und wieder hoch, mit einem Sprung, der eigentlich weiterführen und in Podarges Klauen hätte enden sollen. Aber dieses Mal sprang er so wuchtig ab, daß er kerzengerade in die Höhe schoß. Es war ein erstaunlicher Riesensatz, der ihn hoch hinaus und an der völlig überraschten Podarge und deren Jagdgefährtin vorbeitrug.

Heulend wie der Pfiff einer Lokomotive entschwanden ihre Wutschreie hinter ihm. Dann ertönten weitere Schreie, in denen Panik und Schrecken vibrierte. Ein dumpfer Schlag, Schwingen, die donnernd zusammenschlugen, als die stürzenden Adler versuchten, ihren Fall abzubremsen. Kickaha bekam wieder festen Boden unter die Füße und setzte seine Flucht fort. Erst bei seinem zweiten Satz wagte er, einen Blick über die Schulter zu werfen. Podarge und die Adler befanden sich am Boden. Hier und da wirbelten noch grüne Federn durch die Luft und kündeten von der Wucht, mit der Podarge und ihre Gefährtin in die beiden anderen Adler gekracht waren. Podarge selbst lag auf dem Rücken, ihre Beine ragten nach oben. Ein Adler war besinnungslos, die beiden anderen hielten sich nur mühsam auf den Beinen und taumelten benommen umher. Der vierte Riesenadler versuchte, sich aufzurichten, fiel jedoch immer wieder um, flatterte und kreischte.

Trotz dieses Unfalles und trotz des neuerlichen Vorsprungs, den er dadurch gewonnen hatte, erreichte er die Sicherheit des Eingangs nur wenige Meter vor Podarge. Er wirbelte herum und führte mit seinem Schwert einen wuchtigen Hieb. Sie tänzelte mit klatschenden Schwingen zurück und schrie ihn an. Ihre Mundpartie war blutbesudelt, und ihre Augen waren von irrsinniger Wut geweitet. Aus einer klaffenden Wunde direkt unterhalb ihrer rechten Brust quoll Blut. Offenbar war sie bei dem Zusammenstoß mit ihren Lieblingen oder bei dem anschließenden Durcheinander von einer Klaue verletzt worden.

Als Kickaha feststellte, daß ihr nur drei Adler folgten und diese noch weit entfernt waren, rannte er mit erhobenem Schwert vorwärts. Von diesem Angriff wurde Podarge so überrascht, daß sie wieder einigermaßen zur Vernunft kam.

Sie wirbelte herum, sprang hoch und flatterte mit ihren Schwingen. Kickaha war dicht an sie herangekommen, und sein Schwertarm zuckte vor. Mit einem sirrenden Geräusch durchtrennte die Klinge mehrere lange Schwanzfedern.

Kickaha stürzte, von der Wucht des Schlages getrieben, zu Boden und mußte wieder Zuflucht im Torbogen suchen. Die Adler versuchten, ihn zu erreichen. Immer wieder stießen ihre Schädel vor.

Es gelang Kickaha, zwei von ihnen leicht zu verwunden. Daraufhin zogen sie sich zurück. Podarge wandte sich ab, um sich neben ihre Gefährtinnen zu schieben. Kickaha wartete nicht länger ab. Er floh durch einen Gang und durchquerte einen gewaltigen Raum, in dem zahlreiche mit dekorativem Schnitzwerk versehene Schreibpulte und Stühle standen. Er schaffte es, diesen Raum hinter sich zu bringen, hetzte einen anderen Gang entlang, dann über einen großen Innenhof. Gerade noch rechtzeitig konnte er in ein anderes Gebäude schlüpfen. Hinter ihm kam ein Adler aus dem Portal jenes Hauses, das er gerade verlassen hatte; die Harpyie und ein weiterer Adler stießen um die Ecke des Gebäudes. Wie er vorausgesehen hatte, wäre er aus dem Hinterhalt heraus überrascht worden, hätte er seine Flucht noch länger verzögert.

Er erreichte eine Kammer, von der er wußte, daß sie nur durch eine Tür zu betreten war. Kickaha zögerte. Sollte er hier Stellung beziehen oder sein Glück in den unterirdischen Schächten versuchen? Möglicherweise gelang es ihm, ihnen in den dunklen Labyrinthen zu entkommen. Andererseits konnten ihn die Adler in jedem Versteck aufspüren. Und unten, in den Schächten, gab es Wesen, die ebenso tödlich und wesentlich ekelhafter waren als die Adler. Diese Wesen hatten ihre Existenz ihm zu verdanken. Er hatte sie ersonnen, und Wolff hatte sie erschaffen und dort unten ausgesetzt.

Ein Schrei. Kickaha sprang über die Schwelle und drehte sich, um seine Zuflucht zu verteidigen. Aber die Entscheidung war bereits ohne sein Zutun gefallen. Jetzt blieb ihm keine Wahl mehr. Er konnte die Schächte nicht mehr erreichen und verwünschte sich, haltgemacht zu haben, statt weitergelaufen zu sein. Solange er seine Bewegungsfreiheit besaß, hatte er das

Gefühl gehabt, seine Verfolger überlisten, sich irgendwie aus dieser verfahrenen Situation herausmogeln zu können. Aber jetzt saß er in der Falle, und momentan war nicht abzusehen, wie er jetzt noch gewinnen sollte. Das hieß aber nicht, daß er daran dachte aufzugeben. Podarge saß in gewisser Weise ebenfalls fest, denn sie hatte keine Ahnung, wie sie es anstellen sollte, zurück auf den Planeten zu kommen. Kickaha allein wußte, wie dies zu bewerkstelligen war. Wenn er gezwungen war, mit Podarge zu verhandeln, dann mochte es einen Handel geben. In der Zwischenzeit aber würde er abwarten, wie sich die Sache weiter entwickelte.

Der Raum war groß. Etwas abseits schwebte eine aus fein bearbeitetem Silber und Gold gefertigte Bettstatt an einer massiven Goldkette, die an der Deckenmitte befestigt war. Die Wände des Raumes waren aus Marmor gefertigt und mit Gemälden in leuchtenden Farben geschmückt. Diese Gemälde zeigten hellhäutige, gutgebaute Frauen mit hübschen Gesichtszügen. Bekleidet waren sie mit graziösen Gewändern und vielen metallenen Schmuckstücken und Edelsteinen. Die Männer waren bartlos. Beide Geschlechter hatten langes blondes oder bronzefarbenes Haar. Die Männer und Frauen waren in ein Spiel vertieft. Durch die Fenster einiger gemalter Gebäude war ein naturgetreu gemaltes blaues Meer zu sehen. Diese Wandgemälde waren von Wolff höchstpersönlich gemalt worden. Er war ein großes Talent, vielleicht sogar ein Genie. Kickaha jedoch hatte ihn dazu inspiriert. Und er war es auch gewesen, der alles, was diesen Mond betraf, entworfen hatte. Ausgenommen hiervon war nur die Mondkugel selbst.

Damals, nachdem sie den Lordpalast von Arwoor zurückerobert hatten und Wolff sich wieder als Lord dieser Welt etabliert hatte, äußerte er Kickaha gegenüber, daß er schon lange nicht mehr auf dem Mond gewesen sei. Kickaha hatte Interesse gezeigt und schließlich darauf bestanden, dorthin zu reisen. Wolff erwiderte, daß es dort oben nichts außer grasbewachsenen Ebenen, einigen

Hügeln und kleinen Bergen zu sehen gebe. Dennoch hatten sie wenig später auf dem Mond ein Picknick veranstaltet. Ein entsprechend justiertes Tor hatte sie ohne Zeitverlust hinaufbefördert. Chryseis, das großäugige Dryadenmädchen mit dem getigerten Haar, hatte einen Korb voller Leckereien und Getränke vorbereitet, ganz so, als sei sie eine normale amerikanische Hausfrau, die einen Ausflug in den Park am Stadtrand plante. Und ein Ausflug war es auch für sie, obwohl sie ihre Waffen bei sich trugen und von einigen Talos-Cyborgs, jenen halb menschlichen, halb mechanischen Wesen, die an Ritter in voller Rüstung erinnerten, begleitet wurden. Selbst auf einem derartigen Ausflug konnte sich ein Meister der Dimensionen nicht völlig entspannen. Stets mußte er vor einem Angriff eines anderen Meisters auf der Hut sein. Sie verlebten eine schöne Zeit. Kickaha merkte, daß es weit mehr zu sehen gab, als Wolff behauptet hatte. Da gab es beispielsweise das großartige und zugleich beängstigende Schauspiel des am Himmel hängenden Planeten der vielen Ebenen. Dieser Anblick allein war die Reise wert gewesen. Und außerdem war es sehr lustig, wie ein Grashüpfer herumzuspringen.

Später am Abend war er trunken von einem Wein, den zu kennen die Menschheit der Erde nie das Glück gehabt hatten. Damals war ihm die Idee des *Projekts Barsoom* gekommen.

Er hatte sich mit Wolff über die Erde und über einige Bücher, die beide gelesen hatten, unterhalten, hatte von jener Zeit geschwärmt, als er noch Paul Janus Finnegan hieß und auf einer Farm außerhalb von Terre Haute in Indiana lebte. Er hatte gern in den Werken von Edgar Rice Burroughs geschmökert und besonders Tarzan, David Innes und John Carter geliebt. Keinen dieser drei Autoren hatte er dem anderen vorgezogen, obwohl er vielleicht doch ein kleines bißchen mehr Zuneigung zu John Carter empfand.

Bei dieser Gelegenheit hatte er sich so plötzlich aufgesetzt, daß er sein Weinglas umstieß. »Ich hab's! Barsoom!« hatte er gerufen.

»Hast du nicht gesagt, dieser Mond sei etwa so groß wie der Mars? Und du besitzt doch noch immer deine Biolabors, nicht wahr? Also ... was hältst du davon, wenn wir Barsoom erschaffen?«

Er war von dieser Idee so begeistert gewesen, daß er hoch in die Luft sprang, aber nicht in der Lage war, sich richtig zu steuern und so mitten im Picknick-Essen landete. Glücklicherweise hatten sie das meiste davon bereits gegessen gehabt. Er war mit Essensresten und Wein bekleckert, aber so voller Begeisterung, daß er dies überhaupt nicht wahrnahm.

Wolff hatte geduldig zugehört und oft gelächelt. Seine Antwort ernüchterte Kickaha. »Natürlich wäre es mir möglich, eine annehmbare Nachbildung Barsooms herzustellen«, sagte er. »Und deinen Wunsch, John Carter zu spielen, finde ich durchaus amüsant. Aber ich weigere mich, weiterhin für lebendige, denkende Wesen den Gott zu spielen!«

Kickaha versuchte, allerdings nicht sehr lange, ihn umzustimmen. Wolff war der willensstärkste Mann, den er je kennengelernt hatte. Er selbst war ebenfalls ziemlich starrköpfig, aber mit Wolff zu streiten, wenn dieser einen Entschluß gefaßt hatte, war gleichbedeutend mit dem Versuch, Granit verwittern zu lassen, indem man mit den Fingern Wasser dagegen spritzt.

Schließlich hatte Wolff eingelenkt und versprochen, eine rasch wachsende moosähnliche Vegetation auf dem Mond anzupflanzen. Diese würde das grüne Gras bald überwuchert haben und den Trabanten der Welt der vielen Ebenen vom eisbedeckten Nordpol bis zum eisbedeckten Südpol überziehen. Und er wollte noch mehr tun, um Kickaha nicht aus einer Laune heraus zu enttäuschen. Das Projekt interessierte ihn. Er willigte ein, *Thoats, Banths* und andere Tiere Barsooms in seinen Biolaboren zu schaffen. Aber er gab auch zu bedenken, daß dies alles lange dauern und die Ergebnisse sich möglicherweise von Kickahas Angaben unterscheiden könnten.

Er wollte sogar versuchen, den Baum des Lebens zu erschaffen, dazu mehrere Ruinenstädte errichten und Kanäle ausheben. Aber er würde weder die grünen *Tharks* noch die rothäutigen, gelbhäutigen und weißhäutigen *Barsoomer* erschaffen. Zu jener Zeit, als er noch der skrupellose Lord Jadawin gewesen war, hätte er nicht gezögert, aber als der Mann, der er nun war, konnte er es nicht tun.

Sah man davon ab, daß sich Wolff weigerte, Gott zu spielen, wären die wissenschaftlichen und technischen Probleme und die Arbeit, die damit verbunden ist, ganze Völker und Kulturen aus dem Nichts heraus zu erschaffen, ungeheuer gewesen. Über einhundert Erdenjahre hätte es gedauert, bis das Projekt überhaupt hätte anlaufen können. Hatte Kickaha zum Beispiel gemerkt, wie kompliziert die Marsianischen Eier waren? Gut, sie waren im Legealter klein, vermutlich nicht größer als ein Fußball, eher kleiner. Burroughs hatte ihre Größe zu dem Zeitpunkt, da sie von den Frauen ausgestoßen wurden, nicht beschrieben. Getreu Burroughs' Romanen sollten diese Eier in Brutkästen der Sonne ausgesetzt werden. Nach fünf Jahren wären die Eier dann ausgebrütet. Aber in diesen fünf Jahren wuchsen die Eier bis auf eine Größe von fast einem Meter heran. Zumindest die grünen Marsianischen Eier, obwohl man annehmen konnte, daß diese noch größer waren als die menschenähnlichen Marsianer.

Woher bezogen die Eier die Wachstumsenergie? Wenn die Energie dem Eigelb entzogen wurde, vermochte sich der Embryo niemals zu entwickeln. Das Ei war ein autonomes System; über einen langen Zeitraum hinweg erhielt es keinerlei Nahrung. Man vergleiche dies mit dem im Mutterleib wachsenden Embryo, der über die Nabelschnur versorgt wurde. Die Eier mußten also, indem sie Sonnenstrahlen aufsogen, Energie aufnehmen. Dies war theoretisch möglich, obwohl die so gewonnene Energie, zog man die kleine Aufnahmefläche des Eies in Betracht, sehr gering sein mußte.

Damals hatte sich Wolff nicht vorstellen können, welche biologischen Mechanismen diese phänomenale Wachstumsrate hervorzubringen vermochten. Es mußte einen Energiezufluß geben, und da Burroughs auf diesen überhaupt nicht eingegangen war, würde es bei Wolff und den riesigen Protein-Computern seines Palastes liegen, dieses Geheimnis zu lösen.

»Aber glücklicherweise«, hatte Wolff grinsend gesagt, »muß ich dieses Geheimnis nicht lösen, denn es wird keine denkenden Marsianer geben. Weder grünhäutige noch andere. Aber vielleicht nehme ich mich des Problems doch noch irgendwann einmal an, um zu sehen, ob es überhaupt zu lösen ist.«

Bei dem Bemühen, den Mond der Welt der vielen Ebenen wie den Mars von Burroughs zu gestalten, gab es weitere Kompromisse zu treffen. Die Luft war so dicht wie die auf dem Planeten, und obwohl Wolff in der Lage war, sie zu verdünnen, glaubte er nicht, daß Kickaha gern in einer dünnen Atmosphäre gelebt hätte. Wahrscheinlich glich die atmosphärische Dichte jener in etwa dreitausend Meter über der Erdoberfläche. Darüber hinaus galt es, die besonderen Bedingungen für die beiden Marsmonde Deimos und Phobos zu berücksichtigen. Brachte man nämlich zwei Massen von vergleichbarer Größe in Kreisbahnen, die denen der beiden Marsmonde vergleichbar waren, würden sie in kurzer Zeit verglühen. Die Atmosphäre dieses Mondes reichte bis hinaus zu der Schwerkraftkrümmung, die zwischen dem Mond und der Welt der Ebenen existierte.

Wolff löste dieses Problem, indem er zwei Energiequellen in Umlauf brachte, die ebenso hell schienen wie Deimos und Phobos und den Mond mit der Geschwindigkeit und in den Koordinaten der Originale umkreisten.

Später war Kickaha nach nüchterner Überlegung zu dem Schluß gekommen, daß Wolff recht gehabt hatte. Selbst wenn es möglich gewesen wäre, hier Geschöpfe aus den Biolaboratorien auszusetzen und sie entsprechend den Kulturen zu prägen, wie sie in Burroughs' Mars-Büchern geschildert wurden, so wäre dies kein Zeichen von Verantwortungsbewußtsein gewesen. Man sollte nicht versuchen, Gott zu spielen. Wolff hatte es als Jadawin getan und damit viel Elend und Leid verursacht.

Oder konnte man es doch tun? Schließlich, so hatte Kickaha argumentiert, würde den Marsianern das Leben geschenkt, und somit erhielten sie wie jedes andere Lebewesen in dieser oder der benachbarten Welt die Chance zu lieben und zu hoffen und so weiter. Es stimmte natürlich, daß sie auch zu leiden hatten, Schmerz, Irrsinn und geistige Qualen ertragen mußten. Aber war es nicht besser, durch das Leben überhaupt eine Chance zu bekommen, als für immer in der Nichtexistenz versiegelt zu sein? Zog nicht auch Wolff selbst das Leben vor, ungeachtet dessen, was er hatte ertragen müssen und noch ertragen mußte? War es ihm nicht lieber, zu leben und zu leiden, statt nie existiert zu haben?
Wolff gab zu, daß dies stimmte. Aber zugleich meinte er, daß Kickaha zu rational dachte. Er wollte lediglich John Carter spielen, genau wie damals, als er noch ein Kind gewesen war, das auf einer Farm in Indiana lebte. Er, Wolff, würde sich nicht all die Arbeit und Mühe machen, um einen lebenden, atmenden, denkenden grünen Marsianer oder roten Zodanger zu erschaffen, nur damit Kickaha diesen mit einem Schwert durchbohren konnte. Oder umgekehrt.
Kickaha hatte geseufzt, dann gelächelt und schließlich Wolff für all das, was er für ihn getan hatte, gedankt. Dann war er durch das Tor getreten und auf dem Mond materialisiert. Er verlebte eine herrliche Woche auf dem Trabanten. Er jagte *Banth,* fing einen kleinen *Thoat* mit einem Lasso und richtete ihn ab, streifte durch die Ruinen von Korad und Thark (so hatte er die Städte benannt, die von Wolffs Cyborgs errichtet worden waren). Schließlich jedoch hatte er sich einsam gefühlt und war auf die Welt der vielen Ebenen zurückgekehrt.
Mehrere Male war er auf den Mond zurückgekommen, um sich zu erholen. Einmal hatte er seine Drachenland-Frau sowie einige teutonische Ritter, ein anderes Mal eine Gruppe Hrowakas mitgebracht. Aber jeder, außer ihm selbst, hatte sich auf dem Mond unwohl gefühlt, in allen hatte sich Panik ausgebreitet.

Siebzehntes Kapitel

Drei Jahre war es her, seit er das letzte Mal auf dem Mond gewesen war. Nun war er zurückgekehrt, unter Umständen, die er sich nicht einmal hätte träumen lassen.

Die Harpyie und ihre Adler lauerten außerhalb des großen Raumes, in den er sich zurückgezogen hatte, und er war gefangen. Damit stand das große Spiel unentschieden. Er konnte diesen Raum nicht verlassen, aber seine Verfolger konnten ihn nicht angreifen, ohne ernste Verletzungen oder gar den Tod riskieren zu müssen.

Allerdings hatten sie einen Vorteil auf ihrer Seite: Sie konnten sich mit Lebensmitteln und Wasser versorgen. Waren sie bereit, genügend Zeit zu investieren, so konnten sie in aller Ruhe abwarten, bis er, von Hunger und Durst geplagt, zu schwach war, um noch ernsthaften Widerstand zu leisten. Oder ganz einfach nicht mehr länger gegen den Schlaf ankämpfen konnte. Und es gab keinen Grund, weshalb sie sich die Zeit nicht nehmen sollten. Niemand drängte sie.

Natürlich konnte sich dieser Zustand schon ziemlich bald ändern. Immerhin war es sehr wahrscheinlich, zumindest jedoch denkbar, daß die Scheller durch andere Tore zurückkehrten. Und wenn sie zurückkehrten, würden sie dies nicht unbewaffnet tun. Wenn Podarge tatsächlich glaubte, daß er in diesem Raum ausharren würde, bis er das Bewußtsein verlor, dann irrte sie sich. Er würde versuchen, mit ein paar Tricks freizukommen. Funktionierte diese Taktik nicht, würde er sich den Weg freikämpfen. Die Chance, die Adler zu besiegen oder ungeschoren an ihnen vorbei zu den Schächten zu gelangen, war klein. Es war nicht sehr wahrscheinlich, daß er es schaffte. Ihre Schnäbel und

Klauen waren blitzschnell und schrecklich. Aber mit ihm, Kickaha, war auch nicht zu spaßen.
Er beschloß, es ihnen noch schwerer zu machen, und rollte die kreisrunde Tür aus der Wandnische so vor die Türöffnung, daß nur noch ein kleiner Spalt offenstand. »Podarge«, rief er dann. »Du magst denken, daß du mich jetzt in der Falle hast! Aber selbst, wenn du damit recht hättest – willst du den Rest deines Lebens auf dieser ungastlichen Welt verbringen? Hier gibt es keine Berge, auf denen du deinen Horst errichten könntest. Nichts verdient auf dieser Welt, *Berg* genannt zu werden. Die Landschaft ist deprimierend flach! Und Nahrung wirst du auch nicht leicht bekommen können! Alle Tiere, die hier im Freien leben, sind ungeheuer groß und wilde Kämpfer.
Und was dich selbst betrifft, Podarge, so wirst du nicht in der Lage sein, als Königin über Hunderte und Tausende zu herrschen. Wenn deine jungfräulichen Adler ihre Eier legen, um die Zahl deiner Untertanen zu mehren, so werden sie Schwierigkeiten mit den kleinen eierfressenden Tieren dieser Welt bekommen. Und auch die großen weißen Affen, die mit Vorliebe Eier fressen, werden euch ihre Aufwartung machen. Und die Affen lieben nicht nur Eier. Sie fressen, da bin ich mir ganz sicher, auch Adlerfleisch. Ach ja, die großen weißen Affen ... Du bist ihnen noch nicht begegnet oder etwa doch?«
Er wartete eine Weile, um sie über seine Worte nachdenken zu lassen. Dann fuhr er fort: »Ihr werdet auf dieser Welt bleiben, bis ihr sterbt. Es sei denn, daß ihr ein Abkommen mit mir schließt. Denn ich kann euch zeigen, wie man auf die Welt der Ebenen zurückkommt. Ich weiß, wo die Tore verborgen sind!«
Weiterhin herrschte Schweigen. Dann kam es zu einer leisen Unterhaltung zwischen den Adlern und der Harpyie.
»Deine Worte sind verlockend, Trickser«, sagte Podarge schließlich. »Aber sie können mich nicht täuschen. Alles, was wir tun müssen, ist abwarten. Irgendwann wirst du einschlafen, oder der Durst wird so an dir zerren, daß du es nicht mehr aushalten

kannst. Dann werden wir dich lebend fangen und dich foltern. So lange, bis du uns all das sagst, was wir wissen müssen. Und dann töten wir dich. Was hältst du davon?«
»Nicht sonderlich viel«, murmelte er. Dann schrie er: »Aber bevor es so weit kommt, werde ich mich selbst umbringen! Was hältst du davon, Podarge, du Hurenkönigin der großen Vogelhirne?«
Ihr Aufkreischen und das Schlagen riesiger Schwingen ließ ihn wissen, daß sie von seinen Worten ebensowenig hielt wie er von ihren.
»Ich weiß, wo die Tore sind!« schrie er. »Und du, Podarge, wirst sie ohne mich niemals finden! Schnell! Nimm deinen ganzen Verstand zusammen! Eine halbe Stunde gebc ich dir noch Zeit! Dann handle ich!«
Nach diesen Worten ließ er die Tür ins Schloß krachen und setzte sich mit dem Rücken gegen das rotbraune, hochpolierte Hartholz. Die Adler konnten sie nicht bewegen, ohne ihm Zeit zu geben, hochzuspringen und sich auf ihren Angriff vorzubereiten. So konnte er sich eine Weilc ausruhen. Der lange, harte Kampf in Talanac, der Schock, auf den Mond geschleudert worden zu sein und die anschließende Hetzjagd hatten ihn erschöpft. Und er gierte nach Wasser.
Später ... Er mußte eingeschlafen sein. Aus schwarzen, öligen Gewässern glitt er an die Oberfläche zurück. Sein Mund war wie trockener Staub, und seine Augen fühlten sich an, als seien heiße, hartgekochte Eier in die Höhlen eingesetzt worden. Da sich die Tür nicht bewegte, hatte er keine Ahnung, was ihn aufgeweckt hatte. Vielleicht war es sein Sinn für Wachsamkeit gewesen, der verspätet reagiert hatte.
Kickaha ließ seinen Kopf gegen die Tür fallen. Schwach drang Schreien und Brüllen hindurch, und jetzt wußte er, was ihn aus dem Schlaf gerissen hatte. Er sprang auf und rollte die Tür halb in die Mauerfuge zurück. Nachdem die dicke Barriere entfernt war, drangen die Geräusche der Schlacht im Gang mit voller Macht herein.

Podarge und die drei Adler standen drei riesigen, gelbbraunen, katzenähnlichen Tieren, aus deren Körper zehn Beine ragten, gegenüber. Zwei dieser Tiere waren Männchen, und ihre Schädel waren mit einer zottigen Mähne geschmückt. Das dritte Tier war ein Weibchen – das Fell ihrer Halspartie war weich, glatt und glänzend. Es waren *Banths*, jene marsianischen Löwen, die Burroughs beschrieben und Wolff in seinen Biolaboren erschaffen und auf dem Mond ausgesetzt hatte. *Thoats* und *Zitidare* und die großen weißen Affen sowie jedes andere Lebewesen, dessen sie habhaft werden konnten, waren ihre Beute. Normalerweise waren die *Banths* Nachtjäger, aber der Hunger mußte sie bewogen haben, einen Streifzug durch die taghelle Stadt zu unternehmen. Vielleicht waren sie aber auch von all dem Lärm aus dem Schlaf gerissen und vom Blutgeruch angelockt worden. Welchen Grund es für ihr Hiersein auch gab – Tatsache war, daß die *Banths* seine Belagerer eingekreist hatten. Einen Adler hatten sie getötet. Wahrscheinlich war dies bei ihrem Überraschungsangriff geschehen, vermutete Kickaha. Ein grüner Adler war ein gewaltiger Kämpfer, gewaltig genug, um einen oder zwei Tiger in die Flucht zu schlagen, ohne dabei auch nur eine einzige Feder zu verlieren. Den *Banths* war es gelungen, einen Adler zu töten und die anderen zu verwunden. Aber sie selbst waren auch verletzt worden und bluteten aus Rissen und klaffenden Wunden, die sich über ihre Körper und Schädel verteilten.
Jetzt ließen sie brüllend und fauchend von ihrer vermeintlichen Beute ab. Mit gleitenden Schritten liefen sie im Korridor vor und zurück, und dann und wann warf sich einer von ihnen auf einen Adler. Manchmal waren diese Angriffe nur Täuschungsmanöver, die knapp außerhalb der Reichweite der Schnäbel endeten, die so tödlich waren wie Streitäxte. Andere Male trafen die großen, klauenbewehrten Pfoten den Gegner, und blitzartig folgte ein Vorstoß der säbelgroßen Reißzähne. Gelbe Schnäbel, gelbe oder rote Klauen schlugen zurück. Und dann wirbelten Fetzen von gelbbraunem Fell oder büschelweise ausgerissenes Haar und

grüne Federn durch die Luft, grüne, gelbe oder rote Augäpfel waren unnatürlich geweitet, Blut spritzte, brüllendes, schreiendes Toben erfüllte die Luft. Gleich darauf riß sich der Löwe los und rannte zu seinen lauernden Artgenossen zurück.

Podarge hielt sich in der Sicherheit hinter ihren grünen Adlern auf. Kickaha beobachtete den Kampf und wartete ab. Gleich darauf griffen alle drei Löwen gleichzeitig an. Ein Löwenmännchen und ein Adler rollten mit Getöse durch die Türöffnung. Kickaha sprang zurück, trat dann vor und bohrte die Klinge seines Schwertes in die ineinander verkrallte, kreischende und fauchende Masse hinein. Er kümmerte sich nicht darum, ob er den Löwen oder den Adler traf, obwohl er sich insgeheim wünschte, den Adler zu treffen. Denn die Adler waren intelligenter und durchaus in der Lage, sich darauf zu konzentrieren, eine Sache zu Ende zu bringen. Und in diesem Fall konzentrierten sie sich hauptsächlich darauf, seinem Leben ein Ende zu bereiten. Aber die beiden Kämpfenden rollten fort, und nur die Spitze der Klinge drang in Fleisch ein. Die beiden Bestien machten einen fürchterlichen Lärm; er vermochte nicht einmal festzustellen, wen er nun verwundet hatte.

Einen Augenblick lang bot sich Kickaha ein freier Fluchtweg durch die Mitte des Korridors an. Beide Adler waren damit beschäftigt, sich die Löwen vom Leib zu halten, und Podarge stand gegen die Wand gedrängt, ihre Klauen hielten das wütende *Banth*-Weibchen in Schach. Die Löwin blutete aus beiden Lichtern, ebenso aus einer gräßlichen Wunde an den Nüstern. Das Blut blendete sie, und sie zögerte, näher an die Harpyie heranzugehen.

Kickaha handelte. Er hetzte los, schoß den Gang entlang, setzte über zwei Körper hinweg, die heranrollten, um ihm den Weg abzuschneiden. Hart landete sein Fuß auf gelbbraunem, muskeldurchzogenem Fleisch, dem Rücken eines *Banth*. Dann wurde er hoch durch die Luft geschleudert. Er hatte unglücklicherweise zuviel Kraft in den Sprung gelegt und krachte nun mit dem

Schädel gegen die Marmordecke des Korridors. An einem Diamanten, der in den Marmor eingesetzt war, riß er sich die Schläfe auf.
Benommen taumelte er weiter. In diesem Augenblick war er verwundbar. Wäre jetzt ein Adler oder ein Löwe über ihn hergefallen, hätte er ihn töten können, wie ein Wolf ein krankes Kaninchen tötet. Aber die Bestien waren viel zu sehr damit beschäftigt, sich gegenseitig umzubringen, und bald darauf hatte er das Gebäude und die Stadt hinter sich gelassen. Mit großen Sprüngen näherte er sich den Hügeln.
Er sprang an dem zerfetzten Körper des Adlers vorüber, der vorhin mit Podarge zusammengeprallt war. Ein anderer Körper lag aufgeschlitzt in der Nähe. Es war der Körper eines *Banth.* Vermutlich hatte er den Adler in der trügerischen Hoffnung angegriffen, leichte Beute machen zu können. Aber er hatte sich geirrt und für diesen Irrtum bezahlt.
Dann setzte er über die Reste des Körpers von Quotshaml hinweg und sprang mit einem gewaltigen Satz auf den Hügel, der so hoch war, daß er es beinahe verdiente, als Berg bezeichnet zu werden. Knapp ein Drittel unterhalb der Hügelspitze lag hinter einer Biegung mit offen zutage tretenden quarzgesprenkeltem Granit der Höhleneingang. Es schien keinen Grund zu geben, warum er es nicht schaffen sollte. Noch vor ein paar Minuten schien sein ganzes Glück aus ihm herausgesickert zu sein; jetzt rieselte es zurück.
Aber dann ließ ihn ein Schrei wissen, daß das Glück möglicherweise nur auf Zeit zurückgekehrt war. Er wandte sich um, sah in die Richtung, aus der er gekommen war. Einen halben Kilometer entfernt waren Podarge und ihre beiden Adler zu sehen! Und sie kamen atemberaubend schnell herangeflogen.
Nirgendwo waren *Banths* zu erblicken. Also waren sie nicht länger in der Lage gewesen, Podarge und ihre Adler in einer Ecke festzuhalten. Vielleicht waren die großen Katzen sogar froh gewesen, die tödlichen Gegner entkommen zu lassen. So war es

ihnen möglich, am Leben zu bleiben und jenen Adler, den sie getötet hatten, mit Genuß zu verzehren.
Was immer auch geschehen sein mochte – Kickaha war erneut in Gefahr, von den Adlern im Freien gestellt zu werden. Seine Verfolger hatten inzwischen gelernt, sich der geringen Schwerkraft anzupassen und erfolgreich zu fliegen. Das Ergebnis war, daß sie gut um ein Drittel schneller flogen, als sie dies auf dem Planeten hätten tun können. Wenigstens schien es Kickaha im ersten Moment so. In Wirklichkeit mußten sie aber von dem Kampf mit den *Banths* und dem Blutverlust, den sie erlitten hatten, geschwächt sein. Entsprechend mußte sich auch ihre Fluggeschwindigkeit verringert haben.
Mit einem zweiten Blick sah er, daß Podarge und ein Adler verkrüppelt zu sein schienen und langsamer geworden waren. Sie blieben hinter ihrer Gefährtin zurück. Dieser eine Adler schien nicht so schwer verwundet zu sein, obwohl sein grünes Gefieder blutverkrustet war. Jetzt überholte er Kickaha und stürzte sich dann auf ihn hinab wie ein Falke auf ein Backenhörnchen.
Aber dieses Mal war das ›Backenhörnchen‹ mit einem Schwert bewaffnet und sah voraus, was der Adler plante. Kickaha hatte vorausberechnet, wo sie zusammentreffen würden. Er wirbelte in der Luft herum und landete auf allen vieren, ohne den Blick von seinem Verfolger zu wenden. Die ausgestreckten Klauen waren plötzlich in Reichweite des Schwertes. Der Adler schrie und breitete seine Schwingen aus, um die Wucht seines Anfluges abzubremsen. Kickaha schlug um sich. Sein Schlag besaß jedoch nicht soviel Kraft, wie es der Fall gewesen wäre, wenn Kickaha einen festen Stand gehabt hätte. Er wurde nach vorn geschleudert, kam jedoch wieder auf den Füßen zu stehen. Dann erst verlor er das Gleichgewicht.
Die Klinge hatte eine Klaue am Gelenk abgetrennt und war zur Hälfte in den anderen Fuß gefahren. Kickaha fiel zur Seite. Explosionsartig wich der Atem aus seinen Lungen. Dennoch

sprang er sofort wieder hoch, keuchte und schnaufte aber wie ein ramponierter Dudelsack. Sein Schwert war ihm aus der Hand gefallen, aber er schaffte es, es wieder zu ergreifen. Wie ein verwundetes Küken flatterte der Adler unweit von ihm zu Boden. Er sah nicht einmal, daß Kickaha die Klinge erhoben hatte und zuschlug. Der Schädel des Adlers wurde vom Rumpf abgetrennt. Ein schwarzes, scharlachrot gerändertes Auge starrte Kickaha an, bevor es trübe und kalt wurde.

Kickaha rang noch immer nach Luft, als er sieben Meter vor Podarge und ihrer letzten Gefährtin in den Höhleneingang sprang. Er hatten seinen Sprung exakt berechnet, denn er landete genau in dem im Hügelhang klaffenden Loch. Er hielt sich nicht auf, sondern eilte zum hinteren Ende des Höhlenganges. Schließlich blieb er, nachdem er fünfzehn Meter hinter sich gebracht hatte, vor einer Granitwand stehen – und mußte feststellen, daß er eine ziemlich häusliche Szene gestört hatte! Dort hinten kauerte eine Affenfamilie. Es waren große Tiere mit weißer Haut. Der Affenvater war gut und gerne drei Meter hoch, und vier Greifarme ragten aus seinem stämmigen Leib heraus. Er war hellhäutig und haarlos; nur auf dem wie ein Laib Brot geformten Schädel wuchsen buschige weiße Haare. In dem häßlichen Gorillagesicht funkelten rote Augen.

Der Affe hockte rechts an der Felswand. Mit seinen vorstehenden Fängen und den scharfen Zähnen riß und zerrte er an einem aus dem Körper eines kleinen *Thoats* gerissenen Hinterlauf. Die Affenmutter riß Fleischfetzen vom Schädel des *Thoats* und säugte gleichzeitig Zwillings-Affenbabys. (Bei der Entwicklung der großen weißen Affen war sowohl Kickaha als auch Wolff ein Fehler unterlaufen. Sie hatten vergessen, daß laut Edgar Rice Burroughs nur ein ganz bestimmtes Kleinwesen und der Mensch selbst Säuger waren. Als sie diesen Fehler bemerkt hatten, waren sie übereinstimmend der Ansicht, daß es nun zu spät sei, dies zu ändern. Mehrere tausend Affen waren bereits auf dem Mond ausgesetzt worden. Es schien der Mühe nicht wert zu sein, die ersten Schöpfungen der Biolabore zu vernichten und eine neue, nichtsäugende Art zu erschaffen.)

Die kolossalen Affenwesen waren ebenso überrascht wie Kickaha, aber dieser hatte den Vorteil, bereits in Bewegung zu sein. Allerdings gab es noch einiges zu tun, bevor er in die Sicherheit des Tores treten konnte. Ein kleiner steinerner Schlüssel mußte aus einem Steinsockel herausgeholt werden, dann mußte man einen schweren Teil der hinteren Wand nach innen drücken, um in eine dahinter verborgene Kammer zu gelangen. Diese Kammer war quadratisch, etwa sieben mal sieben Meter groß. Sieben Silbersicheln waren nahe der hinteren Kammerwand in den Boden eingelassen. Rechter Hand, in Augenhöhe, waren mehrere Haken angebracht, an denen sieben silbrig schimmernde Sicheln hingen. Jeweils eine dieser Sicheln paßte zu einer der in den Boden eingelegten Sicheln. Die Zusammengehörigkeit ergab sich aus den in die Sicheln eingravierten Hieroglyphen.

Wurden zwei Sicheln mit ihren Endpunkten zu einem Kreis zusammengelegt, so bildeten sie eine Art Dimensionstor, durch das man vorherbestimmte Orte des Planeten der vielen Ebenen erreichen konnte. Zwei der insgesamt sieben Tore führten in schreckliche Fallen in Wolffs Lordpalast. Ein unvorsichtiger oder unbefugter Benutzer der Tore konnte also eine ziemlich unschöne Überraschung erleben. Kickaha besah sich die Hieroglyphen in einer Eile, die ihm zwar nicht gefiel, aber unvermeidbar war. Das Licht in der Geheimkammer war diffus, und er konnte die Zeichen kaum erkennen. Jetzt wußte er, daß es ein Fehler gewesen war, hier keine Lichtquelle zurückzulassen. Aber natürlich war es längst zu spät, dies zu ändern. Ihm blieb für nichts anderes mehr Zeit als für eine augenblickliche, unüberlegte Reaktion.

Das Geschrei und Gezeter der Affen hallte und dröhnte in der Höhle. Unwillkürlich glaubte sich Kickaha in das Innere einer Kesselpauke versetzt. Die Affen hatten sich auf ihren krummen und vergleichsweise kurzen Beinen aufgerichtet und brüllten, während sie sich mit dem oberen Armpaar gegen die Brust schlugen. Bevor sie jedoch angreifen konnten, wurden sie von Podarge und ihrer Gefährtin nahezu umgerannt. Die Harpyie und der Adler waren in die Höhle hereingeschossen wie eine Ladung aus einem doppelläufigen Gewehr.

Offenbar hatten die beiden geglaubt, einen in die Enge getriebenen, hilflosen Kickaha vorzufinden. Eigentlich hätte ihnen ihre Erfahrung sagen sollen, daß es gut seid würde, vorsichtig zu sein. Und nun hatten sie drei verwundete und ermüdete, möglicherweise nur noch widerwillig kämpfende *Banths* gegen zwei ungeheuer große, ausgeruhte und aufgebrachte weiße Affen eingetauscht.

Kickaha hätte den nun entbrennenden Kampf gern beobachtet und die Affen angefeuert, aber er wollte sein Glück nicht allzusehr strapazieren. Es gab einige Hinweise darauf, daß sein Glück hier und da schon recht fadenscheinig wurde. Also warf er die beiden Silbersicheln, die in das Palastgefängnis führten, zu Boden und nahm die restlichen fünf an sich. Wenn er durch das Tor trat, würde er die nicht benötigten vier Sicheln mit sich nehmen. Er wollte der Harpyie keine Chance geben. Sollte sie es tatsächlich schaffen, den Affen zu entkommen, würde sie eine der am Boden liegenden Sicheln verwenden und prompt im Palastgefängnis materialisieren.

Kickaha blickte auf die Kämpfenden und verweilte wider besseres Wissen. Er zögerte sein Verschwinden zu lange hinaus.

Plötzlich riß sich Podarge los – obwohl ihre Methode, sich von dem Affen zu lösen, eigentlich besser damit beschrieben wäre, daß sie davongeschleudert wurde, denn sie flog wie ein riesiger Basketball durch die Höhle. Sie krachte in die Geheimkammer hinein, und dies alles geschah so blitzartig, daß Kickaha die Sicheln fallen lassen mußte, um sein Breitschwert kampfbereit in die Rechte nehmen zu können. Podarges Krallen trafen ihn. Kickaha wurde mit einer Wucht, die Leber und Nieren schmerzen ließ, gegen die Wand geworfen. Es gelang ihm nicht einmal

mehr zuzuschlagen. Sie war ihm bereits zu nahe, und er war zu schwer verletzt, um das Schwert noch führen zu können.
Podarge setzte nach. Ihre Klauen verkrallten sich in seinen Oberschenkeln. Er versuchte, sich herumzuwälzen, doch sie hielt eisern fest. Gemeinsam rollten sie herum, und der Schmerz tobte in seinem Körper. Podarge schrie kreischend, ihre Flügelspitzen schlugen in Kickahas Gesicht, gegen seinen Schädel, seinen Hals, seine Schultern.
Trotz des höllischen Schmerzes, trotz der Flügelschläge gelang es ihm endlich, sich zu erheben. Mit einem gewaltigen Schlag, in den er all seine verbliebene Kraft legte, brachte er sie auf Distanz. Seine Faust schnellte gegen ihr Kinn. Im nächsten Augenblick schlug er den Schwertgriff gegen ihre Schläfe. Podarge schielte plötzlich, und ihr Blick wurde starr. Blut quoll aus ihrer Nase. Dann fiel sie nach hinten, und ihre Schwingen falteten sich aus, erinnerten an ausgestreckte menschliche Arme. Aber die Krallen waren immer noch im Fleisch seiner Oberschenkel versenkt. Kickaha biß die Zähne zusammen und brach sie einzeln heraus. Blut sickerte aus der Wunde, rann warm und klebrig an seinen Beinen hinunter und bildete eine Pfütze auf dem Boden.
In dem Moment, als er die letzte Klaue aus der Wunde gerissen hatte, kam der männliche Affe auf allen sechsen in die Geheimkammer gerast. Kickaha reagierte augenblicklich. Er riß das Schwert mit beiden Händen hoch und ließ es auf eine zuschlagende Affenpfote herabsausen. Die Wucht des Aufschlages zitterte ihm über Hände und Arme aufwärts und hätte beinahe seinen Griff gelockert. Aber die Pfote war abgetrennt und zu Boden gefallen. Blut spritzte aus dem Stumpf und näßte Kickaha. Für einen Moment war er von all dem Blut geblendet. Er wischte sich mit dem Handrücken über die Augen, gerade noch rechtzeitig, um zu sehen, wie der Affe kreischend auf zwei Füßen und den ihm noch verbliebenen drei Pfoten floh. Er rannte kopfüber gegen den Adler, der gerade sein grausiges Tun beendet hatte. Mit den Klauen und dem Schnabel hatte er dem Affen-

weibchen die Eingeweide zerfleischt. Jetzt umklammerten sich die beiden Todfeinde und stürzten. Ein fürchterlicher Kampf nahm sein Ende.
In diesem Augenblick erlangte Podarge ihre Besinnung zurück und sprang mit einem Kreischen und wütendem Flügelschlagen vom Boden auf. Kickaha ergriff eine der am Boden liegenden Sicheln, sah, daß die auf der Klinge der Sichel eingravierte Hieroglyphe zu der nächsterreichbaren Sichel vor ihm paßte und setzte, ohne auch nur noch eine Mikrosekunde lang zu zögern, die beiden Enden gegeneinander. Dann wirbelte er herum und hieb auf Podarge ein, die wie wahnsinnig herumtänzelte und versuchte, sich selbst in eine so tollwütige Raserei zu versetzen, daß sie blindlings angreifen konnte. Unter seinen Schlägen wich sie jedoch zurück. Kickaha trat in den Ring, der von den beiden Sicheln gebildet wurde. »Lebe wohl, Podarge!« rief er. »Hoffentlich verfaulst du auf dem Mond!«

Achtzehntes Kapitel

Er hatte ihren Namen noch nicht einmal bis zur Hälfte ausgesprochen, als sich das Tor aktivierte. Ent- und Rematerialisation waren nicht zu spüren. Plötzlich veränderte sich die Umgebung. Er stand nicht mehr in der geheimen Höhlenkammer, sondern wieder innerhalb eines Sichelkreises, an einem anderen Ort. Nachdem sich die Sichelenden berührt und er seine Körpermasse in den Kreis eingebracht hatte, war das Tor nach einer Verzögerung von drei Sekunden aktiviert worden und hatte ihn zu einem Empfangstor abgestrahlt, dessen Frequenz zu dem Tor innerhalb der Höhle paßte. Die Reise durch das undefinierbare Interkontinuum war in Nullzeit vonstatten gegangen.

Er war entkommen. Aber dennoch war er verloren, wenn er nicht sehr schnell etwas unternahm, die starke Blutung der Wunden an den Oberschenkeln zu stillen. Und dann sah er, was für ein Fehler es gewesen war, so vorschnell zu handeln! Er saß in der Gefängniszelle im Palast des Lords! Er hatte die falsche Sichel aufgehoben! Hatte sie in dem Durcheinander irgendwie verwechselt!

Er zerbiß einen Fluch zwischen seinen Zähnen. Dann mußte er daran denken, daß er Wolff gegenüber einmal damit geprahlt hatte, aus dem angeblich so sicheren Kerker entkommen zu können, sollte er sich dort einmal wiederfinden. Kickaha glaubte nicht daran, daß ein Mann, der klug und entschlossen genug war, in einem Gefängnis festgehalten werden konnte. Es mochte lange dauern, bis eine Flucht möglich sein würde, aber sie war durchführbar. Das hatte er damals gesagt.

Jetzt stöhnte er und wünschte, er hätte nicht so großspurige Reden gehalten. Wolff hatte den Kerker sehr solide angelegt. Der

Raum war von fünfundzwanzig Metern festem Gestein ummantelt, und eine materielle Verbindung zur Außenwelt gab es nicht. Dieser Kerker war ein vollständig in sich geschlossenes, autarkes System. Mit einer Ausnahme: Nahrung und Trinkwasser wurden von der Palastküche durch ein Tor herbefördert, das zu klein war, um einen größeren Gegenstand als ein Tablett aufzunehmen.
Es gab Tore in dem Kerker, die es ermöglichten, den Gefangenen in eine andere Zelle zu bringen. Aber diese Tore konnten nur von jemandem aktiviert werden, der sich oben im Palast auskannte.
Kickaha sah sich um. Der Kerker, in dem er sich selbst gefangen hatte, war zylindrisch und knapp dreizehn Meter lang. Der Raum war erleuchtet, eine Lichtquelle war nicht zu sehen, Schatten gab es nicht.
Die Kerkerwände waren von Wolff mit Szenen von dem alten Ursprungsplaneten der Meister der Dimensionen bemalt worden. Wolff hatte nicht damit gerechnet, daß in diesem Kerker je andere Gefangene als Lords einsaßen. Deshalb hatte er zu deren Gefallen diese Gemälde gefertigt. Eine gewisse Grausamkeit lag dennoch in dieser Geste, denn sämtliche Bilder stellten die Weite und die Schönheit der Welt dar. Den Gefangenen mußten diese Darstellungen mit aufdringlicher Gewalt an sein von mächtigen Mauern begrenztes Dasein erinnern.
Die Einrichtungsgegenstände waren hervorragend und in jenem Stil gehalten, der bei den Lords als präexotisches Mittel-Thyamarzan bekannt war. Große Schreibtische und Vitrinen enthielten zahlreiche Dinge für Kurzweil, Vergnügen und Weiterbildung des Gefangenen. Ursprünglich waren diese Einrichtungsgegenstände nicht in den Zellen gewesen, aber nachdem Wolff seinen Palast wieder in Besitz nahm, hatte er sie herbeischaffen lassen. Er hielt nichts mehr davon, seine Gefangenen, und sei es auch nur aus Langeweile, zu foltern. Er stattete die Tische, Schränke, Vitrinen reichlich aus, denn er war oftmals lange abwesend und nicht in der Lage, eventuell einsitzende Gefangene freizulassen.

Bisher hatte dieser Raum noch keine Gefangenen gesehen. Es war eine bittere Ironie des Schicksals, daß ausgerechnet Kickaha, der beste Freund des Hüters dieses Gefängnisses, das erste Opfer war. Und Wolff war ahnungslos.

Hoffentlich, so fügte er inbrünstig hinzu, hoffentlich waren es die Schwarzen Scheller ebenfalls. An drei Stellen würde ein Licht aufleuchten, um anzuzeigen, daß der unterirdische Kerker nun einen Gefangenen beherbergte: eines in Wolffs Schlafgemach, ein zweites auf einer Instrumententafel im zentralen Kontrollraum, ein drittes in der Küche.

Sollte den Schellern eines dieser Lichter auffallen, würden sie erschreckt, zumindest jedoch gereizt reagieren. Und sie würden sich verunsichert fühlen. Es gab für sie keinerlei Möglichkeit zu erfahren, was das Lichtzeichen bedeutete. Die Cyborgs, die in der Küche arbeiteten, wußten es – aber selbst dann, wenn man ihnen eine entsprechende Frage stellte, vermochten sie nicht zu antworten. Sie verstanden jedes Wort, jeden Befehl, aber ihren Mund hatten sie nur, um die Speisen zu schmecken und zu kosten, nicht jedoch, um damit zu reden.

Kickaha dachte darüber nach, während er in den Schränken nach Erste-Hilfe-Einrichtungen suchte. Bald darauf hatte er antiseptische Mittel und Tinkturen für örtliche Betäubung, Medikamente, Verbandsmaterial und alles, was er sonst noch benötigte, gefunden. Nachdem er seine Wunden gereinigt hatte, bereitete er schmale Streifen aus Pseudofleisch zu und legte sie auf, um die starken Blutungen zu stillen. Umgehend begannen die heilenden Kräfte wirksam zu werden, sich voll zu entfalten.

Dann nahm Kickaha einen Schluck Wasser zu sich und öffnete auch eine Flasche mit herrlich kaltem Bier. Er duschte lange und ausgiebig, trocknete sich ab, suchte und fand eine Tablette, die seine überreizten Nerven beruhigte und einen geruhsamen Schlaf garantierte. Aber er beschloß, die Tablette vorerst warten zu lassen. Zuerst wolle er essen und diese Kerkerräumlichkeiten vollständig untersuchen.

Wahrscheinlich war es ratsam, jetzt nicht an Schlaf zu denken. Jede Minute konnte lebenswichtig und entscheidend sein. Er fragte sich, was in Talanac vorging. Was war mit Anana und den Rotbärten geschehen? Vielleicht wurden sie gerade in diesem Augenblick von einer Flugmaschine der Scheller mit Todesstrahlen angegriffen. Und Erich von Turbat – was mochte er in dieser Sekunde tun? Nachdem es ihm gelungen war, Podarge und ihren Gefährtinnen in letzter Sekunde zu entkommen, mußte er mit Swindebarn im Palast rematerialisiert worden sein. Würden sich die beiden von Schellern besessenen Männer damit begnügen, sich zu verkriechen? Oder kehrten sie – Kickaha hielt diese Möglichkeit für weitaus wahrscheinlicher – durch ein anderes Tor auf den Mond zurück? Sicherlich vermuteten sie, daß er dort zurückgeblieben und zur Tatenlosigkeit verurteilt war. Aber sie mochten auch einige Zweifel hegen und mit mindestens einer Flugmaschine sowie einer ganzen Menge Krieger auf dem Mond auftauchen, um ihn aufzuspüren.
Er lachte. Sie waren jetzt dort oben und versuchten verzweifelt, ihn ausfindig zu machen, während er gewissermaßen direkt zu ihren Füßen saß. Natürlich bestand die Möglichkeit, daß die Scheller die Höhle in der Nähe der Ruinenstadt Korad fanden. In diesem Fall würden sie mit den Sicheln, die er hatte zurücklassen müssen, Versuche anstellen. Und dann würde sehr bald ein Scheller in seiner Zelle materialisieren.
Vielleicht war es ein Fehler zu schlafen. Vielleicht war es besser, wach zu bleiben und alles daranzusetzen, so schnell wie möglich aus diesem Kerker zu entkommen.
Kickaha entschied, daß er schlafen *mußte.* Tat er dies nicht, würde er zusammenbrechen oder so träge und langsam werden, daß es leicht war, ihn zu verwunden. Er hatte die Flasche Bier geleert und drei Gläser Wein getrunken und wurde leichtsinnig. So ging er zu einer kleinen, in die Wand eingelassenen Pforte, über der ein Topas in gelbem Licht blitzte. Kickaha öffnete das Portal und nahm ein silbernes Tablett aus der Vertiefung in der

Wand. Auf dem Tablett standen zehn silberne, juwelenbesetzte Schüsseln, und jede enthielt ein hervorragendes Essen. Heißhungrig aß er. Nachdem er alle Schüsseln geleert hatte, stellte er sie mit dem Tablett in die Vertiefung zurück. Nichts geschah, bis er die kleine Tür schloß.

Eine Sekunde später öffnete er sie wieder. Jetzt war die Vertiefung leer. Das Tablett war mitsamt den Schüsseln durch ein Türchen in die Küche befördert worden. Dort würde sich nun ein Talos-Cyborg in Bewegung setzen, Tablett und Schüsseln abwaschen und polieren. In sechs Stunden würde der Talos eine weitere Mahlzeit in das Küchentor stellen und es so zu der im Stein begrabenen Kerkerzelle schicken.

Kickaha wollte wach und bereit sein, wenn diese nächste Mahlzeit materialisierte. Leider gab es in seinem Gefängnis keine Uhren. So mußte er sich auf seine biologische Uhr verlassen, und die war in seiner gegenwärtigen Verfassung denkbar unzuverlässig.

Er zuckte mit den Schultern und sagte sich, daß er es auf einen Versuch ankommen lassen mußte. Und wenn er es dieses Mal nicht schaffte, dann schaffte er es eben beim nächsten Mal. Er brauchte den Schlaf jetzt dringend, denn er wußte nicht, was ihm abverlangt werden würde, wenn er je aus diesem Gefängnis herauskam. Und dieser Kerker war für ihn in der Tat der sicherste Platz im ganzen Universum, solange die Scheller die Tore auf dem Mond nicht fanden.

Kickaha machte sich daran, sein Gefängnis vollends zu erkunden, um sicher sein zu können, daß alles in Ordnung war, und auch, um gegebenenfalls Gebrauch von noch unentdeckten nützlichen Einrichtungen machen zu können. Er ging zu einer Tür, die am entgegengesetzten Ende der Zelle lag, öffnete sie und trat in einen kleinen, kahlen Vorraum. Er öffnete die Tür an der gegenüberliegenden Wand und betrat eine weitere Zelle mit zylindrischem Grundriß. Auch dieser Raum mochte knapp dreizehn Meter lang sein, war luxuriös dekoriert und in einem anderen Stil möbliert. Allerdings veränderten die Einrichtungsgegenstände immer wieder ihre Gestalt. Näherte er sich einem Diwan, einem Stuhl oder einem Tisch, so glitt der betreffende Gegenstand einfach davon. Ging Kickaha schneller, erhöhte auch das Möbelstück seine Fluchtgeschwindigkeit – und zwar gerade in dem Maße, daß es stets außer Reichweite blieb. Und die anderen Möbel glitten seitwärts davon, wenn sich Jäger und Gegenstand näherten.

Dieser Raum diente dazu, den Gefangenen zu amüsieren, zu verwirren und möglicherweise in Wut zu bringen. Er sollte dazu beitragen, seine Gedanken von seiner eigenen mißlichen Lage abzulenken.

Kickaha gab den Versuch auf, einen Diwan zu fangen, und verließ den Raum durch eine Tür am anderen Ende. Genau wie die anderen Türen schloß sich auch diese völlig lautlos hinter ihm. Er wußte, daß man die Türen nur von der anderen Seite her öffnen könnte, versuchte es aber dennoch weiter, für den Fall, daß Wolff ein Fehler unterlaufen war. Aber die Tür bewegte sich nicht. Die Tür vor ihm tat sich auf. Wieder stand Kickaha in einer kleinen, kahlen Kammer. Dann folgte ein Künstleratelier, und der nächste Raum, gut viermal so groß wie das Atelier, war eine Schwimmhalle. Es gab einen ständigen Zufluß von kühlem, klarem Wasser. Auch dieses Wasser wurde durch ein Dimensionstor herbefördert und floß durch ein ebensolches Tor wieder ab. Der Zufluß, ein vergittertes Loch, befand sich in der Mitte des Beckenbodens. Kickaha untersuchte die Anlage und setzte dann seinen Erkundungsrundgang fort.

Der anschließende Raum war so groß wie der erste und enthielt Gymnastikgeräte. Das Schwerkraftfeld war hier nur etwa halb so stark wie das der Welt der vielen Ebenen, das wiederum in etwa dem der Erde entsprach. Viele Geräte wirkten selbst auf einen so weitgereisten Mann wie Kickaha exotisch. Lediglich einige Seile, die an Deckenhaken angebracht waren, sowie Stangen für Kletterübungen zogen sein Interesse auf sich. Aus einem Seil

machte er sich ein Lasso. Er legte es mehrere Male über seine Schulter, um es mitzunehmen. Dann ging er weiter.
Insgesamt wanderte er durch vierundzwanzig Räume, wobei sich jeder vom anderen unterschied. Schließlich gelangte er wieder in jenen Raum, von dem aus er seinen Rundgang gestartet hatte.
Jeder andere Gefangene hätte nun vermutet, daß die Räume miteinander verbunden waren und eine kreisrunde Kette bildeten. Kickaha aber wußte, daß dies nicht stimmte. Es gab keine materiellen Verbindungen zwischen den einzelnen Räumen. Jeder einzelne war vom nächsten durch eine dreizehn Meter dicke Granitwand getrennt.
Der Übergang von einem Raum zum nächsten wurde durch Tore bewirkt, die in die Türrahmen der Vorräume eingesetzt waren. Öffnete man eine Tür, so aktivierte man das Tor, und der Gefangene wurde augenblicklich in einen völlig identischen Vorraum transmittiert.
Vorsichtig betrat Kickaha die Kammer, von der aus er aufgebrochen war. Er wollte keine unliebsamen Überraschungen erleben; immerhin konnte in der Zwischenzeit ein Scheller angekommen sein.
Der Raum war leer. Aber Kickaha konnte nicht sicher sein, ob nicht doch ein Scheller angekommen und wie er selbst auf Erkundung gegangen war. Er stapelte drei Stühle aufeinander und trug sie in den nächsten Raum, jenen mit den schwer greifbaren Einrichtungsgegenständen. Er wählte einen Diwan für sich aus und warf das Lasso. Die Schlinge verfing sich an einem grotesk modellierten Vorsprung an der Oberseite des Möbels. Im nächsten Moment veränderte dieser Vorsprung seine Form. Da er sich jedoch nur innerhalb bestimmter Grenzen verwandeln konnte, hielt das Lasso. Als Kickaha näher heranging, reagierte der Diwan und bewegte sich von ihm fort. Kickaha ließ sich zu Boden fallen und hielt das Seilende fest umklammert. Der Diwan zog ihn mit sich, versuchte auszubre-

chen, aber Kickaha hielt sich fest. Die dicken Teppiche verhinderten, daß er sich ernsthafte Verletzungen zuzog, aber die leichten Aufschürfungen, die er sich einhandelte, waren schmerzhaft genug. Endlich konnte er sich an dem Diwan festhalten und sich hinaufziehen. Das Ding gab seine wilde Flucht auf, kam zum Stillstand. Sekundenlang schien es zu beben, dann erhärteten sich seine Konturen, und es wurde so stabil und bewegungslos wie ein ganz gewöhnliches Möbelstück. Allerdings würden sich seine besonderen Eigenschaften in dem Moment wieder bemerkbar machen, wenn Kickaha abstieg.

Kickaha knotete ein Ende des Lassos an den Vorsprung des Diwans. Dann warf er die Schlinge über die hohe Lehne eines Stuhles, der ganz in der Nähe stand. Der Stuhl bewegte sich erst, als Kickaha versuchte, ihn zu sich heranzuziehen. Kickaha sprang von dem Diwan herunter und unternahm eine ganze Reihe von Manövern, um die beiden mit dem Seil miteinander verbundenen Möbel in die Nähe des Einganges zu treiben. Mit den anderen Seilen und verschiedenen Gegenständen, die er als Gewichte benutzte, baute er eine *Rubè-Goldberg-Vorrichtung* auf. Der zugrunde liegende Gedanke war: Welches Wesen auch immer durch den Eingang dieses Zimmers trat – es mußte in die Schlinge treten, die auf dem Boden ausgelegt war. Die herannahende Masse des Eindringlings würde dafür sorgen, daß Diwan und Stuhl die Flucht ergriffen, und dies würde dafür sorgen, daß sich die Schlinge um den Fußknöchel des Störenfrieds zusammenzog. Ein Ende der ausgelegten Schlinge war an dem Seil befestigt, das zwischen Diwan und Stuhl gespannt war. Ein anderes Seil verband den Diwan mit einem goldenen, mit Smaragden und Türkisen besetzten Kronleuchter. Um den Stift herausziehen zu können, der den Kronleuchter mit der Decke verband, hatte Kickaha, auf dem obersten der drei mitgebrachten Stühle stehend, einen Balanceakt vollbringen müssen. Er hatte den Stift nicht völlig herausgezogen, sondern gerade so weit, daß der Kronleuchter nicht zu Boden fiel. Dies, so hoffte Kickaha, würde erst dann geschehen, wenn Diwan und Stuhl sich bewegten und das Seil spannten. Und wenn Kickahas Berechnungen stimmten, würde der Leuchter genau auf denjenigen herunterfallen, der in der Schlinge gefangen war.

Eigentlich erwartete er nicht, daß es funktionierte. Er glaubte nicht daran, daß irgend jemand so unaufmerksam sein konnte und die am Boden ausgelegte Schlinge nicht sah. Doch er wollte auch die kleinste Chance nicht verschenken – immerhin waren diese und die nächste Welt mit Dummköpfen und tolpatschigen Idioten reichlich gesegnet.

Kickaha begab sich in das Künstleratelier. Hier hob er einen großen Plastikball auf, der sehr gut verformbar war und, nachdem man eine Chemikalie unter die Haut des Materials geschossen hatte, so fixiert werden konnte, daß er eine gewünschte Form beibehielt. Er nahm den Ball und eine Injektionsnadel in die Schwimmhalle mit, tauchte auf den Grund des Beckens hinab, stopfte das Plastik fest über den Abfluß und formte eine Scheibe. Anschließend fixierte er das Ganze mit der Chemikalie.

Dann tauchte er zur Oberfläche empor und zog sich aus dem Becken. Der Wasserspiegel begann bereits merklich anzusteigen. Es war so, wie er gehofft hatte: Zwischen Ein- und Abfluß gab es weder Regulierung noch Rückkopplung, und so sprudelte weiterhin Wasser in das Becken, obwohl der Abfluß verstopft war. Das hatte Wolff nicht bedacht. Aber es gab ja eigentlich auch keinen Grund, sich hierüber Gedanken zu machen. Wenn es der Wunsch eines Gefangenen war, sich zu ertränken, dann stand es ihm frei, den Wunsch in die Tat umzusetzen.

Kickaha verließ die Schwimmhalle und begab sich in den nächsten Raum. Hier stapelte er einige Möbelstücke und Statuen gegen die Tür, frottierte sich trocken und legte sich schlafen. Niemand konnte diesen Raum betreten, ohne sich zuvor großen Schwierigkeiten aussetzen zu müssen. Darauf vertraute er. Und außerdem würde jeder, der hier hereinkam, eine Menge Lärm machen.

Schlagartig und mit dem Gefühl, daß Glöckchen klingelten, die an seinen Nervenenden befestigt waren, erwachte er. Sein Herz schlug so schnell wie die Flügel eines Moorhuhnes beim Abflug. Irgend etwas war in seine Träume hineingepoltert.
Kickaha sprang hinter dem Diwan hervor, das Schwert in der Faust. Er kam gerade noch rechtzeitig genug hoch, um zu sehen, daß ein Mann inmitten eines Wasserschwalls auf dem Boden aufschlug. Im nächsten Moment schloß sich die Tür automatisch. Der Mann keuchte, als hätte er längere Zeit den Atem angehalten.
Es war ein langbeiniger, kräftig gebauter Bursche mit einer blassen Haut, großen Sommersprossen und dunklem Haar, das in trockenem Zustand zweifelsfrei rotblond schimmerte. Der Mann trug keinen Handstrahler bei sich. Seine einzigen Waffen schienen ein Dolch sowie ein Kurzschwert zu sein. Er trug keine Rüstung, sondern nur eine kurzärmelige, rote Tunika mit breitem Ledergürtel. Gelbe Saumbänder schmückten die Tunika.
Kickaha sprang hinter dem Diwan hervor und hielt das Schwert in der erhobenen Rechten. Der Mann war erschrocken und sah, daß er sich nicht mehr rechtzeitig genug erheben konnte, um sich zu verteidigen. Und als er sah, daß Kickaha ihm die Möglichkeit ließ, sich zu ergeben, beschritt er den einzigen Weg, den ein kluger Mann in seiner Situation beschreiten konnte.
Kickaha sprach den Mann in der Sprache der Lords an. Der Mann blickte ihn verwundert an und antwortete in deutscher Sprache. Daraufhin wiederholte Kickaha seinen Befehl auf deutsch, dann befahl er dem Mann aufzustehen und sich auf einen Stuhl zu setzen. Der Mann zitterte, wobei schwer zu sagen war, ob dieses Zittern von dem kalten Wasser oder von der Furcht vor Kickaha hervorgerufen wurde.
Die Tatsache, daß der Mann fließend deutsch sprach, genügte, um Kickaha davon zu überzeugen, daß er keinen Scheller vor sich hatte. Er sprach die Sprache eines Ureinwohners der Einhorner Berge. Offensichtlich hatten sich die Scheller nicht

den unbekannten Gefahren der Tore aussetzen wollen und deshalb entbehrliche Leute hineingeschickt.
Der Mann hieß Pal Do Shuptarp, und er erzählte Kickaha alles, was er wußte. Er erklärte, daß er ein Unterbaron war, dem das Kommando der Schloßgarnison des Königs Erich von Turbat, dem Herrn von Eggesheim, oblag. Er war zurückgeblieben, während die Invasion nach Talanac getragen worden war. Dann waren von Turbat und von Swindebarn plötzlich wieder aufgetaucht. Sie waren irgendwo aus dem Innern des Schlosses gekommen und befahlen der Garnison und anderen Truppen, ihnen in einen magischen Raum im Schloß zu folgen. Erich von Turbat hatte erklärt, daß sich ihr Erzfeind Kickaha momentan auf dem Mond aufhalte, es notwendig sei, durch Zauberei und unter Zuhilfenahme weißer Magie dorthin zu gelangen, um ihn aufzuspüren. Kein Wort hatte von Turbat darüber verlauten lassen, was den Soldaten in Talanac passiert war.
»Sie sind alle tot«, sagte Kickaha. »Aber hat von Turbat mit euch selbst gesprochen?«
»Nein, durch einen Priester«, erwiderte Do Shuptarp, »wie er das schon seit einiger Zeit macht.«
»Und ihr habt euch darüber keine Gedanken gemacht? Ist euch dieses Verhalten eures Königs nicht seltsam vorgekommen?«
Do Shuptarp zuckte mit den Schultern. »Mit einem Mal geschahen so viele seltsame Dinge. Des Königs Verhalten war nur eine Merkwürdigkeit unter vielen. Außerdem behauptete Erich von Turbat, eine göttliche Offenbarung des Meisters empfangen zu haben. Er habe die Gabe der heiligen Sprache erhalten, und es sei ihm fortan verboten, in einer anderen Sprache zu sprechen. Dies sei der Wille des Lords – jeder solle wissen, daß Erich von Turbat begnadet sei.«
»Eine verdammt gute Erklärung – und eine ebenso gute Ausrede«, bemerkte Kickaha.
»Eine magische Flugmaschine erschien über dem Schloß«, er-

zählte Do Shuptarp weiter. »Sie landete, und wir halfen, sie in ihre Einzelteile zu zerlegen. Diese Teile trugen wir anschließend in jenen Raum, aus dem heraus wir auf magische Weise auf den Mond versetzt werden sollten.«

Es war eine erschütternde Erfahrung, sich innerhalb eines Augenblicks auf den Mond versetzt zu finden, und den Planeten, auf dem man eben noch gelebt hatte, freischwebend im Nichts hängen zu sehen. Ein riesiger Planet, der auf den Mond herabzustürzen und alles zu zermalmen drohte. Aber ein Mensch ist in der Lage, sich an fast alles zu gewöhnen.

Die Höhle im Hügelhang war entdeckt worden, als man auf den Leichnam eines Adlers stieß, dem Beine und Schädel fehlten. In der Höhle hatte man zwei tote Affen sowie einen weiteren toten Adler gefunden. In einer Höhlenkammer lagen fünf Sicheln am Boden. Als Kickaha dies hörte, wußte er, daß Podarge durch eines der Tore entkommen war.

Erich von Turbat hatte zehn seiner besten Ritter ausgewählt, um die Tore auszuprobieren. Je zwei Krieger sollten in einen Kreis treten. So hoffte er, Kickaha ausfindig zu machen und töten zu können.

»Du bist nicht allein?«

»Karl von Rothadler ist in meiner Begleitung hier angekommen«, sagte Do Shuptarp. »Er ist tot. Oh, er trat nicht in diese Schlinge, die auf dem Boden ausgelegt war. Er trat nicht hinein, obwohl er so schnell in den Raum hineingestürmt ist, daß er sich beinahe darin verfangen hätte. Karl war ganz groß darin, einfach vorwärtszustürmen, ein Schwert zu schwingen – warum, zum Teufel, soll man auch erst Fragen stellen. Er rannte also hinein, und der Diwan und der Stuhl rasten vor ihm davon. Ich weiß nicht, wie du es gemacht hast, sie zu verhexen, aber du mußt ein mächtiger Zauberer sein. Der Stift, der den Kronleuchter an der Decke hielt, wurde herausgezogen, und das gewaltige Ding fiel Karl von Rothadler auf den Schädel.«

»Also funktionierte die Falle, wenngleich auch nicht ganz so, wie ich es geplant hatte«, meinte Kickaha. »Wie bist du durch die überflutete Schwimmhalle gekommen?«

»Nach Karls Tod versuchte ich, den Weg, den ich gekommen war, zurückzugehen. Aber die Tür ließ sich nicht öffnen. Also wandte ich mich der anderen Tür zu. Es fiel mir schwer, sie zu öffnen. Ich drückte mit aller Kraft dagegen. Wasser spritzte durch den Spalt. Ich hörte auf zu drücken. Aber ich wußte, daß ich nicht umkehren konnte, sondern weitergehen mußte. Wieder drückte ich die Tür auf. Der Wasserdruck war sehr stark, und es gelang mir nicht, die Tür völlig zu öffnen. Die Wassermassen, die mir entgegenschwappten, warfen mich beinahe um. Aber ich schaffte es schließlich hindurchzukommen, denn ich bin ziemlich stark. Bis ich es geschafft hatte, den Vorraum zu durchqueren, war er voller Wasser. Dann schloß sich die Tür hinter mir, und ich befand mich in der großen Kammer, die völlig überflutet war.

Das Wasser war klar, und das Licht war hell. Wäre dies anders gewesen, wäre ich wahrscheinlich ertrunken, bevor ich die andere Tür hätte finden können. Ich schwamm der Decke entgegen, weil ich hoffte, dort einen Zwischenraum mit atembarer Luft zu finden. Aber es gab keinen solchen Zwischenraum. Der Wasserdruck mußte die Tür geöffnet und Wasser sowie Luft in den anschließenden Raum gedrängt haben. Aber die Tür hatte sich selbständig wieder geschlossen. Als ich den nächsten Vorraum erreichte, stand auch in ihm das Wasser bereits hüfthoch. Inzwischen öffnete der Druck auch die Tür zu diesem Raum. Ich wartete ab, bis sie sich wieder schloß und war fest entschlossen, es beim nächsten Mal zu versuchen. Als sie sich wieder zu öffnen begann, drückte ich, die Füße fest gegen den Boden gestemmt, die Tür vollends auf. Ich wurde vorwärts geschleudert und kam hier heraus, wie ein schiffbrüchiger Matrose, der von einem Sturm auf eine einsame Insel geworfen wird. Nun, du warst ja Zeuge meiner Ankunft.«

Eine volle Minute lang schwieg Kickaha und dachte an die

mißliche Lage, in die er sich und diesen Burschen hineinmanövriert hatte. Er hatte dafür gesorgt, daß die Schwimmhalle überflutet wurde – und irgendwann in nächster Zukunft würden sämtliche vierundzwanzig Gemächer vom Wasser erobert worden sein.

»Na gut«, sagte er dann. »Wenn mir nicht etwas einfällt, wie wir ganz schnell hier herauskommen, dann ist es um uns geschehen!«

Do Shuptarp wurde noch bleicher, als Kickaha erläuterte, wie das zu verstehen war. Kickaha schilderte auch, was kürzlich geschehen war, und ging bei dem Kapitel *Schwarze Scheller* sogar ins Detail.

Nachdem Kickaha geendet hatte, sagte Do Shuptarp: »Jetzt verstehe ich manches, was mir, uns allen, bisher unverständlich war. Früher verlief das Leben normal. Ich war gerade dabei, mich auf eine Drachenjagd-Expedition vorzubereiten. Und plötzlich riefen von Turbat und von Swindebarn einen Heiligen Krieg aus, versicherten, der Lord, der Herrgott, werde uns leiten, wenn wir die Stadt auf der tieferliegenden Ebene angreifen würden. Und es wurde befohlen, die drei Ketzer ausfindig zu machen, die sich in dieser Stadt versteckt hielten.

Die meisten von uns hatten noch nie von Talanac, den Tishquetmoacs oder von einem Mann namens Kickaha gehört – wohl aber von dem Räuberbaron Horst von Horstmann. Dann sagte uns von Turbat, daß uns der Lord magische Mittel gegeben habe, um es uns zu ermöglichen, von einer Weltenebene zur nächsten zu gelangen. Und er erklärte, warum er sich ausschließlich der Sprache des Lords bediente. Jetzt sagst du mir, daß die Seelen meines Königs, von Swindebarns und einiger anderer Männer verschlungen und ihre Körper von Dämonen in Besitz genommen worden sind!«

Kickaha sah ein, daß der Söldner noch immer nicht alles verstand, aber er versuchte nicht, ihn eines anderen zu belehren. Wenn Do Shuptarp in abergläubischen Bahnen denken wollte, mochte er dies tun. Wichtig war jetzt nur, daß er nun wußte, daß die beiden Könige nur Masken waren und eine schreckliche Gefahr darstellten.

»Kann ich dir vertrauen, Do Shuptarp?« fragte Kickaha. »Wirst du mir jetzt, wo du die Wahrheit kennst, helfen? Bist du davon überzeugt, daß du nun die Wahrheit kennst? Obwohl all dies natürlich unwichtig ist, wenn wir nicht aus dieser Falle herauskommen, bevor wir ertrinken!«

»Ich will dir ewige Treue schwören«, versicherte der Mann.

Kickaha war von dem Schwur nicht restlos überzeugt, aber er wollte Do Shuptarp nicht töten. Und vielleicht konnte er ihm nützlich sein. Also sagte er ihm, er solle seine Waffen an sich nehmen und vor ihm her zu jenem Raum gehen, in dem sie angekommen waren. Als sie den Raum erreichten, suchte Kickaha nach einem Aufnahmegerät. Es dauerte nicht lange, und er hatte eines gefunden. Dies war eine der vielen Maschinen und Apparaturen, mit denen sich ein Gefangener unterhalten konnte. Er nahm den glänzendschwarzen Würfel, der drei Zentimeter maß, drückte den roten Sensorpunkt an dessen Unterseite und begann in der Sprache der Lords zu sprechen. Dann berührte er einen seitlich angebrachten weißen Knopf, und seine Worte wurden wiedergegeben.

Dann wartete Kickaha ab. Stunden schienen zu vergehen. Dann endlich leuchtete der Topas über der kleinen Wandpforte blitzend auf. Kickaha öffnete die Tür und nahm das Tablett heraus, auf dem eine Mahlzeit für zwei Personen angerichtet war. Oben, in der Palastküche, mußten inzwischen zwei Lichter blinken, und die Talos-Cyborgs, die dies bemerkten, hatten entsprechende Vorkehrungen getroffen.

»Iß!« forderte Kickaha Do Shuptarp auf. »Möglicherweise kann es ziemlich lange dauern, bis du wieder eine Mahlzeit bekommst. Wenn überhaupt ...«

Do Shuptarp zuckte zusammen. Kickaha versuchte, langsam zu essen, aber dann bewogen ihn das plötzliche, leichte Aufklappen der Tür sowie das hereinströmende Wasser doch, die Mahlzeit

hinunterzuschlingen. Die Tür schloß sich und öffnete sich kurz darauf erneut. Wieder schwappte Wasser herein.
Kickaha stellte die geleerten Schüsseln auf das Tablett und schob es in die Wandvertiefung hinein. Er hoffte, daß sich die Cyborgs sofort um das Geschirr kümmern konnten und nicht etwas Vordringlicheres zu tun hatten. Denn wenn sie sich zu spät um das Tablett und speziell um den Inhalt einer bestimmten Schüssel kümmerten, konnte für die beiden Gefangenen jede Hilfe zu spät kommen.
Der Würfel, den er in diese Schüssel gelegt hatte, gab unablässig seine Anweisungen wieder. Er hatte den weißen Sensorpunkt dreimal berührt, und somit war sichergestellt, daß die Nachricht sechzigmal abgespielt wurde. Wenn allerdings die Talos-Cyborgs das Tablett erst dann aus der Empfangshalterung herausnahmen, wenn die Aufnahme abgespielt war ...
Der Topas blinkte plötzlich nicht mehr. Kickaha hob die Tür an. Das Tablett war verschwunden. »Wenn der Talos meine Befehle befolgt, haben wir es geschafft«, sagte er zu dem Teutonen. »Zumindest kommen wir hier heraus. Und wenn mir der Talos nicht gehorcht, dann *blub, blub, blub* und Schluß mit all unseren Sorgen.«
Er forderte Do Shuptarp auf, ihm in den Vorraum zu folgen. Dort standen sie vielleicht sechzig Sekunden lang. »Wenn nicht bald etwas passiert, können wir einpacken ...«

Neunzehntes Kapitel

Sie standen auf einer runden, grauen Metallscheibe in einem großen Raum. Die Einrichtungsgegenstände waren exotisch und gehörten der frühen Rhadamanthischen Periode an. Wände und Fußboden bestanden aus rosaroten und pechschwarz gemasertem Stein. Es gab weder Türen noch Fenster, obwohl eine Wand ein Fenster zu sein schien, das einen Blick ins Freie gewährte.

»Bestimmt existieren Lichtsignale, die anzeigen, daß wir uns nun in dieser Zelle befinden«, vermutete Kickaha. »Wir wollen hoffen, daß sich die Scheller nicht vorstellen können, was diese Signale zu bedeuten haben.«

Wenn all diese unerklärlichen Lichter aufleuchteten, mußten die Scheller in Panik geraten. Zweifellos durchstreiften sie die Räumlichkeiten und Korridore des Palastes, um herauszufinden, ob – und wenn ja, wo – etwas nicht stimmte.

Im gleichen Augenblick bewegte sich ein Teil der scheinbar massiven Wand und verschwand seitwärts im Innern der Mauer. Kickaha setzte sich in Bewegung und verließ als erster den Raum. Ein Talos, etwa zwei Meter zehn groß und wie ein Ritter gerüstet, erwartete sie. Er übergab Kickaha den schwarzen Würfelrecorder.

»Ich danke dir«, sagte Kickaha. »Betrachte uns genau. Ich bin dein Herr. Dieser Mann an meiner Seite ist mein Diener. Du wirst uns beiden dienen, Talos. Es sei denn, dieser Mann unternimmt etwas, das mir schaden könnte. Sollte dies geschehen, so mußt du ihn von dem Versuch, mir zu schaden, abhalten. Die anderen Lebewesen, die sich in diesem Palast aufhalten, sind meine Feinde. In dem Moment, da du eines oder mehrere dieser Wesen siehst, wirst du sie angreifen und töten. Zuerst aber nimmst du diesen Würfel, nachdem ich eine Nachricht hineingesprochen habe, und trägst Sorge dafür, daß die anderen Cyborgs meine Worte zu hören bekommen. Ich teile ihnen mit, daß sie meine Feinde angreifen und töten sollen. Hast du alles verstanden, Talos?«

Der Talos-Cyborg salutierte und zeigte so, daß er verstanden hatte. Kickaha sprach in den Würfel und justierte ihn so, daß seine Worte tausendmal abgespielt wurden. Daraufhin reichte er ihn dem Talos. Noch einmal salutierte das gerüstete Wesen, wandte sich dann um und stapfte davon.

»Sie führen jeden Befehl hervorragend und zufriedenstellend aus«, sagte Kickaha. »Aber der letzte, der bei ihnen Gehör findet, ist ihr Herr. Wolff wußte dies, lehnte es aber ab, die Konstruktion zu ändern. Er war der Ansicht, daß sich dieses Charakteristikum eines Tages möglicherweise zu seinem Vorteil nutzen ließ. Außerdem war es nicht sehr wahrscheinlich, daß irgendein Eindringling hiervon erfahren und von seinem Wissen Gebrauch machen könnte.«

Daraufhin erklärte Kickaha Do Shuptarp, wie er mit einem Strahler umzugehen hatte – für den Fall, daß er einen in die Hände bekommen sollte. Und dann machten sie sich auf den Weg zur Waffenkammer des Palastes. Um die zu erreichen, mußten sie die ganze Etage dieses Palastflügels durchqueren und dann sechs Stockwerke hinabsteigen. Es war anzunehmen, daß die Scheller die Aufzüge benutzten, und deshalb beschloß Kickaha, die Treppen in Anspruch zu nehmen.

Ehrfurchtsvoll registrierte Do Shuptarp die Großartigkeit des Lord-Palastes. Die Größe der Kammern und deren Einrichtungsgegenstände – jeder Raum enthielt genügend Schätze, um damit sämtliche Königreiche Drachenlands kaufen zu können –, ließ ihn zu einer nach Luft ringenden, sabbernden, kriecherischen Kreatur zusammenschrumpfen. Er wollte stehenbleiben, um zu schauen, zu fühlen und möglicherweise die Taschen füllen zu können. Aber die absolute Stille und der unermeßliche Reichtum vermittelten ihm offenbar die Empfindung, sich an einem äußerst geheiligten Ort zu befinden, und dies schüchterte ihn ein.

»Tagelang können wir hier umherstreifen, ohne auch nur einer anderen Seele zu begegnen«, sagte er.

»Das ist richtig«, entgegnete Kickaha. »Aber ich weiß, wohin wir zu gehen haben.« Und insgeheim fragte er sich, wie einsatzfähig sein Gefährte wohl sein würde, wenn es hart auf hart ging. Unter normalen Umständen mochte er ein erstklassiger Krieger sein. Allein sein Verhalten in dem mit Wasser überfluteten Gemach bewies, daß er mutig und anpassungsfähig war. Aber im Palast des Lords zu sein, war für ihn ein beängstigendes, die Gegenwart Gottes spürbar machendes Erlebnis. So wie er mußte ein irdischer Christ empfinden, der in das Reich Gottes versetzt worden war und feststellen mußte, daß es der Teufel übernommen hatte.

Nicht weit vom Fuß der Treppe entfernt roch es nach geschmolzenem Metall und Plastik sowie verbranntem Protoplasma. Vorsichtig schob sich Kickaha vorwärts, bis er um die Ecke sehen konnte.

Etwa dreißig Meter entfernt lag ein Talos mit dem Gesicht nach unten. Sein gepanzerter Arm war von einem Strahlenschuß von seiner Schulter abgetrennt worden und lag unweit von dem regungslosen Körper.

Zwei Schwarze Scheller – daß es sich um Schwarze Scheller handelte, ersah Kickaha aus den Kästchen, die sich auf dem geharnischten Rücken befanden – waren ebenfalls tot. Der Talos mußte ihnen das Genick gebrochen haben, denn ihre Schädel lagen in einem unnatürlichen Winkel zum Rumpf. Die noch lebenden beiden Schwarzen Scheller hielten ihre Handstrahler schußbereit und sprachen aufgeregt miteinander. Einer der beiden hielt das, was von dem schwarzen Würfelrecorder übriggeblieben war, in seiner Rechten. Bei diesem Anblick grinste Kickaha. Der Recorder war durch einen Strahlschuß zerstört worden und hatte die Wiedergabe seiner Befehle eingestellt. Die

Scheller würden nie erfahren, warum sie von dem Talos angegriffen worden waren und welche Botschaft in dem Würfel gespeichert gewesen war.

»Somit sind neunundzwanzig Scheller erledigt. Verbleiben noch einundzwanzig«, kommentierte Kickaha lakonisch und zog sich zurück.

»Jetzt werden die Burschen auf der Hut sein«, murmelte er. »Hätte es diesen Zwischenfall nicht gegeben, wäre die Waffenkammer unbewacht gewesen. Aber jetzt, wo sie wissen, daß sich irgend etwas oder irgend jemand gegen den Wind herangepirscht hat, werden sie Wachen aufstellen. Gut, versuchen wir es also auf andere Art und Weise. Es könnte gefährlich werden, natürlich, aber was ist schon ganz und gar ungefährlich? Wir kehren um und gehen wieder nach oben.«

Kickaha führte Do Shuptarp zu einem Raum im sechsten Stockwerk, der ungefähr zweihundert Meter lang und einhundert Meter breit war. Zahlreiche Tiere und auch einige intelligente Lebewesen aus anderen Universen waren ausgestopft und hier ausgestellt worden. Die Gefährten kamen an einem durchsichtigen Würfel vorbei, in dem eine libellenähnliche Kreatur, halb Insekt, halb Mensch, eingebettet lag. Aus ihrem Schädel wuchsen Fühler hervor, und in ihrem Gesicht befanden sich riesige, aber ziemlich menschlich wirkende Augen. Die Taille war schmal, die Beine waren dünn und mit einem rosaroten Flaum überzogen, die vier Arme dürr. Aus dem mächtigen, buckligen Rücken ragten vier Schmetterlingsflügel, die seitwärts abstanden.

Obwohl es jetzt vordringlich war zu handeln, blieb Do Shuptarp stehen, um das fremde Wesen zu betrachten. »Dieses Ausstellungsstück ist zehntausend Jahre alt«, erklärte Kickaha. »Es ist ein *Kwiswas*, ein Käfermensch, ein Produkt aus Ananas Biolaboren. So jedenfalls wurde es mir gesagt. Einst überfiel der Meister dieser Welt die Welt seiner Schwester und stellte einige Exemplare dieser Gattung für sein Museum sicher. Wie ich hörte, soll dieser *Kwiswas* Ananas Liebhaber gewesen sein. Aber man kann nicht alles glauben, was man zu hören bekommt, besonders dann nicht, wenn man es von einem Lord zu hören bekommt, der es wiederum von einem anderen Lord hörte. Außerdem ist all das schon vor langer, langer Zeit geschehen ...«

Die ungeheuer großen Augen der Kreatur schienen ihn durch den durchsichtigen Kunststoff hindurch anzustarren. So starrten sie schon seit zehntausend Jahren, fünftausend Jahre, bevor auf der Erde die erste Zivilisation begründet wurde. Obwohl Kickaha sie schon früher gesehen hatte, empfand er wieder dieses Gefühl heiliger Scheu, des Unwohlseins und Wissens um die eigene Bedeutungslosigkeit. Wie stark und klug hatte dieses Wesen darum gekämpft, sein Leben zu bewahren, genauso, wie Kickaha nun um sein eigenes Leben kämpfte. Und doch war es gestorben, wie auch er würde sterben müssen. Ausgestopft stand es hier, dazu verdammt, mit blinden Augen den Kampf anderer zu beobachten. Alles war vergänglich ...

Kickaha schüttelte den Kopf und blinzelte. Es war angenehm zu philosophieren, wenn man dies unter angemessenen Umständen tat. Die derzeitigen Umstände waren aber beileibe nicht angemessen. Abgesehen davon kam der Tod zu jedermann, selbst zu denjenigen, die ihm so raffiniert und konsequent aus dem Wege gingen wie er. Immerhin mochte es eine weitere Minute seines Lebens wert sein, darüber nachzusinnen, vorausgesetzt natürlich, daß die Überlegungen der bisher verstrichenen Minute nicht gänzlich überflüssig gewesen waren.

»Die Lebensgeschichte dieses ... dieses Dinges würde mich interessieren«, murmelte Do Shuptarp.

»Unsere Geschichte wird ein ähnliches Ende finden, wenn wir uns nicht beeilen«, erwiderte Kickaha.

Er ging weiter, blieb vor der Wand stehen, drehte einen Vorsprung der Wanddekoration um 160 Grad nach rechts, dann um 160 Grad nach links und schließlich zwei volle Umdrehungen rechts herum. Ein Teil der Wand glitt zurück. Erleichtert atmete Kickaha auf. Die durch die Unsicherheit hervorgerufene An-

spannung fiel von ihm ab. Er war nicht völlig sicher gewesen, sich des richtigen Codes zu erinnern, und es bestand immerhin die Möglichkeit, daß eine falsche Bedienung fatale Reaktionen auslöste. Möglichkeiten gab es viele: Giftige Gase oder Dämpfe konnten ihm ebenso plötzlich entgegenschnellen wie ein Strahl, der ihn innerhalb eines Sekundenbruchteils halbierte.
Er zog Do Shuptarp mit sich. Der Teutone setzte an zu protestieren. Als er an Kickahas Seite in einem lichtlosen Schacht tiefer und tiefer stürzte, begann er zu schreien. Kickaha gab ihm eine Ohrfeige und zischte: »Still, Do Shuptarp! Uns wird nichts passieren!«
Sie stürzten tiefer, und der Wind riß ihm die Worte von den Lippen. Do Shuptarp strampelte weiterhin, aber als sich ihr Fall verlangsamte, wurde er merklich ruhiger. Kurz darauf schienen sie bewegungslos zu verharren. Die Wände ringsum erhellten sich, und sie konnten erkennen, daß sie nur noch ganz langsam fielen. Einige Meter über und unter ihnen war der Schacht in völlige Dunkelheit getaucht. Das Licht folgte ihnen, hatte sich ihrer Fallgeschwindigkeit angeglichen. Und dann erreichten sie die Sohle des Schachtes. Kein Staubkörnchen hatte sich hier niedergelassen, obwohl Dunkelheit und Stille vermuten ließen, daß dieser Ort seit Hunderten von Jahren kein lebendes Wesen gesehen hatte.
»Selbst jetzt könnte mir noch das Herz versagen!« knurrte der Teutone ärgerlich.
»Ich mußte es auf diese Art tun«, erwiderte Kickaha. »Hättest du gewußt, was dich erwartet, wärest du niemals fähig gewesen, dich zu überwinden, mir zu folgen. Es wäre einfach zuviel von dir verlangt gewesen.«
»Du bist auch gesprungen«, bemerkte Do Shuptarp.
»Natürlich, aber ich hatte Gelegenheit, es mindestens zwanzigmal zu üben. Auch mir fehlte der Mut, bevor ich sah, wie Wolff es mehrere Male tat.« Er grinste. »Trotzdem war ich mir dieses Mal nicht sicher, ob das Feld aktiviert war. Immerhin hätte es

von den Schellern desaktiviert sein können. Wäre dies nicht ein toller Spaß gewesen?«

Do Shuptarp schien dies überhaupt nicht lustig zu finden. Kickaha wandte sich ab und machte sich daran, aus diesem Schacht herauszukommen. Um dies zu vollbringen, mußte er mit den Fingerknöcheln einen ganz bestimmten Code gegen die Schachtwandung klopfen. Ein Mauerteil glitt zur Seite, und die Gefährten konnten einen etwa zehn mal zehn Meter umfassenden, gut ausgeleuchteten Raum mit weißen Wänden betreten. Im steinernen Fußboden waren zwölf Silbersicheln eingelassen, und weitere zwölf Sicheln, alle ohne Kennzeichnung, hingen an Wandhaken. Ansonsten war der Raum völlig leer.

Kickaha streckte eine Hand aus, um Do Shuptarp zurückzuhalten. »Keinen Schritt weiter!« zischte er. »Dieser Raum ist gefährlich, solange man nicht ein Ritual absolviert hat, das den Raum besänftigt. Und ich bin nicht sicher, ob ich mich an dieses Ritual vollständig erinnern kann.«

Der Teutone schwitzte, obwohl die Luft hier unten kühl war und nur ein leichter Luftzug wehte. »Ich ... ich wollte dich schon fragen, weshalb wir zuerst durch die Korridore des Palastes gelaufen sind, anstatt gleich hierher zu gehen«, meinte er. »Jetzt verstehe ich.«

»Hoffentlich verstehst du es auch weiterhin«, gab Kickaha doppelsinnig zurück. Vom Eingang des Raumes aus ging er drei Schritte vorwärts. Dann bewegte er sich seitwärts, bis er an der Wand stand und die äußerste rechte Silbersichel auf gleicher Höhe hatte. Er drehte sich einmal um sich selbst und ging dann direkt auf die Sichel zu. Seinen Arm hielt er dabei steif im rechten Winkel zum Boden ausgestreckt. Nachdem seine Fingerspitzen die Sichel berührt hatten, sagte er: »In Ordnung, Soldat. Jetzt kannst du hier herumlaufen, wie es dir Spaß macht – glaube ich.«

Aber das Lächeln verschwand aus seinem Gesicht, als er die Sicheln betrachtete. »Eines dieser Tore wird uns in die Waffen-

kammer versetzen. Aber welches? Das zweite von rechts ... oder das dritte? Ich weiß es nicht mehr.«
Do Shuptarp erkundigte sich, was passierte, wenn man das falsche Sicheltor wählte.
»Eines – ich weiß nicht, welches – würde uns im zentralen Kontrollraum materialisieren lassen«, antwortete er. »Durch dieses Tor würde ich gehen, wenn ich einen Strahler hätte oder wüßte, daß die Scheller es versäumt haben, zusätzliche Massendetektoren und Alarmvorrichtungen im Kontrollzentrum einzurichten. Und wenn ich wüßte, welches Tor dorthin führt.
Ein anderes Tor würde uns in das Gefängnis zurückversetzen, aus dem wir gerade kommen, ein drittes auf den Mond und ein weiteres zur atlantischen Ebene. Die Justierungen der anderen Tore kenne ich nicht mehr genau. Ich weiß nur noch, daß es ein Tor gibt, das den Passagier in ein Universum transmittiert, in dem anzukommen nicht sonderlich wünschenswert ist – um es mal vorsichtig auszudrücken.«
Do Shuptarp fröstelte und sagte: »Ich bin ein tapferer Mann und habe dies auf dem Schlachtfeld bewiesen. Aber hier fühle ich mich wie ein kleines Kind, das sich in einem Wald voller Wölfe verlaufen hat!«
Kickaha antwortete nicht, obwohl er Do Shuptarps Offenheit begrüßte. Er konnte sich nicht zwischen der zweiten und der dritten Sichel entscheiden. Und doch mußte er sich für eine entscheiden, denn den Schacht, durch den sie gekommen waren, konnte man, wie so viele Wege in diesem Palast, nur in einer Richtung begehen.
»Ich bin ziemlich sicher, daß es die dritte Sichel ist«, sagte Kickaha schließlich. »Wolffs Verstand bevorzugt die Zahl drei oder ein Vielfaches davon. Aber ...«
Er unterbrach sich, zuckte mit den Schultern. »Zur Hölle damit! Wir können nicht ewig hierbleiben!«
Er paßte die dritte Sichel von rechts an die in den Boden eingelassene dritte Sichel von links an. »Ich erinnere mich daran,

daß die beweglichen Sicheln mit den entgegengesetzt liegenden stationären Sicheln zusammenpassen«, kommentierte er. Dann erklärte er Do Shuptarp sorgfältig die Benutzung eines Tores und schilderte dann, was ihnen beiden möglicherweise bevorstand. Daraufhin traten sie in den Kreis, der von den beiden Sicheln gebildet wurde. Etwa drei Sekunden lang warteten sie. Weder eine spürbare Bewegung noch ein Flackern zeigte den Übergang an, und doch befanden sie sich plötzlich in einem Raum von etwa einhundert mal einhundert Metern Größe. Bekannte und fremdartige Waffen sowie Rüstungen lagerten in Regalen, die an den Wänden angebracht waren, oder in Gestellen und Ständern, die auf dem Boden standen.

»Wir haben es geschafft«, freute sich Kickaha. Er trat aus dem Kreis und fuhr zu sprechen fort: »Und jetzt besorgen wir uns einige Handstrahler samt zugehörigen Energiemagazinen, Seile, einen Aufklärungsgeschoß-Lenker und eine ganz bestimmte Art von Brillen ... Ach ja, ein paar Nahbereichs-Neutronenhandgranaten werden wir auch mitnehmen ...«

Er nahm außerdem noch zwei gut ausgewogene Wurfmesser an sich. Do Shuptarp übte indessen im hinteren Teil der Waffenkammer mit seinem Strahler. Er zielte und feuerte auf eine etwa sechs Zentimeter dicke Metallscheibe ... und traf. Innerhalb von fünf Sekunden war sie zerschmolzen. Kickaha schnallte sich eine Metallbox, die mehrere Spähgeschosse, Energiesende- und -empfangsgeräte für die Geschosse sowie die audiovisuellen Brillen enthielt, über den Harnisch.

Kickaha hoffte, daß die Scheller noch nicht darauf gestoßen waren. Denn wenn ihre Wachen, die irgendwo in den Korridoren des Palastes herumlungerten, bereits mit den Spähgeschossen ausgerüstet waren (und somit, ohne selbst gesehen zu werden, um Ecken spähen konnten), dann hieß es Abschied nehmen.

Das Portal der Waffenkammer war von Wolff höchstpersönlich verriegelt worden, und – soweit Kickaha in der Lage war, dies festzustellen – noch nicht von Unbefugten geöffnet worden. Es gab mehr als genug Sicherungen, um unbefugten Personen den Zutritt in die Waffenkammer unmöglich zu machen. Für eine Person, die sich in der Waffenkammer befand, gab es allerdings keinerlei Schwierigkeiten, diese zu verlassen. Kickaha war erleichtert. Den Schellern war es also noch nicht gelungen, hier einzudringen, und das bedeutete auch, daß sie keine Spähgeschosse besaßen. Es sei denn, sie hatten solche Geschosse in den anderen Universen erbeutet und mitgebracht. Aber da die Piloten der Flugmaschinen keine Spähgeschosse verwendet hatten, war diese Befürchtung ziemlich unbegründet.

Kickaha setzte die audiovisuelle Brille über Augen und Ohren und lenkte, den Kontrollkasten in beiden Händen haltend, ein Spähgeschoß durch das geöffnete Portal der Waffenkammer. Das Geschoß erinnerte an das Papierflugzeug eines Schuljungen. Es war knapp drei Zentimeter lang und durchsichtig; die winzigen farbigen Teile vermochte man nur zu sehen, wenn das Licht in einem ganz bestimmten Winkel auftraf. Die Spitze enthielt ein Auge sowie ein Ohr, und anhand der Brille konnte Kickaha nun mit dem Auge des mechanischen Spähers in einem seltsamen, begrenzten Blickfeld sehen und mit dessen Ohr ganz nach Wunsch leise oder laut hören.

Er lenkte den Späher hierhin und dorthin, sah, daß sich niemand vor der Waffenkammer aufhielt und schob die Brille von seinen Augen. Er nickte Shuptarp zu, und beide verließen die Kammer. Kickaha schloß das Portal hinter sich. Er wußte, daß sowohl die Verriegelung als auch die Aktivierung der Waffen- und Schutzsysteme automatisch erfolgen würde.

Die Gefährten setzten sich in Bewegung. Auf geraden Strecken lenkte er das Spähgeschoß mit bloßem Auge, und wenn er um Ecken sehen wollte, streifte er die Brille über seine Augen.

Kickaha und Do Shuptarp legten mit dem Späher etwa zehn Kilometer zurück, schritten lange Korridore entlang, stiegen Treppen hinauf und wieder hinunter, verließen einen Palastflügel und durchquerten einen anderen, um das Zentrum des

Palastes zu erreichen, in dessen Eingeweide der Kontrollraum eingebettet war. Sie brauchten ziemlich lange, aber schließlich befanden sie sich nicht auf einem Spaziergang. Sie mußten vorsichtig sein.
Dieser Teil des Palastes war direkt am Abgrund des weißen Monolithen errichtet worden, und einmal kamen die Gefährten an einem riesigen Fenster vorbei. Do Shuptarp blickte hinaus und wurde fast ohnmächtig, als er die Sonne sah. Sie lag *unter* ihm. Er mußte hinunterblicken, um sie zu sehen. Und er sah die in einem Umkreis von achthundert Kilometern flache Ebene von Atlantis, dann, tiefer, einen Teil der nächsten Weltenebene und noch tiefer schließlich nur noch einen Splitter der dritten Ebene. Dieser Anblick ließ ihn blaß werden.
Kickaha zog ihn vom Fenster fort und versuchte, den turmartigen Aufbau des Planeten und die Kreisbahn der winzigen Sonne zu erklären. Da sich der Palast auf dem Gipfel des höchsten Monolithen des Planeten befand, lag er in der Tat über der Bahn der Sonne, die etwa in Höhe des mittleren Monolithen verlief.
Der Teutone erklärte, daß er dies verstehe. Stets hatte er die Sonne nur von jener Weltenebene aus gesehen, auf der er zu Hause war. Und natürlich vom Mond aus. Aber beide Male schien die Sonne hoch am Himmel zu stehen.
»Wenn du meinst, daß dieses Erlebnis furchterregend ist«, sagte Kickaha, »dann solltest du irgendwann einmal über den Rand der tiefsten Weltenebene schauen ...«
Sie betraten den Hauptteil des Palastes, der auch das Kontrollzentrum beherbergte, und kamen noch langsamer voran. Sie schritten eine brobdingnagianische Säulenhalle entlang, an deren Wänden Spiegel angebracht waren, die nicht das äußerliche, sondern das innere Bild des Vorübergehenden wiedergaben. Wie Kickaha erklärte, spürte jeder dieser Spiegel die Schwingungen eines ganz bestimmten Hirnbereiches auf, fügte diese dann zu Musik, Farben und Unterschallwellen zusammen und gab sie als visuelle Bilder wieder. Einige dieser Bilder waren schrecklich,

andere wiederum schön, einige unglaublich obszön und etliche sogar von göttlicher Bedrohlichkeit.

»Sie sind völlig bedeutungslos«, sagte Kickaha. »Es sei denn, der Betrachter versucht zu interpretieren, welche Bedeutung sie für ihn haben. Eine objektive Bedeutung haben sie nicht.«

Do Shuptarp war froh, weitergehen zu können. Dann erreichten sie den Fuß einer Treppe, die breit genug war, um Soldaten in Zehnerreihen genügend Platz für eine Parade zu lassen. Diese Treppe wand sich in die Höhe, immer höher und höher hinauf, schien nie zu enden und direkt in den Himmel hineinzuführen.

Zwanzigstes Kapitel

Irgendwann bat der Teutone darum, eine Ruhepause einzulegen. Kickaha nickte zustimmend. Wieder ließ er den Späher aufsteigen. Unterhalb des Stockwerks, in dem die Kontrollzentrale eingerichtet war, hielten sich keine Scheller auf. Auf den ersten sechs Stufen der Treppe waren Kickaha und sein Gefährte auf die verbrannten und zerschmolzenen Körper von zehn Talos-Cyborgs gestoßen. Zweifellos hatten sie versucht, die Scheller im Kontrollzentrum anzugreifen. Und dabei waren sie vernichtet worden. Das Killerding kauerte am Ende der Treppe. Es war ein kleiner schwarzer Kasten auf Rädern. Auf einem langen, dünnen Hals aus grauem Metall saß ein winziger Kolben, der jede sich bewegende Masse im Umkreis von maximal vierzehn Metern aufspürte und sofort zerstrahlte.

Der Schädel des Dings pendelte vor und zurück, um die Stufen vollkommen überschauen zu können. Dennoch bemerkte er Kickahas Spähgeschoß nicht, als es über ihn hinwegraste. Das bedeutete, daß der Schlangenhals, wie Kickaha das Killerding bezeichnete, so justiert war, daß er nur auf eine größere Masse ansprach.

Kickaha wendete das Geschoß und schickte es auf den Weg zum Doppelportal des Kontrollzentrums. Das Portal war verschlossen. Durch das Auge des Spähers sah Kickaha, daß überall an den Korridorwänden kleine Scheiben befestigt worden waren: Massendetektoren. Die Reichweite ihrer Felder war jedoch begrenzt. In der Mitte des Korridors mußte es eine schmale Schneise geben, die sie jetzt, da sie vorgewarnt waren, entlanggehen konnten, ohne Alarm auszulösen. Aber es mußten auch verschiedene visuelle Alarm- und Warnvorrichtungen existieren. Kickaha glaubte nicht, daß die Scheller diese außer acht ließen. Langsam steuerte er das Spähgeschoß knapp unterhalb der Decke entlang, um zu verhindern, daß es gesichtet wurde. Und dann entdeckte er die Vorrichtungen. Sie waren in den von den Schellern ausgehöhlten Schädeln zweier Büsten verborgen.

Vorsichtig lenkte Kickaha das Geschoß zurück und nahm die Brille ab. Dann führte er Do Shuptarp die Treppe hinauf. Sie waren noch nicht weit gegangen, als sie den Gestank von verbranntem Plastik und Protoplasma wahrnahmen. Und dann kamen sie auf jener Etage an, auf der das Blutbad stattgefunden hatte. Kickaha bedeutete dem Teutonen stehenzubleiben. »Wenn ich mich nicht irre«, sagte er, »so haben sich jetzt sämtliche noch lebenden Scheller im Kontrollzentrum verkrochen. Also liegt es jetzt bei uns, sie auszuräuchern oder auf sie loszustürmen, bevor sie uns ergreifen. Du wirst unsere Rückendeckung übernehmen, Do Shuptarp. Halte deine Augen offen! Im Kontrollzentrum gibt es viele Tore, durch die man zu anderen Punkten innerhalb dieses Palastes gelangen kann. Wenn die Scheller diese Tore entdeckt haben, werden sie sie auch benutzen. Also sei wachsam!«

Er hielt sich gerade noch außerhalb des Gesichtskreises des Schlangenhalses und außerhalb der Reichweite des Strahlers. Kickaha setzte sich auf eine Stufe, begann das Ende seines dünnsten Seiles zu zerfasern und befestigte es schließlich an seinem Späher. Nachdem dies getan war, setzte er die Brille wieder auf und ließ das Geschoß, das Seil im Schlepptau, hinaufschweben. Das Gewicht des Seiles war hinderlich, und der Späher kam nur langsam vorwärts. Der Schlangenhals suchte indessen nach wie vor den vor ihm liegenden Bereich ab, schickte jedoch weder dem Späher noch dem Geschoß einen vernichtenden Strahl entgegen. Zweifellos – er reagierte nur auf größere Körper. Aber das hieß noch lange nicht, daß er den Vorgang gänzlich unbeachtet ließ. Vielleicht stellte er ein Bild auf einen Monitor des Kontrollzentrums durch. Wenn die Scheller den Späher und das Seil erblickten, würden sie sich sehr beeilen, aus

dem Kontrollzentrum herauszugelangen und ihn und Do Shuptarp über die Brüstung hinweg abzuschießen. Kickaha wies seinen Gefährten an, die Galerie zu beobachten und sofort auf alles zu schießen, was sich dort oben bewegte. Der Späher glitt an dem Schlangenhals vorbei und beschrieb eine Kurve. Kickaha holte ihn zu sich zurück. Er schob die Brille von den Augen. Gleich darauf band er das Seil los, ergriff die beiden Enden und zog vorsichtig daran, um sich zu vergewissern, daß es festsaß, riß schließlich ruckartig daran. Der Schlangenhals wurde nach vorn gerissen und schepperte die Stufen hinunter. Schließlich blieb er halb auf der Seite liegen. Der Hals mit dem Auge bewegte sich noch immer hin und her, sondierte jedoch in die entgegengesetzte Seite. Kickaha näherte sich dem Killerding von hinten, drehte eine Armatur an dessen Rückseite und desaktivierte es damit.
Er hob den Schlangenhals auf und trug ihn, unter einen Arm geklemmt, wieder hinauf. Dabei hielt er den Strahler schußbereit in der rechten Hand. Als er die Galerie beinahe erreicht hatte, setzte er die Killermaschine auf den Boden zurück und drehte sie so, daß sie zu der Büste am Ende des Korridors, gegenüber dem Portal des Kontrollzentrums, blickte. Dann justierte er den Schlangenhals neu und sah zu, wie er sich in Bewegung setzte und außer Sichtweite rollte. Gleich darauf war ein berstendes Krachen zu hören. Kickaha senkte die Brille wieder über die Augen und Ohren und schickte das Spähgeschoß los, um zu sehen, was geschehen war. Wie er gehofft hatte, war der Schlangenhals durch den Korridor gekrochen, bis er die Masse des Podestes mit der Büste registriert hatte. Er hatte sofort reagiert und geschossen. Der Strahl hatte das hohle Podest zerstört, und die Büste war zu Boden gekracht. Jetzt lag der Schädel auf der Seite, und die mit Videokameras bestückten Augenhöhlen starrten zur Wand hinüber. Der Schlangenhals hatte seinen Strahler auf die gefallene Büste gerichtet.
Kickaha stürmte wieder die Stufen hinunter und bog in den

Korridor ein. Von der Galerie aus war er jetzt nicht mehr zu sehen, selbst dann nicht, wenn man sich vorbeugte, um das Treppenhaus völlig zu übersehen. Er schob die Brille wieder über die Augen und lenkte sein Spähgeschoß in eine Position direkt oberhalb des Doppelportales. Der Späher schwebte dicht an der Wandung entlang, seine Nase war senkrecht nach unten geneigt. Kickaha wartete. Minuten vergingen. Schon wollte er die Brille wieder absetzen, um sich zu vergewissern, daß Do Shuptarp wachsam war. Aber er unterdrückte diesen Impuls. Er mußte bereit sein, wenn sich dort oben die Portale öffneten.
Und im gleichen Augenblick öffneten sie sich tatsächlich. Ein Periskoprohr wurde herausgeschoben und drehte sich nach beiden Seiten. Wenig später zog es sich zurück. Ein blonder Kopf kam an seiner Stelle langsam zum Vorschein, und gleich darauf folgte der Körper. Geduckt rannte der Scheller zum Schlangenhals hinüber und desaktivierte ihn. Kickaha war enttäuscht, denn er hatte gehofft, daß die Killermaschine den Scheller rechtzeitig genug bemerken und ihn zerstrahlen würde. Aber der Schlangenhals sondierte lediglich den vor ihm liegenden Bereich und reagierte auf nichts anderes.
Die Büste selbst war vollständig zerstört worden. Der Scheller betrachtete sie eine Weile, hob dann den Schlangenhals auf und nahm ihn mit sich in den Kontrollraum hinein. Kickaha schickte das Spähgeschoß durch den oberen Teil des Portals und hinauf in die höherliegenden Teile des Raumes, der groß genug war, um einen mittleren Flugzeugträger aufzunehmen. Er jagte den Späher unterhalb der Decke bis zur gegenüberliegenden Wand, ließ ihn dort zu Boden sinken und hinter einem Kontrollpunkt verharren. Bild- und Tonübertragung wurden schlagartig schwächer, was ihn vermuten ließ, daß die Portale des Kontrollzentrums wieder geschlossen worden waren. Obwohl der Späher innerhalb einer begrenzten Reichweite auch durch feste Materie hindurch seine Beobachtungen mitteilen konnte, verlor er dabei doch viel von seiner Wirksamkeit.

Ein Mann namens Zymathol berichtete einem anderen Mann, der Arswurd hieß, von dem seltsamen Verhalten der Killermaschine. Er erklärte, daß er den Schlangenhals durch eine andere Maschine ersetzt habe und nun hoffe, daß diese nicht ebenfalls versage. Die Kamera habe er nicht ausgewechselt, denn die zweite Kamera am gegenüberliegenden Ende des Korridors konnte ebenfalls den gesamten wichtigen Bereich überwachen. Zymathol bedauerte, daß sie so sehr damit beschäftigt waren, über Laserstrahl oder Funk Kontakt mit Erich von Turbat zu bekommen, der immer noch auf dem Mond war. Wäre dies anders gewesen, hätten sie möglicherweise die Monitore im Auge behalten und gesehen, was vor sich gegangen war.
Kickaha hätte gerne weiter gelauscht, aber er mußte seine Aktion vorantreiben. Er desaktivierte das im Kontrollzentrum stationierte Spähgeschoß und band das Ende des Seiles an einen anderen Späher. Wieder sandte er ihn hinauf, ließ ihn über dem neuen Schlangenhals wenden und zurückkommen. Und wieder riß er die Killermaschine um. Sie kollerte die Treppe noch weiter als die andere herab und kam erst wenige Stufen oberhalb der zerstörten Cyborgkörper am Fuß der Treppe zum Stillstand.
Der eigentliche Schlangenhals der Maschine, der den tödlichen Laser enthielt, war nach oben gerichtet. Kickaha kroch an die Maschine heran, griff über den Körper hinweg und desaktivierte die Maschine. Dann trug er auch sie die Stufen hinauf, setzte sie ab und schickte sie gegen Podest und Büste am anderen Ende des Säulenkorridors los. Kickaha befand sich schon wieder am Fuß der Treppe, hatte die Brille vor den Augen und ein weiteres Spähgeschoß auf den Weg geschickt, bevor das Krachen ertönte. Der Späher übermittelte die Detonation.
Das Auge des Spähers ließ ihn sehen, daß sein Trick erneut erfolgreich gewesen war. Er ließ den Späher wenden, um das Portal beobachten zu können. Lange Zeit geschah nichts. Schließlich schaltete er um zu dem im Kontrollzentrum stationierten Späher.

Zymathol behauptete gerade, es sei ein zu großer Zufall, daß die zweite Killermaschine nun ebenfalls versagt hatte. Er sei der Ansicht, daß irgend etwas Verdächtiges, Gefährliches dort draußen vorgehe. Aber er wolle nicht wieder hinausgehen und nachsehen.
Arswurd erwiderte, daß sie hinausgehen mußten, ob sie nun wollten oder nicht. Einen Eindringling durften sie nicht frei herumlaufen lassen – er mußte getötet werden. Denn vermutlich sei dieser Eindringling niemand anders als Kickaha. Wer außer ihm könnte schon in den Palast gelangt sein, wo doch alle Verteidigungssysteme aktiviert waren und ihn somit uneinnehmbar machten?
Zymathol entgegnete, Kickaha könne unmöglich der Eindringling sein, denn von Turbat und von Swindebarn wären längst nicht mehr auf dem Mond, um nach ihm zu suchen, wenn er sich dort nicht mehr aufhalten würde.
Jetzt wunderte sich Kickaha. Was hielt von Turbat noch auf dem Mond? Er mußte doch wissen, daß sein Feind durch das Sicheltor in der Höhlenkammer entkommen war. Oder war von Turbat so mißtrauisch, so beeindruckt von der Verschlagenheit seines Erzfeindes, daß er glaubte, er habe seine Flucht durch das Tor nur vorgetäuscht? Aber wenn diese Vermutung zutraf – was veranlaßte von Turbat dann zu dem Glauben, daß er sich noch auf dem Mond aufhielt?
Bestürzung und Angst ergriffen Besitz von ihm. Konnte es möglich sein, daß ihm Anana durch das Tor auf den Mond gefolgt war? Wurde sie jetzt dort oben von den Schellern gejagt? Es war durchaus möglich, und das bedrückte Kickaha.
Zymathol sagte, nur Kickaha könne in der Lage gewesen sein, die Talos-Cyborgs gegen sie zu kehren. Und Arswurd antwortete, dies sei ein weiterer Grund, sich einer derartigen Gefahr zu entledigen. »Ja – aber wie?« fragte Zymathol.
»Indem wir hier sitzen bleiben, jedenfalls nicht«, bemerkte Arswurd.

»Dann geh du hinaus und suche nach ihm«, sagte Zymathol.
»Das werde ich tun«, antwortete Arswurd.
Kickaha fand die Tatsache interessant, daß die Unterhaltung in derart menschlichen Bahnen verlief. Obwohl die Scheller künstlichen Ursprungs waren, hatten sie doch nichts mit Maschinen vom Fließband gemein, sondern wiesen sämtliche Feinheiten menschlicher Persönlichkeiten auf.
Arswurd erhob sich und ging zum Portal, aber Zymathol rief ihn zurück. Es sei nicht ihre Pflicht, unnötige Risiken einzugehen, meinte er. Nur noch wenige ihrer Art existierten, so daß selbst der Tod eines einzelnen ihre Hoffnung auf den Sieg schmälerte. Und im Augenblick kämpften sie nicht einmal mehr um den Sieg, sondern um das Überleben. Wer hätte gedacht, daß ein *Leblabbiy* sie so offen und schonungslos zu töten vermochte? Kickaha war nicht einmal ein Lord, sondern nur ein menschliches Wesen.
Zymathol erwiderte, es sei ihre Pflicht zu warten, bis die beiden Anführer zurückgekehrt waren. Man konnte sie nicht erreichen. Irgend etwas störte die Bemühungen, die Verbindung mit ihnen herzustellen.
Kickaha hätte ihnen sagen können, was diese Bemühungen störte, und daß sie zwecklos waren. Die Struktur des Raum-Zeit-Kontinuums dieses Universums war es, die unverzerrte Übertragungen von Funk oder Laserstrahlen verhinderte. Sollte beispielsweise ein Pilot versuchen, mit einer Flugmaschine von der Welt der vielen Ebenen aus den Mond zu erreichen, würde er im Leerraum zwischen den beiden Himmelskörpern zerschellen. Es gab nur eine Möglichkeit, von der Welt der Ebenen zum Mond zu reisen – durch die Dimensionstore.
Die beiden Scheller unterhielten sich weiter. Sie waren nervös. Neunundzwanzig ihrer Artgenossen waren tot, zwei hielten sich in Nimstowls, zwei in Judubras und weitere zwei in Ananas Universum auf. Und sie beide waren hier, im Kontrollzentrum des Palastes der Welt der vielen Ebenen. Zymathol meinte, es sei

gut, die anderen herbeizurufen, damit sie ihnen Hilfe leisten konnten. Oder, was noch besser wäre: Sie alle zogen sich aus diesem Universum zurück und versiegelten sämtliche Tore. Warum sollte man es nicht für alle Zeiten isolieren? Wenn Kickaha dieses Universum haben wollte, dann mochte er es haben. In der Zwischenzeit konnten sie an einem sicheren Ort Millionen neuer Scheller die Existenz schenken. Und bereits in zehn Jahren würden sie bereit sein, die Meister der Dimensionen auszulöschen.

Aber Erich von Turbat – die Scheller nannten ihn Graumgrass – war außergewöhnlich starrköpfig. Es war vorauszusehen, daß er sich weigern würde, den Befehl zum Rückzug zu geben. Darin waren sich die beiden Scheller einig.

Kickaha erkannte, daß Arswurd, obwohl er immer wieder darauf bestand, daß es notwendig war, das Kontrollzentrum zu verlassen, um den Eindringling aufzuspüren, nicht wirklich hinausgehen wollte. Er wollte nur seinem Gefährten gegenüber tapfer erscheinen. Die beiden schienen nicht solche kalten, streng logisch denkenden, unerträglich emotionslosen Wesen zu sein, wie Anana sie ihm beschrieben hatte. Überhörte man bestimmte Ausdrücke ihrer Unterhaltung, hätte man meinen können, daß sich zwei einfache Soldaten irgendeines Landes, irgendeiner Welt miteinander unterhielten. Einen Augenblick lang fragte sich Kickaha, ob es nicht möglich wäre, mit den Schellern zu verhandeln. Vielleicht gaben sie sich damit zufrieden, einen Platz auf dieser Welt einzunehmen, wie andere intelligente Wesen es auch taten.

Aber diese Überlegung verschwand schnell wieder aus seinen Gedanken. Die Scheller zogen es vor, Körper menschlicher Wesen zu übernehmen. Niemals würden sie in ihren metallenen Schellen eingeschlossen bleiben wollen, zu verlockend waren die Freuden und Vorzüge des Fleisches. Nein, sie wären nicht damit zufrieden, in ihren Schellen zu leben. Sie würden weiterhin menschliche Gehirne entleeren und in enteignete Körperhüllen

einziehen. Dieser Krieg würde bis zum bitteren Ende geführt werden. So lange, bis eine der Parteien vernichtet war.
In diesem Augenblick hatte er das Gefühl, die Last der ganzen Welt ruhe allein auf seinen Schultern. Wenn die Scheller ihn töteten, konnten sie tun und lassen, was sie wollten, denn es gab nur wenige, die von ihrer Existenz, ihrer Identität und ihren Absichten wußten. Und diese wenigen würden ebenfalls sehr bald sterben müssen. Dies war seine, Kickahas Welt, wie er oft geprahlt hatte. Und er war der glücklichste Mensch zweier Welten gewesen, denn ihm als einzigen Erdenmenschen war es gelungen, durch die Barriere zu gelangen, die die beiden Universen voneinander trennte. Diese Welt, dic Welt der vielen Ebenen, war weitaus schöner und interessanter als die Erde, und er hatte sie zu seiner Welt gemacht, mehr als dies Wolff hatte tun können. Jetzt waren Freude und Lohn dahin und durch eine Verantwortung ersetzt, die überwältigend erschien. Über diesen Aspekt hatte er noch gar nicht nachgedacht, vielleicht, weil er den Gedanken nur schwer ertragen konnte.
Für einen Mann mit einer solchen Verantwortung hatte er zu unbekümmert gehandelt. Aber war nicht gerade dies ausschlaggebend gewesen? War er nicht gerade deshalb so lange am Leben geblieben? Wäre er sich seiner Wichtigkeit bewußt gewesen und dementsprechend mit großer Vorsicht vorgegangen – längst schon hätte man ihn gefangen oder getötet. Möglicherweise hätte er wieder entkommen können, wäre dann aber kampfunfähig gewesen, weil ihn die Verantwortung paralysiert hätte. Ob unbekümmert oder nicht – er mußte so wie bisher weitermachen. Wenn diese Strategie allerdings falsch war, würde er bald zu einer Episode der Vergangenheit werden, während den Schellern Gegenwart und Zukunft gehörte. Er mußte es darauf ankommen lassen.
Kickaha schaltete zu seinem dritten Späher um und brachte ihn an der Wand direkt über der Doppeltür an. Dann legte er Steuergerät und Brille neben sich und informierte Do Shuptarp

darüber, was er als nächstes zu tun gedachte. Der Teutone hielt Kickahas Idee für die Ausgeburt eines Wahnsinnigen, aber er stimmte zu, denn er selbst hatte keine Idee, die sinnvoller erschien. Sie ergriffen einen Talos und zerrten den Körper, der nahezu fünfhundert Pfund wog, die Stufen hinauf. Auf der Galerie angekommen, schleiften sie den Cyborg den Korridor entlang, wobei sie sorgsam darauf achteten, keinen Masse-Alarm auszulösen. Sie hielten sich innerhalb der neutralen Schneise. Vor der Doppeltür des Kontrollzentrums bauten sie den Talos auf und zogen sich dann hastig, ohne jedoch unvorsichtig zu werden, zum nächsttieferen Stockwerk zurück.

Nachdem sich Kickaha sichernd umgesehen hatte, setzte er die Brille wieder auf. Er senkte den über dem Portal schwebenden Späher, brachte ihn in eine Position seitlich von dem bewegungslosen Cyborg und ließ ihn dann gegen dessen behelmten Schädel schießen. Die Wucht des Aufpralls zerstörte den Späher, so daß Kickaha die Wirkung des Manövers nicht mehr beobachten konnte. Rasch sandte er ein weiteres Spähgeschoß aus und stationierte es über dem Portal. Der Cyborg war so gefallen, wie er sich dies gewünscht hatte. Kopf und Schulterpartie waren im Bereich des Detektorfeldes zu liegen gekommen. Im Kontrollzentrum mußten sämtliche Alarmsysteme angesprochen haben. Nichts geschah. Die Türen öffneten sich nicht. Kickaha wartete so lange, bis er die Spannung nicht mehr länger aushalten konnte. Obwohl es sehr wichtig war, den Späher seine Stellung über dem Portal beibehalten zu lassen, ließ er ihn zu Boden sinken und schaltete zu dem Späher innerhalb des Kontrollzentrums um. Außer der rückwärtigen Seite des Kontrollpultes vermochte er nichts zu sehen. Zu hören war ebenfalls nichts. Die Alarmsysteme schwiegen, mußten also desaktiviert worden sein. Die Scheller sprachen kein Wort miteinander und verursachten keinerlei Geräusch. Selbst jetzt, da Kickaha den empfindlichen Lautverstärker auf höchste Leistung gestellt hatte, war nichts zu hören.

Er schaltete zu dem Späher außerhalb des Kontrollzentrums zurück. Nach wie vor waren die Türen geschlossen, und so wechselte er wieder zu dem Spähgerät im Kontrollzentrum über. Immer noch völlige Stille.

Was ging hier vor? Spielten sie mit ihm? Wollten sie sehen, wer die besseren Nerven besaß? Wollten sie ihn provozieren, in den Raum zu stürmen?

Er schaltete wieder auf das Geschoß im Kontrollraum um und schickte es am Boden entlang zur Wand zurück. Dann ließ er es langsam aufsteigen. Bis in eine Entfernung von einem halben Meter voraus war die Sicht gestochen scharf. Alles, was weiter entfernt lag, war nur undeutlich zu erkennen. Kickaha wollte seinen Späher bis zur Decke aufsteigen lassen und ihn dann behutsam niedersenken, in der Hoffnung, die Scheller auszumachen, bevor sie das Geschoß entdeckten. Der Späher war, verwendete man ihn wie ein Geschoß, eine tödliche Waffe. Aber jetzt war sein Gesichtskreis begrenzt, und man mußte schon sehr nahe an das Opfer herankommen, um es töten zu können. Wenn einer der Scheller aufschreien würde, wäre Kickaha vielleicht in der Lage, den Späher losjagen zu lassen, bevor ihn der Scheller zerstören konnte. Es war eine minimale Chance, aber er war bereit, sie notfalls zu nutzen.

Kickaha hatte den Späher ungefähr dort absteigen lassen, wo er das Kontrollpult vermutete, hinter dem er versteckt gewesen war. Ohne Ergebnis kam er am Boden an. Kickaha ließ ihn wieder schweben und kreisen, aber das Ergebnis blieb erneut negativ. Die Scheller waren nicht aufzuspüren. Er weitete das Suchgebiet aus. Natürlich bestand die Möglichkeit, daß die Scheller den Späher bemerkt hatten und sich nun außerhalb seiner Sichtweite versteckten.

Aber diese Taktik war nur dann sinnvoll, wenn sie den Herrn des Spähers beschäftigt halten wollten, während einige den Raum verließen, um nach ihm zu suchen. Es war unwahrscheinlich, daß sie genau wußten, wie das Spähergeschoß funktionierte. Sie mußten sich aber darüber im klaren sein, daß dessen Sendebereich begrenzt war und sein Herr also in der Nähe sein mußte.

Er wies Do Shuptarp an, ganz besonders aufmerksam die Galerie zu beobachten und die Neutronengranaten zu benutzen, wenn sich die Gelegenheit dazu bot. Kaum hatte er das letzte Wort ausgesprochen, als Do Shuptarp aufschrie. Kickaha erschrak so, daß er beide Hände nach oben riß. Das Steuergerät entglitt ihm und schepperte zu Boden. Kickaha warf sich zur Seite. Noch im Fallen riß er sich die Brille von den Augen, kam dann auf und rollte mehrmals über die Schultern ab, um einem Schützen präzises Zielen unmöglich zu machen. Er wußte nicht, warum der Teutone geschrien hatte, aber er würde nicht still sitzen bleiben, bis sich ihm die Ursache des Alarms mitteilte. Ein Energiestrahl schoß an Kickaha vorbei und versengte den Teppich. Er war vom hinteren Ende der Halle gekommen. Kickaha sah einen Schädel und eine Hand, dic einen Strahler hielt. Glücklicherweise hatte Do Shuptarp im gleichen Moment, als er den Scheller erblickte, das Feuer auf ihn eröffnet, so daß dieser nur einen ungezielten Schuß abfeuern konnte. Jetzt zog er sich in den seitwärts einmündenden Korridor zurück, aus dem er vorhin gekommen war. Bei einer solchen Entfernung konnte der normalerweise tödliche Energiestrahl lediglich Hautverbrennungen dritten Grades verursachen oder die Augen blenden, während er im Nahbereich eine zwölf Zentimeter dicke Stahlplatte durchschlug und einen Menschen innerhalb einer Sekunde bis auf das Skelett zerkochen konnte.

Do Shuptarp hatte sich auf die beiden untersten Treppenstufen zurückgezogen und hinter dem Haufen der zerstörten Talos-Körper Deckung genommen. Kickaha hetzte zur anderen Seite der Halle hinüber. Jede Sekunde rechnete er damit, von dieser Seite aus angegriffen zu werden. Die beiden im Kontrollzentrum stationierten Scheller hatten sich vermutlich durch ein Tor in einen anderen Teil des Palastes begeben und versuchten nun

einen Flankenangriff. Möglicherweise war einer von ihnen auch bereits unterwegs, um Hilfe herbeizuholen.
Kickaha fluchte, warf sich auf dem Absatz herum und rannte zu der Brille und dem Steuergerät zurück. Im gleichen Moment schob der am Boden liegende Scheller seinen Kopf um die Ecke und schoß. Do Shuptarp, der immer noch auf den Stufen kauerte, hatte einen besseren Schußwinkel und ließ seinen Strahler ebenfalls aufflammen. Als auch Kickaha feuerte, zog sich der Scheller zurück, durchquerte geduckt die Halle. Die Energiestrahlen fraßen sich in den unbrennbaren Teppich und brachten ihn zum Schmelzen.
Die drei Granaten waren zu weit entfernt, als daß Kickaha oder Do Shuptarp hätten riskieren können, sie zu erreichen. Kickaha riß Steuergerät und Brille hoch, wirbelte herum und rannte in großen Schritten davon. Er rechnete mit dem Auftauchen eines weiteren Gegners und war deshalb auf der Hut. Wenn sich vorn jemand blicken ließ, würde er sich in den nächsten Seitenkorridor werfen. Linker Hand gab es zwei Türen, dann folgte reliefverziertes Mauerwerk, schließlich ein Korridor. Und dort war jetzt ein Kopf zu sehen! Kickaha schoß einen Energiestrahl ab, der an den Reliefs entlanghuschte und verpuffte, ohne getroffen zu haben. Der Scheller hatte gedankenschnell reagiert und den Kopf zurückgezogen. Kickaha preßte sich gegen die Wand und feuerte auf die gegenüberliegende Wandung des Korridors, in der Hoffnung, daß ein Teil des Strahles reflektiert wurde und den sich dort versteckenden Gegner traf. Ein Schrei ließ ihn wissen, daß er jemanden versengt, zumindest aber erschreckt hatte.
Grinsend zog er sich in einen Raum zurück, bevor die Scheller auf die Idee kamen, diesen Trick gegen ihn selbst anzuwenden. Diese Situation war zwar beileibe nicht lustig, aber es amüsierte ihn doch immer wieder, wenn es ihm gelungen war, seinen Feinden eins auszuwischen.

Einundzwanzigstes Kapitel

Der Raum, in den er sich zurückgezogen hatte, war vergleichsweise klein. Er war wie Hunderte anderer Räume des Palastes hauptsächlich dafür gedacht, Kunstschätze aufzunehmen. Diese waren allerdings so geschmackvoll arrangiert worden, daß der Eindruck entstand, der Raum sei bewohnt oder werde zumindest häufig besucht.

Hastig sicherte er nach allen Seiten, um festzustellen, ob sich in diesem Raum ein Tor befand. Er wußte, daß er nicht vorsichtig genug sein konnte, denn in diesem Palast gab es so viele verborgene Tore, daß er nur einen Bruchteil davon im Gedächtnis haben konnte. Er sah nirgendwo etwas Verdächtiges und schob sich die Brille über die Augen. Er tat dies sehr ungern, denn es machte ihn blind und taub für alles, was in seiner nächsten Umgebung geschah. Dann schaltete er auf das Spähgeschoß im Kontrollzentrum. Nach wie vor führte es den zuletzt erhaltenen Befehl Kickahas aus und kreiste in der Luft. Kein Scheller war zu sehen. Kickaha schaltete zu dem Geschoß um, das außerhalb der Türen des Kontrollzentrums in Warteposition lag. Er hob es an und holte es zurück. Je näher es kam, desto besser wurden Sicht- und Tonübertragung – und seine Kontrolle über den Späher.

Do Shuptarp hielt den Scheller auf Distanz. Also stellte Kickahas Angreifer die unmittelbare Gefahr dar. Kickaha schickte das Geschoß bis dicht unter die Decke und dann um die Ecke. Dort standen drei Scheller, jeder mit einem Handstrahler bewaffnet. Das Gesicht eines Mannes war leicht gerötet, als hätte er sich einen Sonnenbrand geholt.

Zwei weitere Scheller näherten sich und stießen einen Gravo-

Schlitten vor sich her, auf dem ein riesiger, kanonenähnlicher Strahler installiert war. Ohne Zweifel wollten sie damit ihren Angriff forcieren. Einmal in Stellung gebracht, würde der gewaltige Strahler alles, was auf der breiten Bahn seiner Energielanze lag, schmelzen.

Kickaha zögerte nicht länger und ließ das Spähgeschoß mit Höchstgeschwindigkeit auf einen der beiden Männer zuschießen, die den Schlitten schoben. Die rasende Beschleunigung ließ das Bild verschwimmen, bis dann übergangslos die Übertragung erlosch. Das Geschoß hatte sich in das Fleisch des Schellers gebohrt oder irgend etwas anderes mit vernichtender Wucht getroffen.

Kickaha nahm ein anderes Geschoß aus der Kiste, die er von seinem Rücken genommen und neben sich abgestellt hatte. Er ließ es aufsteigen, steuerte es durch die offenstehende Tür hinaus und ließ es dicht unter der Decke verharren. Plötzlich sprang ein Scheller mit einem gellenden Kampfschrei, der jeden in der Halle befindlichen Menschen aus der Fassung bringen mußte, aus seiner Deckung hervor, erblickte den Späher und hob seinen Strahler. Kickaha richtete das Geschoß auf ihn und berührte den Sensorpunkt. Mit irrsinniger Beschleunigung schoß der Späher vorwärts. Gleich darauf vermochte Kickaha nicht mehr durch die Augen des Spähers zu sehen. Das Ding mochte jetzt im Schädel seines Opfers stecken, am harten Boden zerschmettert oder von einem Strahlenschuß zerschmolzen worden sein.

Kickaha wagte nicht, sich die Zeit zu nehmen und einen weiteren Späher loszuschicken. Wenn der Scheller dem Geschoß entkommen war, suchte er jetzt dessen Herrn. Und wahrscheinlich hatte er die anderen herbeigerufen, damit sie ihn unterstützten.

Kickaha riß sich die Brille herunter und näherte sich, die Brille in der einen, den Strahler in der anderen Hand haltend, der Türöffnung. Er hatte die Tür offenstehen lassen, um die Geschosse besser kontrollieren zu können und einwandfreie Bilder übermittelt zu bekommen. Dies erwies sich jetzt als Vorteil, denn der Scheller würde zuerst in die Räume schauen, deren Türen geschlossen waren. Aber als Kickaha die Türöffnung erreichte, stand er unvermittelt einem Scheller gegenüber. Er riß seinen Strahler hoch und feuerte. Der Scheller verkohlte, die feuerfeste Kleidung zerschmolz. Mit einem Fußtritt stieß Kickaha die Tür ins Schloß und verriegelte sie. Er durchquerte den Raum und betätigte den Schalter, der das Energiefeld am Fenster desaktivierte. Dann warf er die Kiste mit den Spähgeschossen hinaus. Unter keinen Umständen wollte er riskieren, daß diese in die Hände der Scheller fielen. In fliegender Hast befestigte er das Seil an einer massiv wirkenden Kommode und stieg dann, sich nur mit einer Hand am Seil festhaltend, aus dem Fenster. Unter ihm gähnte ein schrecklicher Abgrund, denn dieser Teil des Palastes ragte über den Rand des weißen Monolithen. Fünfunddreißigtausend Meter tief ging es hinab. Wenn er wollte, konnte er jetzt mit einer Drehung des Kopfes die Hälfte des Monolithen überblicken. In diesem Augenblick hütete er sich davor, an den endlos langen Sturz zu denken, der ihm bevorstand, wenn er nicht höllisch aufpaßte. Er konzentrierte sich auf den schmalen Sims, der knapp zwei Meter unterhalb des Seilendes verlief und ließ sich an dem Seil hinab, bis er fast dessen Ende erreicht hatte. Dann schwang er behutsam nach außen, und als er wieder zurückschwang ließ er los. Er kam sicher mit beiden Füßen auf dem Sims auf. Seine Hände krallten sich an dem Fensterrahmen fest, fanden ebenfalls sicheren Halt. Seine leicht nach innen gebeugten Knie waren dem unsichtbaren Kraftfeld gefährlich nahe.

Während er sich mit einer Hand am Rahmen festhielt, zog er sein Hemd aus, wickelte es um seine Hand, zog den Dolch und schob ihn, Millimeter für Millimeter, mit der geschützten Hand vorwärts. Seinen Kopf hielt er abgewandt, die Augen geschlossen. Wenn der Dolch das Kraftfeld aktivierte, würde er verbrennen. Möglicherweise floß die Energie weiter und verbrannte den Stoff und seine darunter verborgene Hand. Eine andere Mög-

lichkeit war, daß sein Messer von dem Kraftfeld zurückgeschleudert wurde und er mitgerissen wurde.
Insgeheim hoffte Kickaha, daß das Schutzfeld überhaupt nicht funktionsbereit war. Aber wenn Wolff Zeit gehabt hatte, die anderen Überwachungs- und Schutzsysteme des Palastes einzuschalten, bevor er Chryseis' Entführer gefolgt war, hatte er mit einiger Sicherheit auch dieses Kraftfeld in Funktion gesetzt – oder die Scheller hatten dies nachgeholt.
Der Lichtblitz brach sogar durch seine geschlossenen Lider. Flammen züngelten über Gesicht, Schultern, Brust und Beine. Das Messer zuckte, aber Kickaha hielt es eisern fest, auch dann noch, als das Hemd bereits Feuer fing und die Hand sich anfühlte, als habe er sie mit siedendem Wasser übergossen.
Er wartete zwei Sekunden und sprang dann durch das Fenster. Er kam auf allen vieren auf dem Fußboden auf. Daß er noch lebte, war ein Beweis dafür, daß er die Zeit exakt abgeschätzt hatte, die das Feld bis zum Zusammenbruch und anschließenden Neuaufbau benötigte. Der Dolch war ein Klumpen rotglühenden Metalls und lag unweit von Kickaha auf dem Fußboden. Das Hemd war verkohlt und während des Sprunges abgefallen, die Hand geschwärzt, die Haut warf Blasen. Zu jedem anderen Zeitpunkt hätte ihn all dies beunruhigt, aber jetzt konnte er sich nicht darum kümmern. Jetzt galt es, schwereren Verletzungen oder gar dem Tod aus dem Wege zu gehen.
In diesem Augenblick zerstörte ein Strahlenschuß das Seil, das vor dem Fenster pendelte. Die qualmenden Reste schwebten davon. Bereits in wenigen Augenblicken würden die Scheller hier unten auftauchen. Was den armen Do Shuptarp anbelangte – der mußte sich um sich selbst kümmern, und zwar konsequent und schnell. Zweifellos würden die Scheller die große Strahlenkanone zuerst auf ihn richten, um ihn aus dem Weg zu schaffen. Wenn Shuptarp so vernünftig war, sich auf die Galerie zurückzuziehen, konnte es ihm gelingen, die Streitmacht der Scheller aufzuteilen.
Kickaha näherte sich der Türöffnung und spähte vorsichtig

hinaus. Niemand lauerte dort draußen auf ihn. Er rannte los. Als er den Fuß der Treppe erreichte, sah er nach oben, bevor er weiterlief. Keine Scheller. Er durchquerte die Halle, hetzte die ungewöhnlich lange Treppe hinab, durchquerte einen weiteren Korridor und jagte an der Halle der retropsychischen Spiegel vorbei. Er hatte mehrere Aufzüge passiert, benutzte sie aber nicht, denn sie mochten vermint sein, zumindest aber Bildübertragungseinrichtungen enthalten. Sein Ziel war ein Raum, in dem sich ein geheimes Tor befand, das er bisher nicht zu benutzen gewagt hatte. Wenn er von den Umständen nicht dazu gezwungen wurde, wollte er es auch jetzt nicht benutzen. Aber für den Fall, daß die Scheller ihn weiter in die Enge trieben, war es gut, das Tor in der Nähe zu wissen. In dem Raum angekommen, machte er sich sofort an die Arbeit. Er nahm einen Stuhl auseinander, der stabil ausgesehen hatte, und zog eine Sichel aus einer Vertiefung unter dem Sitz hervor. Die zweite Sichel war unter dem mächtigen Sockel einer Statue verborgen, die den Eindruck erweckte, mindestens eine halbe Tonne zu wiegen, aber in Wirklichkeit leicht und mühelos zu bewegen war. Kickaha steckte die beiden Sicheln hinten in seinen Gürtel und zog ihn fester, um sie zu halten. Die Sicheln waren unhandlich und behinderten ihn, aber sie bedeuteten ein Stück Sicherheit und waren somit die Unbequemlichkeit wert.

Es gab Tausende von diesen verborgenen Torhälften im ganzen Palast und mindestens ebenso viele im freien Gelände. Letztere konnten zwar von jedermann benutzt werden, aber der Benutzer wußte niemals, was ihn nach der Rematerialisation erwartete. Selbst Wolff kannte die Positionen sämtlicher verborgener Tore nicht auswendig; und genausowenig wußte er, wohin jedes einzelne der ungetarnten Tore führte. Es gab ein Codebuch, in dem diese Positionen und die entsprechenden Justierungen verzeichnet waren, aber das war irgendwo im Kontrollzentrum versteckt. Kickaha war schnell und weit gerannt, aber offenbar nicht schnell genug gewesen. Als er aus dem Raum in den

Korridor hinaustrat, erschien am Ende des Korridors ein Scheller, und ein anderer spähte auf der entgegengesetzten Seite um eine Ecke. Sie mußten gesehen haben, daß er hierher gelaufen war, und mindestens einer der beiden war intelligent genug gewesen, von der anderen Seite her zu kommen, um ihm so den Fluchtweg abzuschneiden. Er kam jetzt die Treppe herunter.
Kickaha zog sich zurück, desaktivierte das Kraftfeld und sah aus dem Fenster. In etwa fünfzehn Meter Tiefe ragte ein Mauervorsprung aus der sonst fugenlos glatten Wand, aber er hatte nichts, womit er sich hätte abseilen können. Und er verspürte keinerlei Lust, erneut den Trick mit dem Schutzfeld auszuprobieren. Er ging wieder zu der Tür hinüber. Ohne seinen Kopf zu zeigen, feuerte er blindlings in beide Richtungen. Schreie gellten, aber sie waren so weit entfernt, daß er sicher sein konnte, niemanden getroffen zu haben. Die Tür des gegenüberliegenden Raumes war geschlossen. Er überlegte, ob er das Risiko auf sich nehmen sollte: Er könnte die Halle blitzschnell durchqueren und sich in diesen Raum flüchten. Möglicherweise bot sich ihm dort ein besserer Fluchtweg. Aber wenn die Tür verschlossen war – und diese Möglichkeit bestand durchaus –, dann war er dem Feuer der Scheller von beiden Seiten her ausgesetzt. Wenn er dann versuchte fortzukommen, waren seine Chancen gleich Null.
Es war jetzt zu spät, um irgend etwas zu bedauern. Hätte er sich nicht aufgehalten, um die Sicheln an sich zu nehmen, wäre sein Vorsprung nicht so schnell zusammengeschmolzen. Wieder hatte man ihn in die Enge getrieben. Gut, er trug den Ausweg mit sich herum – aber er zögerte noch immer, diesen Ausweg zu benutzen. Beim nächsten Mal würde es weitaus schwieriger sein, in den Palast hineinzukommen. Und er wollte Do Shuptarp nicht einfach seinem Schicksal überlassen. Zugleich wußte Kickaha, daß ihm letztlich wieder einmal keine Wahl bleiben würde. Er mußte Do Shuptarp im Stich lassen. Ein ekelhaftes Gefühl keimte in Kickaha auf, aber er konnte nichts an den Tatsachen ändern.

Er legte die beiden Sicheln so zusammen, daß sie einen Kreis bildeten. Als er sich wieder aufrichtete, sah er die Granate. Sie krachte gegen den Türrahmen und kullerte in den Raum hinein. Knapp zehn Meter von ihm entfernt blieb sie liegen. Diese Granate konnte ihm nicht gefährlich werden, denn er befand sich außerhalb der Neutronenreichweite, aber er wußte, daß nur zu bald weitere Granaten folgen würden. Jene beiden nämlich, die er hatte zurücklassen müssen, und möglicherweise noch andere. Wer vermochte schon zu sagen, wie die Scheller bewaffnet waren? Und inzwischen waren sie mit Sicherheit dabei, die große Strahlenkanone herbeizuschaffen. Es hatte keinen Zweck, das Unvermeidliche aufzuschieben, denn schon sehr bald konnte es selbst hierfür zu spät sein.

Zweiundzwanzigstes Kapitel

Kickaha trat in den Kreis der Sicheln – und befand sich in der Tempelkammer Talanacs. Anana, die Rotbärte und einige Tishquetmoacs hielten sich hier auf. Sie standen unweit von ihm und unterhielten sich. Als sie ihn sahen, zeichnete sich Erschrecken auf ihren Gesichtern ab. Manche sprangen auf, starrten ihn an, wieder andere schrien. In dem Moment, als Kickaha einen Schritt vorwärts machen wollte, waren sie – verschwunden!

Ein sternenloser Himmel wölbte sich nun über ihm. Von Westen nach Osten bewegte sich ein kleiner, leuchtender Gegenstand mit beträchtlicher Geschwindigkeit über den Himmel. Ein anderer Himmelskörper zog langsam, beinahe schwerfällig nach Westen. Strahlend hing die Welt der vielen Ebenen, die aus dieser Entfernung an den schiefen Turm von Pisa erinnerte, am Firmament. In einiger Entfernung schimmerte das Weiß der Marmorbauten von Korad im milden Licht des Planeten. Und einhundert Meter entfernt wurde gerade eine Abteilung von Drachenland-Söldnern darauf aufmerksam, daß jemand im Tor erschienen war. Und über einem Hügel stieg ein dunkles Etwas gen Himmel: die Flugmaschine der Scheller!

Im nächsten Moment war auch diese Szene erloschen. Kickaha fand sich in einer Höhle wieder, die drei Meter lang, ebenso breit und zweieinhalb Meter hoch war. Vom Eingang der Höhle her schimmerte das helle Licht des Tages. In der Ferne war ein riesiger, irrwitzig verknorpelter Baum mit großen Fünfeckblättern zu sehen. Noch weiter entfernt wucherten scharlachrote Büsche und grüne Weinstöcke, die ohne jede Stütze aufrecht standen, wie ein Seil, das zur Musik eines indischen Fakirs aufgestiegen war. Im Hintergrund schließlich waren eine dünne,

blaue Linie, ein weißer Strich und eine dünne, schwarze Linie zu erkennen: das Meer, die Brandung und der schwarze Sandstrand.
Hier war er schon mehrmals gewesen. Und er war in einem Tor materialisiert, das er schon einige Male benutzt hatte, wenn er zur untersten Weltenebene, der Gartenwelt, gelangen wollte, um dort auszuspannen. Obwohl er benommen war, wußte er, daß er in einem sogenannten Resonanzkreis gefangen war. Irgendwo hatte irgend jemand eine Vorrichtung installiert, die jede Person, die in ein beliebiges Tor dieses Kreises trat, einfing. Der Gefangene konnte nicht entkommen, weil die Aktionszeit zu gering war. Wenn er es dennoch versuchte, würde er von den entfesselten Energien in der Mitte durchgeschnitten; ein Teil seines Körpers blieb zurück, während der andere zum nächsten Tor transmittiert wurde.
Die Höhle verschwand, und er stand auf einem hohen, schmalen Berggipfel. Ringsum ragten weitere Hügel auf. Zur einen Seite hin öffnete sich dem Auge ein Paß, und er sah flaches, scheinbar endlos weites Land. Das mußte die Große Prärie sein. Eine riesige Büffelherde wogte wie schwarzes Wasser über das grünbraune Land. Ein Falke schoß an Kickaha vorüber und schrie krächzend. Der Schädel des Tieres war smaragdgrün, an den Beinen wuchsen spiralförmige Federn. Soweit Kickaha wußte, lebte dieser Falke nur auf der amerindianischen Ebene.
Dann war auch diese Szene verschwunden, und er befand sich wieder in einer Höhle. Diese hier war allerdings größer und finsterer als die Höhle der Gartenwelt. An den Sicheln des Tores waren Drähte befestigt, die sieben Meter weit über den Lehmboden zu einem massigen Felsblock führten. Vor der hinteren Höhlenwand stand ein Schrank, dessen Türen geöffnet waren. In den Fächern lagen Waffen und verschiedenartige Gerätschaften. Auch diese Höhle erkannte er wieder, und zugleich wußte er, daß dies der Ort war, an dem die Resonanz ihren Ursprung nahm. Aber der Fallensteller war nirgends zu sehen. Dies mochte sich

jedoch sehr schnell ändern, wenn er sich in Hörweite der Alarmsignale aufhielt.
Wieder wechselte die Szene, und er rematerialisierte in einen Raum, in dem zahlreiche Steintafeln aufgestellt waren, alle in eine Richtung geneigt, als habe sie eine Riesenhand entsprechend angestoßen. Ein Teil des Daches war eingefallen, und der Himmel leuchtete grün hindurch. Der Monolith – auch hiervon war ein Teil durch das Loch hindurch zu sehen – ragte dünn und hoch empor. So wußte er, daß er sich nun in einem Gebäude auf der atlantischen Weltebene befand. Und der Monolith dort draußen war der gleiche, auf dessen Spitze, in fünfunddreißigtausend Meter Höhe, der Lord-Palast stand.
Erneut wechselte die Szene, und jetzt war er wieder dort angelangt, wo er seine Himmel-und-Hölle-Reise begonnen hatte. Inmitten des Sichelkreises stand er in jenem Palastraum, in dem er sich vor den Schellern zurückgezogen hatte. Die beiden starrten ihn verdutzt an und hoben dann ihre Strahler. Kickaha feuerte zuerst, weil er darauf vorbereitet gewesen war, seine Waffe gebrauchen zu müssen. Sein Strahl fuhr den beiden Schellern durch die Brust. Vierunddreißig Scheller waren tot – verblieben noch sechzehn. Vorbei. Anana und Thyuda standen vor ihm, ganz nahe am Tor. »Resonanzkreis! Gefangen!« rief er ihnen zu. Im nächsten Moment befand er sich bereits wieder auf dem Mond. Die Flugmaschine war kaum merklich näher herangekommen und glitt über einen Hügelabhang. Wahrscheinlich hatten ihn die Piloten noch nicht gesichtet, aber genau das würde bei seinem nächsten, spätestens bei seinem übernächsten Auftauchen geschehen. Und alles, was ihnen dann noch zu tun blieb, war, ihren Todesstrahl auf Dauerfeuer zu stellen und auf das Tor zu richten. Sobald er wieder erschien, würde er zur Hölle fahren. Die Drachenland-Söldner hatten sich inzwischen in Bewegung gesetzt und rannten herbei. Andere standen still und spannten ihre Armbrüste. Kickaha wollte die Aufmerksamkeit der Scheller in der Flugmaschine nicht vorschnell erregen, und so hielt er sich

zurück und hütete sich, die Soldaten mit seinem Strahler zu entmutigen.
Es folgte die Gartenwelt-Höhle. Und dann stand er wieder auf einem Hügel der amerikanischen Ebene und erschrak, weil der Falke gerade in jenem Moment in den Bereich des Tores flog, als er materialisierte. Das Tier war ebenso erschrocken wie er, schrie, verkrallte sich in Kickahas Brust und flatterte mit den Flügeln. Kickaha riß eine Hand hoch, um sein Gesicht vor den mörderischen Krallen zu schützen. Im nächsten Moment fuhr der Schnabel des Falken in seine mit Brandwunden übersäte Hand. Kickaha schrie auf und schlug zu. Der Schlag wirbelte den Falken davon, und dieser riß Fleischfetzen von Kickahas Brust und Hand mit sich. Er wurde aus dem Kreis geschleudert, fand jedoch nicht den Tod. Die Federn einer Flügelspitze wurden zerfetzt, das war alles. Seine Bewegung fiel mit der Begrenzung des Feldes zusammen, mit jenem Sekundenbruchteil, in dem der Entmaterialisierungsvorgang begann. Der Falke durchbrach die Feldbegrenzung in der Höhle auf Drachenland und schoß geradewegs in die Freiheit hinaus.
Ungewollt war es eine exakte Abstimmung von Sekundenbruchteilen gewesen.
Der ungeheuer dicke Mann, der soeben die Höhle betrat, hielt ein totes, halbverkohltes Kaninchen in der einen und einen Strahler in der anderen Hand. Er hatte einen männlichen oder weiblichen menschlichen Angreifer erwartet, obwohl er natürlich nicht hatte wissen können, wann dieser Angreifer materialisieren würde. Und jetzt krachte ihm eine kreischende Furie, die nur aus Krallen und Schnabel zu bestehen schien, mitten ins Gesicht.
Kickaha hatte noch Gelegenheit zu sehen, wie Judubra Strahler und Kaninchen fallen ließ und seine Hände schützend vor das Gesicht hochriß. Dann wurde es schwarz um ihn herum – und er war wieder in den Ruinen des atlantischen Gebäudes. Er duckte sich und sprang dann so gerade wie möglich in die Höhe,

darauf achtend, daß er die Begrenzung des Kreises nicht durchbrach. Er hing in der Luft, die Beine angezogen, als er im Palastraum erschien. Und das aus gutem Grund. Er hatte damit gerechnet, daß die Scheller in den Kreis hineinfeuerten. Aber das taten sie nicht. Geschwärzt und nackt lagen die beiden Scheller am Boden, und der Gestank von verbranntem Fleisch machte die Luft im Raum stickig. Er wußte nicht, warum hier inzwischen nichts geschehen war, aber er mußte damit rechnen, daß bei seinem nächsten Besuch Scheller in diesem Raum bereitstanden. Hoffentlich wußten sie über das, was hier vorging, nicht besser Bescheid als er. Oh, sie würden verwundert sein, natürlich. Aber wenn sie nicht begriffen, daß der Mann, der ihre Gefährten getötet hatte, in das Tor getreten und wenig später wieder herausgekommen war, mußten sie schon ziemlich dumm sein. Sie würden auf ihn warten.

Und dann stand er wieder im Tempel von Talanac. Anana war verschwunden. Der Priester Withrus rief ihm zu: »Sie ist in den Kreis gesprungen! Sie ist ebenfalls gefangen, und sie ...«

Szenenwechsel. Er war wieder auf dem Mond. Die Flugmaschine der Scheller war noch näher gekommen, hatte ihre Geschwindigkeit jedoch nicht gesteigert. Aber dann schnellte ein Lichtbündel aus dem Bug der Maschine und richtete sich direkt auf ihn. Offenbar waren die Piloten erst jetzt auf die zum Tor rennenden Soldaten aufmerksam geworden sowie auf die Armbrustschützen, die dorthin zielten. Jetzt hatten sie das Licht eingeschaltet, um die Ursache für den Aufruhr ausfindig zu machen.

Als die Armbrustschützen ihre Pfeile losschickten, war ein helles Sirren zu vernehmen – und Kickaha war wieder in der Gartenwelt-Höhle. Sein nächster unfreiwilliger Besuch galt dem Hügel auf Amerindia. Er sah auf seine Brust hinunter. Aus einer klaffenden Wunde sickerte Blut, und die Hand war ebenfalls blutig. Aber noch immer war er gegen kleinere Schmerzen immun. Der große Schmerz ... das war diese Situation und ihr unvermeidliches Ende. Entweder wurde er von dem Dicken in der Höhle erwischt oder von den Schellern. Der dicke Kerl konnte sich, vorausgesetzt, er hatte den Falken in die Flucht geschlagen oder getötet, hinter dem Felsblock in Sicherheit bringen und feuern, sobald Kickaha erschien. Natürlich gab es noch die vage Hoffnung, daß der Dicke ihn lediglich gefangennehmen wollte. Er rematerialisierte in der Höhle. Der Falke und der dicke Mann lagen in verrenkten Positionen am Boden. Beide waren tot, verkohlt, und der Gestank verbrannten Gefieders und verbrannten Fleisches schlug in Kickahas Nase. Es gab nur eine Erklärung für das, was hier geschehen war: Anana, die sich im Kreislauf vor ihm befand, hatte sowohl den Falken als auch den Mann getötet. Der Dicke mußte noch immer mit dem Falken gekämpft haben, und so hatte Anana ihn erwischt.

Hätte er daran gezweifelt, daß sie ihn liebte, so wäre dies der Beweis dafür gewesen, daß sein Zweifel unberechtigt war. Sie war bereit gewesen, ihr Leben einzusetzen, um ihn zu retten. Und sie hatte dies getan, ohne lange nachzudenken. Es war ihr wenig Zeit geblieben, um zu begreifen, was hier geschah, aber sie hatte blitzschnell reagiert – und war noch schneller in den Sichelkreis gesprungen. Sie mußte gewußt haben, daß sie das Feld nur im Moment des Aufbaus unbeschadet durchdringen konnte. Aber es war ihr unmöglich, diesen Augenblick genau zu bestimmen. Sie hatte nicht wissen können, wann sie springen mußte. Sie hatte nur gesehen, wie er erschienen und wieder verschwunden war und hatte dann gehandelt. Er wußte jetzt mit Bestimmtheit, daß sie ihn liebte.

Und nachdem es ihr gelungen war, den Kreis unverletzt zu betreten, mußte es ihm auch gelingen, unverletzt herauszukommen. Schlagartig entstanden um ihn herum die atlantischen Ruinen. Kickaha warf sich vorwärts und landete auf dem Boden des Palastraumes. Aber er war nicht unversehrt; seine Ferse schmerzte, als hätte ihn dort eine Ratte gebissen. Ein Tribut an das verlöschende Feld.

Dann materialisierte Anana und rief: »... Gegenstände ...! Wirf sie hinein ...!« Und sie war wieder verschwunden. Er brauchte sich nicht damit aufzuhalten, darüber nachzudenken, was sie gemeint hatte. Schon zuvor hatte er gehofft, daß sie auf diese Art und Weise versuchen würde, den Resonanzkreis zu stören. Abgesehen von der Desaktivierung der Schaltvorrichtung gab es nur einen einzigen Weg, den Kreislauf zu unterbrechen: Man mußte Gegenstände mit genügend großer Masse in ein leeres Tor schieben. Erst dann, wenn sämtliche Tore blockiert waren, kam der Kreislauf zum Stillstand.

Trennte man die Sicheln eines Tores voneinander, so nützte dies überhaupt nichts. Ein Resonanzkreis baute eine magnetische Verbindung zwischen den Sicheln der Tore auf, die nur mit Geräten unterbrochen werden konnte, die in der Waffenkammer des Palastes eingeschlossen waren.

Kickaha behielt die Tür im Auge und den Strahler schußbereit in der Hand, während er die Leiche eines Schellers zu den Sicheln hinüberzerrte. Um ungefähr abschätzen zu können, wann Anana wieder auftauchen würde, zählte er die Sekunden. Und noch während er zählte, sah er aus den Augenwinkeln heraus, daß innerhalb des Sichelkreises etwas auftauchte ... Fünf Gegenstände waren es. Ein Faß, der Torso eines Drachenland-Söldners, die Hälfte einer großen, silbernen Truhe, aus der Juwelen herausquollen, eine große Jadestatue und der schrecklich zugerichtete Rumpf eines grünen Adlers.

Die Unruhe ließ ihn schier wahnsinnig werden. Die Thyudas in Talanac schienen die Anweisungen zu befolgen, die Anana ihnen gegeben haben mußte, bevor sie in den Torkreis getreten war. So schnell es ihnen möglich war, füllten sie das Tor. Aber jetzt bestand die Möglichkeit, daß der Kreislauf zum Stillstand kam, während sie auf dem Mond rematerialisierte. Und wenn dies geschah, dann wurde sie bestimmt gefangengenommen oder getötet. Doch als er den Körper des Schellers aufrichtete, um ihn in den Kreis zu kippen, erschien Anana. Und sie verschwand nicht wieder! Kickaha war so glücklich, daß er beinahe vergessen hätte, weiterhin den Eingang zu beachten. »Die Glückssträhne dauert an!« rief er, und als er sich bewußt wurde, daß er von den Schellern gehört werden konnte, fügte er leiser hinzu: »Die Chance, daß der Kreislauf zusammenbrechen würde, während du hier materialisierst, war gleich Null! Ich ...«

»Das war kein Zufall!« erwiderte sie, trat aus dem Sichelkreis, legte die Arme um ihn und küßte ihn.

Zu jeder Zeit wäre ihm das höchst willkommen gewesen, jetzt aber sagte er: »Später, Anana. Die Scheller ...«

Sie löste sich von ihm und trat zur Seite. »In einer Sekunde wird Nimstowl hier ankommen. Nicht schießen!«

Plötzlich stand der kleine Mann vor ihnen. Er hielt einen Strahler in seiner Hand und ein weiterer steckte neben einem Dolch im Gürtel. Über der Schulter trug er ein Seil. Kickaha hatte seinen Strahler auf Nimstowl gerichtet. Der Meister der Dimensionen winkte ab. »Das ist nicht nötig. Ich bin euer Verbündeter.«

»Für wie lange ...?« fragte Kickaha sarkastisch.

»Ich will nichts weiter als in meine eigene Welt zurückkehren«, erklärte Nimstowl. »Ich hatte schon mehr als genug von diesem Töten und Beinahe-getötet-Werden. Im Namen Shambarimens, ist eine Welt nicht genug für einen einzigen Mann?«

Kickaha glaubte ihm nicht, sagte sich aber, daß Nimstowl so lange zu trauen war, bis der letzte Scheller getötet war.

»Ich weiß nicht, was da draußen vor sich geht«, erklärte er. »Ich habe mit einem Angriff gerechnet, aber der hätte schon längst stattfinden müssen. Die Scheller besitzen eine große Strahlenkanone, mit der sie schon längst diesen Raum in eine Flammenhölle hätten verwandeln können.«

Obwohl er sich einen Teil der Geschehnisse selbst zusammenreimen konnte, erkundigte er sich bei Anana, was in der Zwischenzeit geschehen war. Sie antwortete, daß Nimstowl in die Höhle

gekommen war und seinen Gefährten tot vorgefunden hatte: ermordet von seinem vermeintlichen Gefangenen. Daraufhin entschied sich Nimstowl, das Versteckspiel aufzugeben. Er wollte versuchen, auf seine eigene Welt zurückzukehren. Und, was eigentlich für jeden Lord selbstverständlich sein sollte, er wollte dem Kampf gegen die Scheller nicht länger aus dem Wege gehen.
Als Anana wieder in der Höhle materialisiert war, hatte er die Resonanzschaltung desaktiviert. Da Anana ihn zuletzt im Palast gesehen hatte, wollte sie dorthin zurückkehren: Den Resonator entsprechend zu justieren, war eine Arbeit von nur wenigen Sekunden gewesen.
»Was soll denn das heißen?« fragte Kickaha. »Ich mußte aus diesem verdammten Kreis herausspringen! Gut, ich habe es geschafft, aber ich mußte im wahrsten Sinne des Wortes Fersengeld geben ...«
»Natürlich konntest du das nicht wissen«, gab sie besänftigend zurück. »Aber wärest du nicht gesprungen, hättest du einen Augenblick später unbehelligt aus dem Kreis treten können.«
»Jedenfalls bist du jetzt wieder hier, bei mir«, erwiderte er. »Und das allein zählt.«
Sie sah ihn besorgt an. Er hatte Verbrennungen erlitten und blutete. Unablässig tropfte sein Blut zu Boden. Aber sie sagte nichts. Sie wußte, daß sie jetzt nichts für ihn tun konnte, bevor sie nicht aus diesem Raum entkommen waren.
Jemand mußte nach den Schellern sehen. Nimstowl würde sich hierzu gewiß nicht freiwillig melden, und Kickaha wollte nicht, daß Anana es tat. Also ging er zur Tür und spähte vorsichtig hinaus. Er erwartete, mit einem Feuerschlag begrüßt zu werden, aber nichts geschah. Der Korridor vor dem Raum war verlassen. Mit einer Handbewegung bedeutete Kickaha seinen Gefährten, ihm zu folgen. Er führte sie etwa fünfhundert Meter den Korridor entlang zu einem anderen Raum. Hier desinfizierte er seine Wunden und Verbrennungen, bedeckte sie mit Pseudofleisch und trank einige Gläser Saft, um seinen Schrecken

endgültig hinunterzuspülen und die Regeneration seines Blutes zu beschleunigen. Sie aßen und tranken dann auch und unterhielten sich darüber, was nun zu tun war. Es gab nicht viel zu bereden. Sie mußten auf Erkundung gehen, und zwar so lange, bis sie herausgefunden hatten, was im Palast vorging.

Dreiundzwanzigstes Kapitel

Als sie die große Treppe erreichten, die zum Kontrollzentrum hinaufführte, stießen sie auf einen toten Scheller. Seine Beine waren nahezu vollständig weggebrannt. Hinter einem verkohlten Diwan lag ein weiterer Scheller, der ebenfalls von einem Energiestrahl getroffen worden war, aber der Grad seiner Verbrennungen deutete darauf hin, daß ein Teil der Energie vor dem Aufprall absorbiert worden war. Der Mann war noch am Leben. Vorsichtig ging Kickaha näher, nachdem er sich vergewissert hatte, daß der Scheller nicht simulierte, und kniete neben ihm nieder. Er hatte vor, ihn ziemlich unsanft ins Bewußtsein zurückzuholen, damit er ihn verhören konnte. Aber als sein Kopf angehoben wurde, öffnete der Scheller plötzlich die Augen.

»Luvah!« schrie Anana. »Das ist Luvah! Mein Bruder! Einer meiner Brüder! Aber was macht er hier? Wie ... wie ist er hergekommen?«

Sie hielt einen Gegenstand in der Hand, den sie hinter dem Diwan oder einem anderen Möbelstück gefunden und aufgehoben haben mußte. Das Ding war ungefähr fünfundsiebzig bis achtzig Zentimeter lang, bestand aus einem silbrigen Metall und war so ähnlich wie das Horn eines afrikanischen Büffels gebogen und geformt. An der einen Seite wölbte es sich allerdings glockenförmig auseinander, und die Spitze war mit einem Mundstück aus einem weichen, goldenen Metall versehen. Auf der Oberfläche des Horns waren in einer Reihe sieben kleine Knöpfe angeordnet. Kickaha erkannte das Horn – es war das Silberhorn von Shambarimen! Hoffnung riß ihn mit einem Ruck auf die Beine.

»Wolff ist zurückgekehrt!« sagte er.

»Wolff?« echote Anana. »Ach, Jadawin! Ja, vielleicht ist er tatsächlich zurückgekehrt. Aber was bedeutet Luvahs Anwesenheit?«

Luvahs Gesicht wäre unter normalen Umständen anziehend und hübsch zu nennen gewesen. Er war wie Wolff und Anana ein Lord, ein Meister der Dimensionen, aber mit seiner Stupsnase, der breiten Oberlippe, den Sommersprossen und den blaßblauen Augen hätte er sich jederzeit für einen irdischen Iren ausgeben können.

»Sprich du mit ihm«, sagte Kickaha. »Vielleicht wird er ...«

Anana ließ sich neben Luvah auf die Knie nieder und sprach zu ihm. Er schien sie zu erkennen, aber sein Gesichtsausdruck ließ viele Deutungen zu.

»Möglicherweise kann er sich in seinem Zustand nicht an mich erinnern«, sagte sie. »Oder er fürchtet sich. Immerhin könnte er glauben, ich wolle ihn töten. Ich gehöre der Rasse der Lords an, vergiß das nicht ...«

Kickaha entgegnete nichts, sondern durchquerte die Halle und rannte zu einem Raum, in dem er Wasser bekommen konnte. Er füllte einen Krug und kehrte dann zu dem Verletzten, Anana und Nimstowl zurück. Luvah trank gierig, bevor er Anana in flüsterndem Tonfall seine Geschichte erzählte. Ein paar Minuten später erhob sie sich.

»Er war in einer Falle gefangen, die unser Vater Urizen gestellt hatte. Das jedenfalls hat er damals geglaubt, als alles begann. Aber dann stellte sich heraus, daß unsere Schwester Vala die Fallenstellerin gewesen war. Luvah und Jadawin Wolff schlossen Freundschaft. Wolff, seine Gefährtin Chryseis, einer seiner Brüder sowie einige Vettern waren ebenfalls in Valas Falle geraten. Er meint jedoch, daß diese Geschichte zu lang ist, um sie jetzt und hier zu erzählen ...*

* Nachzulesen in *Welten wie Sand* (The Gates of Creation) von Philip José Farmer, Knaur-TB. 60512

Nur Luvah, Wolff und Chryseis überlebten dieses Abenteuer, benutzten das Horn des Shambarimen und kehrten zurück. Wie du sicherlich weißt, paßt sich dieses Horn der Resonanz eines jeden Tores an, sofern es nicht auf Intervallresonanz geschaltet ist.

Sie kamen in einer geheimen Kammer im Kontrollzentrum dieses Palastes an. Wolff aktivierte einen Monitor und sah in den Kontrollraum. Niemand war darin zu sehen. Er schaltete andere Videos ein und sah nun tote Männer und zerstörte Talos-Cyborgs. Natürlich wußte er nicht gleich, daß es sich bei den Männern um Schwarze Scheller handelte. Dann erblickte er die Kästchen, erfaßte den Zusammenhang aber immer noch nicht – was nicht verwunderlich ist, denn schließlich sind es zehntausend Jahre her, daß die Scheller-Gefahr akut war. Gemeinsam mit Chryseis begab er sich durch ein Tor in den Kontrollraum hinüber. Um sich abzusichern, sandte er Luvah in einen Raum des tiefergelegenen Stockwerks. Wenn jemand den Kontrollraum zu stürmen versuchte, dann konnte er dem Gegner in den Rücken fallen.«

»Wolff ist ein vorsichtiger Mann«, sagte Kickaha. Er hatte sich schon gefragt, weshalb Wolff die lebenden Scheller nicht zu Gesicht bekommen hatte, aber die Antwort hierauf war leicht. Der Palast war so riesengroß, daß es Tage gedauert hätte, jeden Raum zu inspizieren. Wahrscheinlich war Wolff nach seinen zweifellos schrecklichen Abenteuern erpicht darauf gewesen, Ruhe zu finden. Er war froh, wieder hier zu sein. Vielleicht hatte er die Dinge deshalb überstürzt. Und außerdem war der Kontrollraum und der Bereich des Zentrums nicht von Feinden besetzt gewesen.

»Luvah stieg also die Treppe empor«, fuhr Anana fort. »Er erreichte die Galerie, begab sich zu dem Doppelportal, das in den Kontrollraum führt, und wollte Wolff darüber informieren, daß nirgendwo Gefahr drohte. Genau in diesem Moment baute sich ein besonders großes Tor auf, und zwei Männer erschienen darin.

Die Scheller müssen dieses Tor errichtet haben. Die Männer trugen Teile einer zerlegten Flugmaschine sowie eine große Strahlenkanone bei sich ...«

»Das waren Erich von Turbat und von Swindebarn«, meinte Kickaha.

»Sie müssen es gewesen sein«, stimmte Anana zu. »Sie wußten, daß unser Auftauchen und Verschwinden auf dem Mond irgend etwas zu bedeuten hatte. Sie wußten, daß hier unten etwas nicht mehr stimmte. Deshalb gaben sie die Suche auf, und ...«

»Erzähle mir den Rest unterwegs«, unterbrach Kickaha. »Ich werde Luvah tragen. Wir bringen ihn in einen Raum, in dem wir seine Verbrennungen behandeln können.«

Während Nimstowl nach hinten und Anana nach vorn absicherte, schleppte Kickaha den ohnmächtigen Lord in den Raum, in dem er erst vor kurzem seine eigenen Wunden versorgt hatte. Hier gab er ihm Antischock-Präparate und Medikamente zur Blutregeneration. Die Wunden Luvahs versah er mit Pseudofleisch. In der Zwischenzeit erzählte Anana Luvahs Geschichte zu Ende. Die beiden Anführer der Scheller hatten Schwierigkeiten erwartet und waren entsprechend vorbereitet. Sie feuerten die große Strahlenkanone ab und zwangen Wolff und Chryseis, Zuflucht zwischen den gigantischen Kontrollpulten und Maschinen zu suchen. Luvah war hinter einer Konsole in der Nähe des Einganges in Deckung gegangen. Die beiden Scheller feuerten auf alles, was sich bewegte. Wolff, Chryseis und Luvah waren gezwungen, in ihren Deckungen zu verharren. Währenddessen kamen Erich von Turbats Truppen durch das Tor und trugen ein Wesen bei sich, das Luvah noch nie zuvor gesehen hatte. Aus seiner Beschreibung ersah Anana, daß es sich bei diesem Wesen um niemand anders als Podarge handelte. Luvah hatte nur einem kurzen Blick auf sie werfen können; demnach mußte sie bewußtlos gewesen sein. Mehrere Soldaten trugen sie.

»Podarge! Aber ich dachte, sie hätte eines der Höhlentore benutzt und den Mond längst hinter sich gelassen«, sagte Kickaha. »Ich frage mich ... Kannst du dir erklären, was da geschehen ist? Weißt du es?«

Trotz der ernsten Lage mußte er in sich hineinlachen. Eines der Tore hätte Podarge auf einem Berg der atlantischen Ebene materialisieren lassen. Dort hätte es sechs oder sieben Tore gegeben, die allesamt so bezeichnet waren, daß der Benutzer wußte, wohin sie ihn führten. Was der Benutzer nicht wußte, war, daß sämtliche Bezeichnungen falsch waren. Lediglich Kikkaha, Wolff und Chryseis kannten den Code. Podarge hatte also jene Sichel benutzt, deren Inschrift versprach, sie zur amerindianischen Ebene zurückzubefördern, dorthin also, wo sie ihrer heimatlichen Höhle vergleichsweise nahe war. Aber sie hatte sich auf dem Mond wiedergefunden, und zwar in genau derselben Höhle. So weit, so gut. Aber warum hatten nur vier Sicheln am Boden gelegen? Da Podarge zurückgekehrt war, hätten doch fünf Sicheln verbleiben müssen ... Podarge war ebenfalls schlau. Um ihr Verschwinden vorzutäuschen, mußte sie irgendeinen Gegenstand durch eines der Tore geschickt haben, womit das Verschwinden der fünften Sichel erklärt wäre. Do Shuptarp hatte nicht erwähnt, die Jungtiere der großen weißen Affen in der Höhle gesehen zu haben. Vermutlich hatte Podarge sie auf die Reise ins Ungewisse geschickt. Aber warum hatte sie nicht einige der noch verbliebenen Sicheln ausprobiert? Vielleicht war sie zu mißtrauisch gewesen. Vielleicht hatte sie geglaubt, daß Kickaha das einzig sichere Sicheltor benutzt und somit die entsprechende Sichel mitgenommen hatte. Wer konnte schon wissen, was im Kopf dieser wahnsinnigen Vogelfrau vorging. Fest stand, daß sie es vorgezogen hatte, auf dem Mond zu bleiben. Und vielleicht war sie von den Schellern in Korad gejagt worden, während Kickaha in der Resonanzkreis-Falle gefangen gewesen war.

Die Soldaten von Turbat und von Swindebarn hatten Luvah aus dem Kontrollraum getrieben. Einige Soldaten waren mit Strahlern bewaffnet gewesen, was Kickaha überraschte. Die Scheller

mußten sich in einer verzweifelten Situation befinden, wenn sie den Drachenländern diese Waffen aushändigten.
Luvah hatte sich also zurückziehen müssen, aber dabei war es ihm gelungen, eine Anzahl seiner Verfolger niederzukämpfen. Dann war er von einem Feuerschlag getroffen worden, hatte es aber dennoch geschafft, die restlichen Gegner niederzubrennen. Sechs der Getöteten hatten Kästen auf dem Rücken getragen.
»Wolff, Chryseis!« rief Kickaha. »Wir müssen jetzt sofort hinauf! Vielleicht brauchen die beiden uns!«
Trotz seiner Aufregung schaffte er es, sich zu zügeln und langsam weiterzugehen, als sie den Kontrollraum erreicht hatten. Überall lagen verkohlte Leichname, grausige Beweise von Luvahs tapferem Kampf.
Kickaha führte die anderen jetzt eine Idee schneller, als die Vorsicht es gebot, aber er hatte das Gefühl, daß Wolff möglicherweise gerade in diesem Augenblick dringend ihre Hilfe benötigte. Der Weg zum Kontrollzentrum war mit verkohlten Leichen und zerstörten Möbeln gesäumt. Hier und da waren Energieblitze in die Wände gefahren und hatten ihnen den Stempel des Kampfes aufgedrückt. Je näher sie ihrem Ziel kamen, desto intensiver wurde der Gestank von verbranntem Fleisch. Plötzlich fürchtete sich Kickaha davor, den Kontrollraum zu betreten. Und in der Tat – es wäre tragisch und herzerweichend, wenn Wolff und Chryseis so lange überlebt hätten, nur um bei ihrer Heimkehr getötet zu werden.
Er wappnete sich und stürmte geduckt in den riesigen Raum. Alles war und blieb still und ruhig, so still und ruhig wie der Wurm in einer Leiche. Überall lagen tote Drachenland-Soldaten herum. Und dort drüben: vier weitere Scheller. Aber weder Wolff noch Chryseis waren zu sehen. Kickaha war erleichtert, weil die beiden offenbar entkommen waren. Aber wohin waren sie entkommen? Eine Durchsuchung erbrachte, wo sie ihre letzte Stellung gehalten hatten: in einer Nische der rückwärtigen Wand, hinter zahlreichen Fernsehmonitoren. Das Feuer der

Strahler hatte die Bildschirme zerschmettert, das Metall der Gehäuse glatt durchtrennt oder zerschmolzen. Hier und da lagen Leichen: Drachenland-Soldaten, die von Wolffs und Chryseis Strahlern getötet worden waren.
Erich von Turbat – oder Graumgrass – und von Swindebarn waren ebenfalls tot. Sie lagen neben der großen Strahlenkanone, die gefeuert hatte, bis ihre Energie verbraucht war. In der stählernen Wand, auf die sie gerichtet war, klaffte ein gewaltiges Loch, auf dem Fußboden davor hatte die immer noch heiße Lava eine Pfütze gebildet.
Erich von Turbats Körper war oberhalb der Taille von einem Laserstrahl durchschnitten worden; von Swindebarns Oberkörper war verkohlt. Die Scheller-Kästen trugen sie noch auf dem Rücken.
»Jetzt ist nur noch ein Scheller zu töten«, bemerkte Kickaha und kehrte in die Nische zurück, in der Wolff und Chryseis gekämpft hatten. Hier war eine große, graue Metallscheibe in den metallenen Fußboden eingelassen. Dies war ein Tor, das Kickaha bisher noch nicht gekannt hatte; Wolff mußte es nach Kickahas letztem Besuch hier installiert haben.
»Wenn auch dieses Tor in Wolffs Codebuch registriert ist«, sagte er, »können wir möglicherweise herausfinden, wohin es führt. Er muß eine Nachricht für mich hinterlassen haben. Das heißt, wenn ihm Zeit dafür geblieben ist. Aber vielleicht haben die Scheller diese Nachricht auch vernichtet. Zuerst müssen wir diesen einen noch lebenden Scheller ausfindig machen. Wenn er es geschafft hat, in Ananas, Nimstowls oder Judubras Universum zu entkommen, stehen wir vor einem ernsten Problem.«
»Das ist so beängstigend!« antwortete Anana. »Warum hören die Meister der Dimensionen nicht damit auf, sich gegenseitig zu bekämpfen? Warum schließen sie sich nicht zusammen, um die Scheller-Gefahr ein für allemal zu beseitigen?« Langsam ging sie rückwärts. Es war nur zu offensichtlich, daß die Kästen der Scheller ein Klingeln in ihrem Gehirn verursachten, das sie in

Angst, wenn nicht sogar in Panik versetzte. »Ich muß hier heraus«, sagte sie. »Oder wenigstens eine gewisse Distanz zwischen mich und diese Dinger bringen ...«

»Ich werde mir die Toten noch einmal ansehen«, sagte Kickaha. »Und du gehst ... Halt! Moment mal – wo ist Nimstowl?«

»Er war eben noch hier«, antwortete sie. »Ich glaube, daß ... Nein, ich weiß nicht, wann er verschwunden ist!«

Kickaha war ärgerlich, weil Anana es versäumt hatte, den untersetzten Lord im Auge zu behalten. Aber er schwieg, denn es brachte nichts ein, wenn er seinem Ärger Ausdruck verlieh. Außerdem waren die jüngsten Ereignisse mehr als genug dazu angetan gewesen, jeden abzulenken. Und das Klingeln in ihrem Kopf mußte Anana obendrein stark mitgenommen haben.

Eilig verließ sie den Raum. Kickaha blieb allein zurück und durchsuchte den Kontrollraum ein zweites Mal. Dann untersuchte er jeden einzelnen Leichnam. »Wolff und Chryseis haben sich bestimmt gut gehalten«, murmelte er. »Und es gehört schon eine gute Portion Können dazu, so viele Soldaten zu erwischen, die sich hinter Metallkonsolen verschanzt haben. Wirklich, sie haben sich sehr gut gehalten, zu gut. Und das macht mich mißtrauisch. Wo ist eigentlich Podarge?«

Er kehrte zu Anana zurück, die neben dem Eingang zum Kontrollzentrum kauerte und Wache hielt.

»Ich kann es mir einfach nicht vorstellen«, sagte er. »Vorausgesetzt, es ist Wolff und Chryseis gelungen, sämtliche Angreifer zu töten – und das ist schon mal eine sehr unwahrscheinliche Sache –, warum verschwinden sie dann durch dieses Tor? Und wie, zum Teufel, haben sie es fertiggebracht, die beiden Scheller zu erschießen? Theoretisch hätten Wolff und Chryseis bei dem ersten Feuerstoß aus der Strahlenkanone sterben müssen. Und wo ist Podarge? Wo ist der überlebende Scheller?«

»Podarge mag während des Kampfes ebenfalls durch ein Tor entkommen sein«, erwiderte Anana. »Oder sie ist aus dem Kontrollzentrum geflohen.«

»Ja – und wo ist Nimstowl? Los, komm. Beginnen wir mit unserer Suche.«
Anana stöhnte. Er machte ihr deswegen keinen Vorwurf. Sie waren beide erschöpft, konnten aber jetzt nicht aufhören. Er drängte sie weiterzugehen, und wenig später untersuchten sie die vor dem Kontrollzentrum und auf den Treppenstufen liegenden Leichen. Er stellte fest, daß zwei Scheller von seinen Spähgeschossen getötet worden waren. Sie betrachteten die verkohlte Leiche eines Mannes, der während des Kampfes mit Luvah gefallen sein mußte, als sie ein Stöhnen hörten.
Mit schußbereiten Strahlern näherten sie sich von zwei Seiten her einer umgekippten Kommode. Hinter dem Möbelstück fanden sie ... Nimstowl. Er saß auf dem Fußboden und hatte den Rücken gegen die Wand gelehnt. Die linke Hand hielt er gegen die rechte Seite gepreßt; Blut quoll zwischen seinen Fingern hervor. Neben Nimstowl lag ein Mann, auf dessen Rücken ein Kästchen geschnallt war. Dies war der fehlende Scheller. Ein Messer steckte bis zum Heft in seinem Bauch.
»Er ... er war mit einem Strahler bewaffnet, aber das Magazin mußte erschöpft gewesen sein«, sagte Nimstowl. »Er versuchte, sich an mich heranzuschleichen und wollte mich mit einem Messer umbringen. Mich, Nimstowl, wollte er mit einem Messer töten!«
Kickaha untersuchte Nimstowls Wunde. Obwohl sie heftig blutete, war sie nicht besonders tief. Er half dem kleinen Lord, auf die Füße zu kommen, und vergewisserte sich, daß er unbewaffnet war. Dann stützte er den Lord, und sie begaben sich in jenen Raum, in dem Luvah schlafend dalag. Kickaha versorgte Nimstowls Wunde mit Pseudofleisch und verabreichte ihm ein Präparat, das dafür sorgte, daß sich sein Blut rasch erneuerte.
»Aus dem Hinterhalt heraus hat mich der Kerl angesprungen; er hätte mich töten können. Aber das hier ...« – er hob seine Hand, an deren Ringfinger er den gleichen Ring wie Anana trug – »... hat mich rechtzeitig gewarnt!«

»Alle Scheller sind tot«, sagte Anana.
»Ja, kaum zu glauben, aber wahr«, antwortete er. »Endlich! Und ich ... ich habe den letzten Scheller getötet!«
Kickaha lächelte, enthielt sich aber jeden Kommentars. »Schon gut, Nimstowl«, sagte er. »Los jetzt, hoch auf die Füße. Und versuche keine Tricks! Ich werde dich eine Weile einsperren.«
Noch einmal durchsuchte er den untersetzten Mann. Der Lord war entrüstet und brüllte: »Warum behandelst du mich auf diese Art und Weise?«
»Weißt du, ich glaube nicht an glückliche Zufälle. Ich möchte dich überprüfen. Los, komm jetzt. Am Ende dieses Korridors gibt es einen Raum, in den ich dich so lange einsperren kann, bis ich mir Klarheit über dich verschafft habe.«
Nimstowl protestierte und zeterte unablässig. Bevor Kickaha die Tür hinter sich schloß, wandte er sich noch einmal an den Lord.
»Warum hast du dich so weit vom Kontrollzentrum entfernt? Warum bist du nicht bei uns geblieben? Wolltest du uns etwa weglaufen?«
»Und wenn ich das gewollt hätte?« versetzte Nimstowl. »Der Kampf war gewonnen, wenigstens glaubte ich das. Ich wollte in mein Universum zurückkehren, bevor diese Hure Anana versuchen konnte, mich umzubringen. Immerhin ist sie jetzt nicht mehr auf mich angewiesen, und ich konnte mich nicht länger darauf verlassen, daß du sie unter Kontrolle hattest. Jedenfalls war es gut, daß ich euch verlassen habe. Hätte ich das nämlich nicht getan, wäre dieser Scheller möglicherweise entkommen oder hätte euch einen Hinterhalt gelegt!«
»Vielleicht hast du recht«, entgegnete Kickaha. »Dennoch wirst du jetzt eine Weile in diesem hübschen Gemach bleiben.« Und damit zog er die Tür ins Schloß und verriegelt sie, indem er einen Wandknopf drückte.

Vierundzwanzigstes Kapitel

Anana und Kickaha setzten ihre lange Suche fort. Wären sie in der Lage gewesen, die Videokameras im Kontrollzentrum zu benutzen, hätten sie sich eine Menge Beinarbeit ersparen können. Da Wolff wußte, daß Kickaha die Monitoren und Kameras aktivieren konnte, hatte er sie desaktiviert, bevor er sein Universum verlassen hatte. Die Scheller waren nicht in der Lage gewesen, die Monitore und Kameras in Gang zu setzen, und sie hatten nicht genug Zeit und Leute gehabt, um die dafür zuständigen Kontrollinstrumente zu zerlegen und anschließend neu zu justieren. Und nun waren die Kontrollpulte, viele Monitoren und Videokameras zerstört und außer Betrieb.

Kickaha und Anana durchsuchten Hunderte von Räumen, durchschritten Dutzende von Gängen, stiegen Treppen hinauf und hinab und hatten doch erst einen kleinen Teil des riesigen Palastes durchkämmt. Sie kamen überein, daß sie erst einmal essen und schlafen mußten, sahen nach Luvah, der immer noch schlief, und forderten dann eine Mahlzeit an. In der Palastküche taten sieben Talos-Cyborgs Dienst – die einzigen Cyborgs, die sich dem Angriff gegen die Scheller nicht angeschlossen hatten. Die bestellte Mahlzeit materialisierte in einem Tor, und Anana und Kickaha aßen mit Heißhunger. Nachdem sie die Schüsseln geleert hatten, beschloß Kickaha, in den Kontrollraum hinaufzugehen, um sich zu vergewissern, daß in der Zwischenzeit nichts Wichtiges passiert war. Vielleicht hoffte er auch, daß Wolff zurückgekehrt war, obwohl das nicht wahrscheinlich war. Vieles sprach dafür, daß jenes Tor, das Wolff und Chryseis benutzt hatten, ein Einwegtor gewesen war. Hier hätte nur das Silberhorn Shambarimens helfen können – und das hatte Luvah bei sich getragen. Wieder kletterten sie die Treppen empor. Sie wagten noch immer nicht, die Aufzüge zu benutzen, da sie nicht sicher sein konnten, daß dort keine verminten Fallen lauerten.

Sie hatten den Kontrollraum beinahe erreicht, als Kickaha stehenblieb. »Hast du auch etwas gehört?«

Anana schüttelte den Kopf. Er bedeutete ihr, ihm Deckung zu geben, sprang durch die Türöffnung, rollte über den Boden und kam hinter einem Kontrollpult zur Ruhe. Er verharrte und lauschte. Kurz darauf hörte er ein leises Stöhnen. Dann war wieder Stille. Wenig später war das Stöhnen erneut zu hören. Völlig lautlos und stets die Deckung der Kontrollpulte nutzend, bewegte sich Kickaha vorwärts. Jetzt war das Stöhnen ganz nahe. Und dann sah er Podarge, die Harpyie. Sie kauerte sich gegen eines der Kontrollpulte. Ihr Gefieder war geschwärzt und stank, die Beine waren völlig verkohlt, und die Brüste waren nur mehr rotbraunes Fleisch. Eine der Klauen hielt den Kolben eines halb zerschmolzenen Strahlers umkrallt.

Kickaha war überrascht, aber nicht erschrocken, als er die Harpyie erblickte. Sie mußte zurückgekehrt sein, während er mit Anana unterwegs gewesen war. Aber wer hatte auf sie geschossen? Noch auf dem Bauch liegend, blickte er sich um, und innerhalb einer Minute begriff er. Dort drüben lag Do Shuptarp, der Söldner. Und er hatte geglaubt, er sei von den Schellern umgebracht worden! Kickaha schüttelte den Kopf. Genaugenommen hätte er es wissen müssen, denn er hatte Do Shuptarps Leiche nirgends ausfindig machen können. Andererseits waren viele Leichen so verkohlt gewesen, daß man sie nicht mehr hatte identifizieren können.

Aber jetzt stand fest, daß Do Shuptarp den Schellern entkommen und in die oberen Stockwerke hinauf geflohen war. Er war zurückgekehrt, um zu erfahren, was in der Zwischenzeit geschehen war. Und auch Podarge war in den Raum zurückgekehrt, aus dem sie geflohen war, als der Kampf zwischen Wolff und den

Schellern getobt hatte. Die beiden hatten keinen Grund für Feindseligkeiten gehabt – und doch hatten sie sich gegenseitig tödlich verletzt.
Der Teutone murmelte irgend etwas Unverständliches, und Kikkaha versuchte, mit ihm zu sprechen. Er beugte sich zu ihm hinab. Die Worte, die der Mund des Verletzten formte, waren fast nicht zu verstehen, aber dann zuckte Kickaha unwillkürlich zusammen. Das war nicht Deutsch, sondern die Sprache der Lords!
Er kehrte zu Podarge zurück. Ihre Augen waren weit geöffnet, aber ihr Blick war getrübt; ein dünner Schleier nach dem anderen schien sich darüber zu legen. »Podarge! Was ist hier geschehen?« rief Kickaha.
Die Harpyie stöhnte, flüsterte dann ein paar Worte – und wieder erschrak Kickaha. Sie redete nicht auf mykenisch, sondern ebenfalls in der Sprache der Lords! Und dann starb sie.
Kickaha rief Anana herbei. Während sie Wache hielt, versuchte er, Do Shuptarp zu befragen. Der Teutone war tödlich verletzt und würde nicht mehr lange leben. Aber einen kurzen Augenblick lang schien es so, als würde er Kickaha erkennen. Die Lebensgeister bäumten sich in ihm auf, so daß er an Kickahas Mitleid appellierte, etwas zu tun, das ihm das Leben zu retten vermochte.
»Meine Schelle«, keuchte er. »Dort drüben ... Lege sie ... um meinen Kopf ... Ich ... ich muß ...«
Seine Lippen verzogen sich, und er schluckte. Kickaha sagte: »Du hast Do Shuptarp übernommen, anstatt ihn zu töten, nicht wahr? Wer bist du?«
»Zehntausend Jahre«, murmelte der Scheller, der sich in Do Shuptarps Körper eingenistet hatte. »Zehntausend Jahre ... Und dann ... du ...«
Die Augen wurden grau und stumpf, als wäre Staub in das Gehirn gerieselt. Wie eine Zugbrücke fiel der Unterkiefer herunter, um die Seele in die Freiheit zu entlassen – wenn ein Scheller überhaupt eine Seele hatte. Aber warum sollte er keine Seele

haben, wenn jedes andere lebende Wesen eine hatte? Sicher, die Scheller waren todbringende Feinde, und sie waren schrecklich, weil sie die Körper ihrer Opfer in Besitz nahmen. Aber im Grunde waren sie auch nicht bösartiger oder tödlicher als irgendein menschlicher Feind. Allein die Vorstellung, von einem Scheller übernommen zu werden, war schrecklich – allerdings nicht mehr für das Opfer, denn dessen Verstand war ja bereits tot, bevor der Scheller in den Körper einzog.

»Ein dritter Scheller hat Do Shuptarp in Besitz genommen«, sagte Kickaha. »Erst dann flüchtete er in die oberen Stockwerke. Er rechnete sich eine Chance aus, mich überwältigen zu können, falls seine Kumpane erfolglos waren, glaubte, sich als Do Shuptarp in mein Vertrauen schleichen zu können.

Nun zu Podarge. Ich vermute, daß sie bereits auf dem Mond von einem Scheller übernommen wurde ... Nein, so kann es doch nicht gewesen sein, denn nur zwei Scheller hielten sich auf dem Mond auf – Turbat und Swindebarn –, und Luvah sagte, daß er beide im Kontrollraum auftauchen sah. Also muß die Übernahme durch einen Scheller stattgefunden haben, nachdem Wolff und Chryseis entkommen waren. Einer der beiden Scheller übernahm Podarge, aber erst dann, als Wolff und Chryseis sowohl die Drachenländer als auch von Turbat und von Swindebarn getötet hatten. Es sollte so aussehen, als sei es den beiden gelungen, alle Scheller zu töten. Erst dann wechselten sie auf Podarge und einen Soldaten über, den sie wohlweislich verschont hatten. Der Scheller, der sich durch Übernahme des Soldaten in Sicherheit gebracht hatte, griff Nimstowl an – aber jetzt sind von Swindebarn und von Turbat trotz ihrer Gerissenheit tot. Der Scheller in Podarges Körper wollte versuchen, mich zu täuschen. Sicher hätte die übernommene Podarge vorgegeben, des Kampfes müde zu sein, mir ihre Freundschaft angeboten und so getan, als bedauere sie das Geschehen der letzten Tage. Und irgendwann hätte sie eine Unvorsichtigkeit meinerseits ausgenutzt und dann ... Das ist wirklich lustig, weißt du! Weder der Podarge-

Scheller noch der Do-Shuptarp-Scheller ahnte, daß sein Gegenüber ein Artgenosse war, und so haben sie sich gegenseitig umgebracht!«
Er lachte, wurde plötzlich aber wieder nachdenklich. »Wolff und Chryseis sind irgendwo gefangen. Gehen wir in die Bibliothek, und sehen wir im Codebuch nach. Wenn das Tor registriert ist, können wir erfahren, wie es zu bedienen ist und wo sich die beiden jetzt aufhalten.«
Sie gingen zur Tür. Kickaha blieb ein wenig zurück. Podarges Anblick machte ihn traurig, denn sie hatte Ananas Gesicht. Dies allein war Grund genug, ihn zu deprimieren, und zudem lastete der Gedanke an den Wahnsinn und die Qualen, die die Harpyie 3200 Jahre lang erduldet hatte, auf ihm. Wolff hatte ihr angeboten, sie wieder in den Körper einer Frau zu versetzen. Sie hatte abgelehnt – zu tief war sie damals schon in ihrem Irrsinn gefangen gewesen. Sie hatte leiden und zugleich schreckliche Rache an jenem Mann nehmen wollen, der sie zu einer Harpyie gemacht hatte.
Anana blieb so plötzlich stehen, daß er fast gegen sie geprallt wäre. »Dieses Klingen!« rief sie. »Es ist wieder da!«
Sie schrie auf und riß zugleich ihren Strahler hoch. Aber Kickaha hatte schon geschossen. Gefährlich nahe flammte der tödliche Strahl an ihr vorbei – und schlug in Nimstowls Schulter. Nimstowl sprang zurück. Kickaha rannte zu der Türöffnung und drückte sich gegen die Wand. Er hütete sich hinauszusehen. »Er ist von Erich von Turbats oder von Swindebarns Scheller übernommen worden!« schrie er. Seine Gedanken überstürzten sich: Einer der beiden Anführer hatte Podarge übernommen, der andere war auf einen Soldaten übergewechselt. Dann hatten sie ihre ursprünglichen Körper zerstört und das Kontrollzentrum verlassen. In der Hoffnung, ihre Feinde töten zu können, war jeder seinen eigenen Weg gegangen.
Der Scheller, der zuvor den Soldaten übernommen hatte, griff Nimstowl an, verwundete ihn möglicherweise sogar. Auf jeden Fall aber hatte er es geschafft, auf den Lord überzuwechseln.

Plötzlich schüttelte Kickaha seinen Kopf. Nein, ganz so konnte es nicht gewesen sein. Um das Überwechseln von einem Körper zum anderen zu ermöglichen, benötigte der Scheller einen Gehilfen ... einen Artgenossen, der die Schellenform anlegte, damit der Übertragungsvorgang stattfinden konnte.
Also mußte Podarge beziehungsweise der Scheller in ihrem Körper die Übertragung vorgenommen und sich daraufhin zurückgezogen haben. Dann hatte der Scheller in Nimstowls Körper ein Messer in den Bauch seines ehemaligen, bereits vor dem Wechsel besinnungslosen Wirtskörpers gerammt.
Vielleicht hätte der Trick des Schellers funktioniert, wenn Kickaha nicht mit der ihm eigenen Vorsicht vorgegangen wäre. Irgendwie hatte es der Nimstowl-Scheller geschafft, aus dem verschlossenen Raum zu entkommen. Aber wie? Hatte er doch irgendwo an seinem Körper einen Mini-Energiestrahler versteckt gehabt?
Der Nimstowl-Scheller war in der Hoffnung hergekommen, Kickaha und Anana überrumpeln zu können. Hätte er dies geschafft, wäre er in der Lage gewesen, den Eroberungsplan der Scheller doch noch zu verwirklichen. Aber da er der Versuchung nicht widerstehen konnte, seine Schelle bei sich zu tragen, war Anana gerade noch rechtzeitig auf seine Anwesenheit aufmerksam geworden.
Podarge mochte dem Soldaten-Scheller geholfen haben, in Nimstowls Körper zu gelangen. Aber wenn sie es nicht gewesen war, dann gab es noch einen weiteren Scheller, der aufgespürt, entlarvt und getötet werden mußte!
Zuerst jedoch galt es, den Nimstowl-Scheller unschädlich zu machen. Kickaha hatte lange genug gewartet. Wenn der Scheller geflohen war, hatte er jetzt bereits eine erhebliche Distanz zwischen sich und seine Jäger gebracht. Dann konnte Kickaha den Kontrollraum unbesorgt verlassen. Wenn der Scheller draußen im Korridor lag und verblutete – oder schon verblutet war –, dann drohte erst recht keine Gefahr mehr. Aber es gab noch eine

dritte Möglichkeit: Der Scheller war nicht allzu schwer verwundet und wartete jetzt nur darauf, daß Kickaha eine Dummheit machte.

Doch welche der drei Möglichkeiten auch zutreffen mochte – Kickaha konnte und wollte nicht mehr länger warten. Er bedeutete Anana, zur Seite zu treten, ging ein paar Schritte zurück, rannte los und sprang durch die Türöffnung in den Korridor hinaus. Noch im Sprung wandte er sich seitwärts und feuerte. Der Strahl raste an der Wand entlang und grub eine zwei Zentimeter tiefe Rinne in den Marmor. Kickaha hatte geschossen, ohne zu zielen, war aber bereit, die Bahn des Strahls innerhalb eines Sekundenbruchteils zu korrigieren.

Es war nicht nötig. Der Scheller lag verkrümmt auf dem Fußboden, und aus der Schulterwunde sickerte Blut. Der Strahler lag zu seinen Füßen. Der Kopf war zurückgeworfen, der Kiefer herabgesunken, die Haut bläulich verfärbt.

Kickaha kam auf seinen Füßen auf, desaktivierte den Strahler und näherte sich langsam dem Scheller. Nachdem er davon überzeugt war, daß ihm dieser Mann nichts mehr anhaben konnte, beugte er sich über ihn. Noch war der letzte Lebensfunke nicht aus Nimstowls Augen gewichen. Er starrte Kickaha an.

»Unser Volk ist dem Untergang geweiht«, krächzte der Scheller. »Alles stand zu unseren Gunsten. Und doch wurden wir von einem einzigen Mann geschlagen.«

»Wer bist du?« fragte Kickaha. »Graumgrass oder jener, der sich von Swindebarn nannte?«

»Ich bin Graumgrass, der König der Scheller. Ich hielt mich im Körper des Erich von Turbat auf und wechselte dann zu jenem Soldaten über ...«

»Wer hat dir dabei geholfen?« wollte Kickaha wissen.

Der Scheller blickte auf, und Überraschung spiegelte sich auf seinem Gesicht. »Das weißt du nicht?« flüsterte er schwach. »Dann gibt es noch Hoffnung für uns!«

Anana schnallte das Kästchen vom Harnisch des Schellers los, öffnete es und nahm die große schwarze Schellenform heraus. Dann sagte sie: »Glaubst du wirklich, daß du sterben kannst, ohne uns vorher verraten zu haben, wer dieser eine Scheller ist und was er zu tun gedenkt? Nein, du wirst nicht sterben – noch nicht!«

Zu Kickaha gewandt, fuhr sie fort: »Halte seinen Kopf fest. Ich werde ihm die Schelle überstülpen.«

Graumgrass versuchte, sich zur Wehr zu setzen, aber er war zu schwach, um etwas anderes tun zu können, als sich hin und her zu winden. »Was habt ihr vor?« fragte er schließlich.

»Wie du weißt, wird dein Verstand auf diese Schelle überwechseln«, erklärte sie. »Dein Wirtskörper ist tödlich verletzt und wird sterben. Aber du wirst leben. Wir werden einen gesunden Körper für dich suchen und dich in diesen Körper hineinversetzen. Und dann wirst du so lange gefoltert, bis du uns alles gesagt hast, was wir wissen wollen.«

»Nein! Nein!« schrie Graumgrass und versuchte erneut, sich loszureißen. Mühelos hielt ihn Kickaha fest, während Anana die Schelle über den Schädel stülpte. Dann brachen die Augen: Der Wirtskörper des Schellers war tot. Anana hielt die Schelle hoch, und Kickaha betrachtete die Unterseite. Die beiden winzigen Nadeln hatten sich in die Schelle zurückgezogen.

»Ich denke, daß Graumgrass' Verstand aufgenommen wurde, bevor der Körper starb«, sagte er. »Aber ich werde nicht zulassen, daß du einem Menschen das Ego nimmst und diesem Ding seinen Körper überläßt, um ein paar Informationen zu bekommen. Und wenn diese Informationen auch noch so wichtig sein mögen.«

»Das weiß ich«, erwiderte sie. »Und ich hatte auch nie vor, dies zu tun. Vielleicht habe ich durch dich etwas von meiner verlorenen Menschlichkeit zurückgewonnen – wer weiß? Außerdem gibt es hier sowieso keinen lebenden Körper mehr, den wir entsprechend verwenden könnten ...« Sie unterbrach sich.

»Sieh mich nicht so an«, sagte Kickaha. »Ich habe nicht den Mut, *das* zu tun ...«

»Ich mache dir deswegen keinen Vorwurf«, versetzte sie. »Und ich hätte auch nie von dir verlangt, es zu tun. Ich werde es tun.«

»Aber ...!« Er hielt inne. Er wußte, daß es getan werden mußte, und er wußte auch: Wenn sie nicht dazu bereit gewesen wäre, hätte er es getan, wenn auch ziemlich widerwillig.

Er fühlte sich ein bißchen beschämt, weil er zuließ, daß sie dieses Opfer brachte, aber diese Regung war nicht stark genug, um ihn darauf bestehen zu lassen, es selbst zu tun. Er besaß mehr als eine große Portion Mut, aber diese Tat verlangte mehr Mut, als er augenblicklich hatte, wahrscheinlich sogar mehr, als er jemals haben würde. Und solange es jemanden gab, der bereit war, an seiner Stelle zu handeln ...

Allein das Wissen um die Hilflosigkeit, die es zur Folge haben würde, machte ihn zum Feigling. Er konnte den Gedanken nicht ertragen.

»Es gibt hier eine Reihe von Medikamenten«, sagte er, »die die Wahrheit – oder das, was der Betreffende für die Wahrheit hält – zutage fördern können. Es wäre also nicht schwer, aus dir ... aus dem Scheller, meine ich ... alles herauszuquetschen, was wir wissen müssen. Aber bist du wirklich der Auffassung, daß es notwendig ist ...?«

Aber er wußte, daß es das war. Etwas anderes hatte ihn bewogen, diese Frage zu stellen: Er konnte sich nicht mit der Vorstellung anfreunden, daß Anana unter die Schellenform kam.

»Du weißt, daß ich mich vor dieser Schelle fürchte«, sagte sie. »Dennoch werde ich meinen Verstand in sie hineinversetzen lassen und dieses Ding in meinen Körper lassen. Es muß sein, weil wir nur so den letzten, den endgültig allerletzten Scheller aufspüren können.«

Er wollte erwidern, daß nichts so wertvoll war, um das Risiko, das sie auf sich nahm, rechtfertigen zu können. Aber er hielt seinen Mund: Es mußte getan werden. Und obwohl er sich einen Feigling schimpfte, weil er nicht fähig war, es an ihrer Stelle zu tun, obwohl sich seine Haut aus Furcht um Anana zusammenzog, würde er zulassen, daß sie die Schelle benutzte.

Anana klammerte sich an ihn und küßte ihn leidenschaftlich. »Ich liebe dich«, flüsterte sie. »Und glaube mir, ich möchte das, was ich jetzt tun werde, am liebsten nicht tun. Ich möchte es wirklich nicht. Jetzt, wo ich mich darüber freuen kann, dich zu lieben, ist dies so, als würde ich mich freiwillig in ein Grab begeben.«

»Du mußt es nicht tun«, versetzte er. »Wir könnten den Palast durchsuchen. Es müßte schon mit dem Teufel zugehen, wenn es uns nicht gelingen würde, den Scheller aufzuspüren ...«

»Und wenn er aus dem Palast entkommen ist? Dann müssen wir wissen, nach wem wir zu suchen haben.« Sie schüttelte den Kopf. »Es muß sein, Kickaha. Los, beeile dich! Mach schon! Schnell! Ich fühle mich elend ... als müßte ich jetzt sterben ...«

Anana lag auf einem Diwan. Während er die Schellenform über ihren Kopf stülpte, schloß sie ihre Augen. Das Ding begann zu arbeiten, und Kickaha hielt Anana fest. Ihr Atem, der vor Angst schnell und hastig gegangen war, wurde langsamer, tiefer. Flatternd öffneten sich ihre Lider. Das Licht ihrer Augen schien in der Zeit erstarrt zu sein, gefroren in einer fürchterlichen Polarisation.

Nachdem Kickaha einige Minuten gewartet hatte, um sicher zu sein, daß die Schelle ihr Werk vollendet hatte, hob er sie sanft von Ananas Kopf und legte sie in das Kästchen, das auf dem Boden lag. Dann fesselte er Anana an Händen und Füßen und band sie am Diwan fest. Erst dann legte er jene Schelle über ihren Kopf, die Graumgrass' Verstand enthielt. Nach zwanzig Minuten konnte er sicher sein, daß die Übertragung abgeschlossen war.

In Ananas Gesicht arbeitete es, und ihre Augen funkelten wie die eines gefangenen Falken. Ihre Stimme war nach wie vor lieblich, aber die Modulation war anders geworden.

»Ich weiß, daß ich mich im Körper einer Frau befinde«, sagte sie ... oder es.

Kickaha nickte, und injizierte das Medikament in eine Vene ihres Armes. Nach sechzig Sekunden war sie bereit, und er konnte damit beginnen, die Informationen aus ihr herauszuholen. Die Zeit, die er benötigte, um alles zu erfahren, war kürzer als die Wartezeit auf das Einsetzen der Wirkung des Medikaments.

Die Meister der Dimensionen und Universen hatten sich in der Zahl der vor zehntausend Jahren entkommenen Scheller geirrt: Nicht fünfzig Scheller waren damals entkommen, sondern einundfünfzig. Thabuuz war der Name jenes Schellers, der noch am Leben und in Freiheit war. Er hatte sich die meiste Zeit über in den Biolaboren des Lord-Palastes aufgehalten und war damit beschäftigt gewesen, neue Scheller herzustellen. Dann löste Kickaha den Alarm aus, und Thabuuz kam, um seinen Gefährten beizustehen. Es blieb allerdings keine Gelegenheit mehr, großartig in das Geschehen einzugreifen. So war er lediglich seinem König Graumgrass behilflich, Nimstowl zu überwältigen und auf ihn überzuwechseln.

In der Gestalt Nimstowls wollte Graumgrass einen letzten Versuch machen, die beiden noch lebenden Todfeinde der Scheller zu töten. Sollte er damit keinen Erfolg haben, sollte Thabuuz mit seiner Schelle und seinem Wissen durch ein Tor zur Erde fliehen und dort, in diesem Hexenkessel menschlicher Wesen, neue Scheller erschaffen und auf einen neuen Eroberungsfeldzug vorbereiten.

»Welches Tor hat Thabuuz benutzt?« frage Kickaha.

»Das gleiche Tor, das auch Wolff und Chryseis benutzt haben«, antwortete Graumgrass-Anana. »Es ist jenes Tor, das auf die Erde ausgerichtet ist.«

»Und woher weißt du das?«

»Wir fanden das Codebuch, und es gelang uns, den Code zu entschlüsseln. So fanden wir heraus, daß dieses Tor zur Erde führt. Wenn die Notlage es erforderte, sollte Thabuuz dieses Tor benutzen. Er sollte den Palast verlassen und zur Erde fliehen. Dort kann er sich verstecken ...«

Kickaha war erschrocken und erfreut zugleich. Jetzt gab es für ihn zwei gewichtige Gründe, zur Erde zurückzukehren. Der erste und wichtigste war, Thabuuz zu finden und zu töten, bevor er mit seinem Projekt beginnen konnte. Und dann mußte er Wolff und Chryseis aufspüren und ihnen mitteilen, daß sie in ihr Universum zurückkehren konnten, wann immer sie dies wollten. Aber es gab eigentlich keinen Zweifel daran, daß Wolff ihn und Anana bei ihrer Jagd auf den Scheller Thabuuz unterstützen würden.

Er brachte die Schelle wieder über Ananas Kopf an, und fünfzehn Minuten später war Graumgrass' Verstand wieder in der Schelle deponiert. Dann stülpte er Anana jene Schelle, die ihren eigenen Verstand und ihr Ego enthielt, über den Kopf.

Nach ungefähr zwanzig Minuten öffnete sie ihre Augen. Sie flüsterte seinen Namen und begann zu weinen. Er nahm sie in die Arme. Sie sagte, daß es schrecklich sei, in der Schelle existieren zu müssen; ihr sei es so vorgekommen, als hätte man ihr Gehirn aus dem Schädel geschnitten und im Nichts ausgesetzt. Die ganze Zeit hindurch habe sie befürchtet, ihm, Kickaha, könne etwas zustoßen, so daß sie für immer in diese Schelle eingeschlossen bleiben müßte. Und sie habe gewußt, daß sie dann wahnsinnig werden würde – und die Vorstellung, für immer dem Wahnsinn verfallen zu sein, habe sie noch verrückter gemacht.

Kickaha tröstete sie. Als sie sich beruhigt zu haben schien, erzählte er, was er erfahren hatte.

Es sei ihre Pflicht, dem Scheller auf die Erde zu folgen, meinte Anana. Aber zuerst, schränkte sie ein, mußten sie sich um Graumgrass kümmern.

»Er wird uns keine Schwierigkeiten mehr machen«, sagte Kickaha. »Ich werde die Schelle in Plastik eingießen und im Museum dieses Palastes aufstellen. Später, wenn wir von der Erde zurückkehren, werden wir ihn nach Talanac schaffen. Dort kann Graumgrass in den Körper eines abgeurteilten Verbrechers übertragen und hingerichtet werden. Aber jetzt treffen wir unsere Vorbereitungen für den Besuch auf der Erde.«

Er blätterte das Codebuch durch, um eventuell Informationen zu erhalten, die ihm der Scheller nicht hatte geben können. So fand er heraus, daß das Tor im Kontrollzentrum auf ein Tor im südlichen Kalifornien der Erde justiert war. Der genaue Standort war nicht verzeichnet.

»Weißt du«, sagte Kickaha, »hin und wieder habe ich so etwas wie Heimweh nach der Erde verspürt, aber ich bin immer ganz gut darüber hinweggekommen. Diese Welt hier, die Welt der vielen Ebenen, die Welt mit dem grünen Himmel und den Fabelwesen – das ist meine Welt. Deshalb erscheint mir die Erde wie ein großer, grauer Alptraum ... wenn ich nur daran denke, dort für immer leben zu müssen. Aber manchmal kommt eben doch Heimweh auf.«

Er machte eine Pause und fuhr dann fort. »Vielleicht müssen wir längere Zeit dort bleiben. Wir werden Geld benötigen. Ich frage mich, ob Wolff nicht irgendwo etwas aufbewahrt hat ...«

Kickaha rief wenig später die entsprechende Information aus dem Gedächtnisspeicher eines unterirdischen Computers ab und begab sich in den Raum, der ihm von der Maschine genannt worden war. Als er zurückkehrte, lag ein seltsames Grinsen auf seinem Gesicht. Er schwenkte einen Beutel in seiner Hand und schüttete dessen Inhalt auf dem Tisch aus. »Unmengen von amerikanischen Banknoten«, kommentierte er. »Viele Hundertdollarscheine und ein Dutzend Tausenddollarscheine. Der Haken ist nur – das jüngste Ausgabedatum dieser Dollars ist das Jahr 1875!« Er lachte und sprach weiter. »Aber wir werden sie trotzdem mitnehmen. Vielleicht können wir die Dinger an Sammler verkaufen. Und einige Juwelen nehmen wir ebenfalls mit.«

Dann aktivierte er die Maschinen, die für ihn und Anana irdische Kleidung produzierten. Wenig später hatten sie sich neu eingekleidet. Die Kleider waren so geschnitten, wie Kickaha sie aus der Zeit um 1945 in Erinnerung behalten hatte.

»Sie werden uns genügen, bis wir uns neue kaufen können«, meinte er.
Dann schafften sie Luvah in einen größeren und bequemeren Raum und wiesen die Küchen-Cyborgs an, sich um ihn zu kümmern. Kickaha ließ Anana mit ihrem Bruder allein, damit sie sich mit ihm unterhalten konnte, während er das Notwendigste für ihren Ausflug zur Erde zusammenstellte. Er packte Medikamente, Drogen, Strahler, Energiemagazine, ein Wurfmesser sowie für Anana ein kleines Stilett, in dessen hohlem Griff Gift versteckt war, zusammen. Das Horn von Shambarimen war bereits in einem Koffer verstaut.
Kickaha trug den Koffer in den Raum, in dem die beiden anderen Koffer standen. »Ich sehe wie ein fahrender Musikant aus«, meinte er. »Wenn wir auf der Erde angekommen sind, werde ich mir wohl oder übel die Haare schneiden lassen müssen. Sie sind so lang, daß ich wie Tarzan aussehe – und schließlich will ich kein Aufsehen erregen. Also gut, ab jetzt kannst du mich Paul nennen. Einen Kickaha gibt es vorerst nicht mehr. Jetzt bin ich wieder Paul Janus Finnegan.«
Sie verabschiedeten sich von Luvah. Der Lord versprach, den Palast während ihrer Abwesenheit zu hüten. Er würde dafür Sorge tragen, daß die Leichen und die Spuren der Kämpfe beseitigt sowie die Defensivsysteme aktiviert wurden. Oh, er würde schon dafür sorgen, daß kein Usurpator-Lord in diesem Universum auftauchen konnte. Luvah war überhaupt sehr aufgeregt, und an dieser Aufregung schien Anana nicht ganz unschuldig zu sein. Er schien sich über das Wiedersehen, wenn es auch nur von kurzer Dauer war, mit seiner Schwester gefreut zu haben. Kein Zweifel, Luvah war kein typischer Vertreter aus der Rasse der Lords.
Dennoch wandte sich Kickaha an Anana, sobald sie das Zimmer verlassen hatten. »Du hast mit ihm über die alten Zeiten gesprochen, so wie ich es dir gesagt habe?«
»Ja«, antwortete sie. »Aber glaubst du nicht ...?« Sie vollendete

den Satz nicht, schüttelte ihren Kopf und sagte: »Nein. Es gab zu viele Dinge, an die er sich erinnerte, Dinge, die ein Scheller keinesfalls wissen konnte. Und er erinnerte sich an einiges, das ich selbst schon längst vergessen hatte. Er ist ganz und gar mein Bruder und nicht – wie du, mein argwöhnischer Geliebter, vermutet hast – ein Scheller.«

»Du hast im gleichen Moment wie ich an diese Möglichkeit gedacht, weißt du noch?« sagte er und grinste.

Er küßte sie. Bevor sie auf die Platte des Dimensionstores traten, das von einem Codesatz aktiviert werden würde, fragte er: »Sprichst du eigentlich Englisch?«

»Während der drei Jahre, die ich auf der Erde verbrachte, war ich die meiste Zeit in Paris und London«, erwiderte sie. »Aber ich habe mein Französisch und Englisch fast völlig wieder vergessen.«

»Du wirst es schnell wieder auffrischen. Und bis dahin wirst du das Reden mir überlassen.«

Noch einmal zögerte er, als würde er ungern auf die Reise gehen. »Noch etwas: Wir müssen diesen Scheller aufspüren – aber wir brauchen wenigstens nicht zu befürchten, daß wir dort irgendwelchen Lords in die Arme laufen.«

Anana blickte Kickaha überrascht an. »Hat Wolff dir nichts davon gesagt? Red Orc ist der heimliche Lord der Erde!«